I0825384

Todo por hacer

TODO POR HACER

Julia Varela

Papel certificado por el Forest Stewardship Council®

Primera edición: enero de 2026

Travessera de Gràcia, 47-49. 08021 Barcelona

Printed in Spain – Impreso en España

ISBN: 978-84-666-8285-5
Depósito legal: B-19.591-2025

Compuesto en M. I. Maquetación, S. L.

Impreso en Rodesa
Villatuerta (Navarra)

BS 8 2 8 5 5

A mi madre y a todas las madres
que se han ido demasiado pronto

A Matías

1

31 de marzo de 2024

Los ojos de Yago estaban a mitad de camino del sueño. Blanca se calmaba cuando sentía que él estaba a punto de dejarse vencer. Siempre sucedía lo mismo en las noches más inquietas. Después de leer, ella se tumbaba a su lado, respiraban un buen rato acompasados, sin palabras, y Yago iniciaba el descenso de energía: concentraba la mirada en el infinito del techo de la habitación y, a medida que transcurrían los minutos, sus párpados se cerraban, milímetro a milímetro. Cedían despacio al cansancio. Esperaban. A menudo, él mismo se sorprendía con la primera bajada rápida de persianas, y enseguida retrocedían a la posición intermedia. Ojos a media asta. Ya no había vuelta atrás. Cuando las largas y oscuras pestañas de Yago se rendían y caían del todo, eran como un millón de plumas resbalando por su cara y por su pensamiento. Su respiración daba un leve respingo y se fundía con la almohada y el silencio que nunca existía por completo en el piso de Blanca. Silencio roto por el centrifugado de una lavadora —los vecinos de abajo— o por la campana extractora a deshora de la vecina de arriba.

Esos eran algunos de los ruidos de fondo que solían oírse después de cenar en una urbanización de trescientas viviendas repartidas en treinta portales. Pocos muros, muchas ventanas y demasiados tabiques que obligaban a enterarse de las manías del otro. Yago, de diez años, ya era inmune al trajín, y más cuando esa tarde había acabado exhausto tras discutir de nuevo con su madre. Blanca abrazaba la espalda dormida de su hijo, ponía las manos en su abdomen caliente y metía la nariz entre su pelo, que olía a sudor limpio con un poso de champú. Pretendía mecer al niño pequeño que Yago había sido, pero de camino se daba cuenta de que ya no había cuna ni sitio para los dos en el colchón. Tenía medio cuerpo fuera, estaba incómoda. El crecimiento inevitable y preadolescente del niño la expulsaba, pero ella se aferraba a la ternura e insistía en acoplarse a su hijo casi como una contorsionista para ver llegar el sueño juntos.

Alcanzar ese punto de sosiego después de enfadarse con él también era un proceso lento para ella. Le daba vueltas y vueltas a lo que podría haber hecho y dicho mejor. Reproches del tipo «Tú no mandas sobre mí», portazo incluido, eran difíciles de aplacar con tacto en situaciones de estrés, y aquel día, antes de lidiar con su hijo, Blanca se había enfrentado a un cliente caprichoso, a un proveedor que no respondía y, lo más grave, a un pago que no llegaba. A esos nervios se les sumó una conversación telefónica con Tina, su madre, que tenía otra petición que hacerle. Blanca la despachó tajante y de malas maneras porque ya estaba calentita. Poco después, fue a recoger a Yago a la salida del colegio. Al principio lo encontró alegre y sereno, pero, durante la merienda, su hijo inició un tira y afloja para que le dejase ver la tablet. Ante su negativa porque aún no había hecho los deberes, Yago tuvo una explosión de ira hormonal, y Blanca tampoco pudo impedir sus propios arrebatos de histeria. Tras los gritos, cada uno a una habitación y rabia en el aire.

Un suspiro profundo de Yago le confirmó que la jornada estaba llegando a su fin y que el temporal comenzaba a amainar. Blanca estaba a punto de quedarse dormida junto a su hijo cuando oyó un golpe seco procedente del salón. Saltó de la cama, temiendo romper la paz que tanto le había costado conseguir, y corrió hacia allí dejando atrás la somnolencia. El móvil, que había dejado en modo vibración encima de la estantería, se había caído al suelo. Lo recogió y, cegada por el brillo de la pantalla, deslizó el dedo. Vio seis llamadas perdidas. Le extrañó, tanto por la hora y la insistencia como por su autora. Era Concha, vecina y amiga de su madre —primero vecina y más tarde amiga, a fuerza de querer entablar conversación con ella por cualquier historia y husmear desde el patio contiguo—. A sus sesenta y ocho años, Concha era viuda, muy habladora y tenía unas ganas enormes de encontrar una compañera de caminatas y ejercicio. Se hizo amiga íntima de Tina, y a veces, con sorna y cariño, la llamaba Constantina, su nombre de pila. «Vamos a pilates, Constantina, venga, que pareces más vieja que yo», bromeaba para animarla a participar en los entrenamientos del gimnasio cercano. Blanca tenía el teléfono de Concha. De vez en cuando, la amiga de su madre le reenviaba algún mensaje con información sobre la última estafa dirigida a personas mayores, desmentidos de bulos virales y memes poco graciosos. No era habitual que la llamase, y eso era lo más desconcertante. Blanca se preocupó y no dudó en devolver la llamada a la vecina, que respondió al primer tono:

—¿Blanca? Mira, hija, soy Concha…

—Sí, dime, acabo de ver tus llamadas. ¿Qué pasa?

—Pero ¿sabes quién soy, Blanca?

—Claro, Concha, claro... La amiga de mamá, la vecina. Tengo tu número. Es tarde, Concha. ¿Qué ocurre?

El primer recuerdo que Blanca fijaría para siempre de aquella noche no sería el de los párpados derrotados de Yago tras otra batalla, sino la voz quebrada de Concha que terminó por empastarse con las sombras del salón. A cada palabra, su dicción era más ajena, grave y ralentizada, como una cinta desgastada, hasta volverse ininteligible, inaudible a los oídos de Blanca. Porque eso es lo que nos ocurre cuando recibimos la noticia más triste: con una rapidez inesperada, fulmina la coherencia cotidiana. Nos pilla desprevenidos, da igual la edad que tengamos, y nos espeta un mensaje de plomo que ensordece y desmaya, que nos aparta de lo mundano. Las preocupaciones se vuelven nimias, y nosotros nos convertimos en humanos insignificantes. Somos más inútiles que nunca cuando nos apisona el anuncio de la muerte.

—¿Cómo ha sido? ¿Cómo?

Eso fue lo poco que Blanca se atrevió a preguntar, un «cómo» que no apelaba a una narración puntual de los hechos, sino a una respuesta existencial. A un porqué. Enmudeció mientras Concha le contaba que había encontrado a su madre inmóvil en el jardín. La vecina, nerviosa, insistía en los detalles del cuerpo frío de Tina al pie de las hortensias. Eso sí que lo distinguió con claridad dentro del espectro de sonidos deformados que salían del teléfono. Hortensias. «Son flores que se dan bien en el norte, y conviene podarlas antes de primavera para que en verano broten con fuerza en colores rosa, blanco y azul», repasaba la lección aprendida de su madre, como si fuera la tabla de multiplicar. Blanca era una autómata en un intento absurdo de desoír la comunicación real. «¡Menos mal que le quedan sus hortensias!», había despotricado esa misma tarde entre dientes, al acabar a disgusto la conversación telefónica con ella.

Su madre le había pedido que fuese a verla con Yago para ayudarla a reparar unos muebles antiguos que sospechaba que tenían carcoma, y Blanca, alterada por lo ocurrido con su cliente y sin ganas de moverse de Madrid, se había negado aduciendo falta de tiempo.

—Mamá, ¿piensas que no trabajo o qué? Estoy sin parar de lunes a viernes, no puedo ir siempre que quieras o cuando se te ocurra una genialidad.

En un último intento de convencerla, Tina agravó el tono de voz y esmeró las pausas durante las pocas palabras que soltó a continuación:

—Es que tengo algo que contarte —dijo.

Y se mantuvo al teléfono sin añadir nada más, a la espera de una reacción por parte de su hija.

Blanca detectó la urgencia que transmitía su madre, pero la consideró una estrategia para que cambiase de opinión. Decidió disimular:

—Llego tarde a recoger a Yago de su clase de dibujo.

—Pues nada, hija, te dejo. Voy a podar las hortensias. Ya estamos casi en abril —zanjó Tina ante su incomprensión, y ni siquiera añadió una despedida cariñosa.

Unas horas más tarde, en la falsa quietud del salón, la primera punzada fue tan intensa que casi dejó a Blanca sin aliento.

Se arrodilló sobre la alfombra y se abrazó el estómago. Envuelta en una angustia de fantasía macabra, se preguntaba quién había entrado en su casa a medianoche para retorcerle las entrañas. Quién la acribillaba por dentro con un punzón. El dolor emocional se transformaba en físico y subía desde los intestinos hasta la garganta. Soltó el móvil y explotó en un llanto incontrolable, con la mejilla a ras del suelo. Lo más cerca posible de la tierra, el único sostén. Reptaba despacio por el salón de un lado a otro, sin saber dónde detenerse. Los brazos que hacía unos minutos asían a su hijo se cruzaban sobre sí misma para agarrarse, temblando, las costillas. Era desolador saber que, durante un instante de desatención, su madre, con solo sesenta y cinco años, sana y vital, había muerto.

«Debemos estar preparadas. —Cuando le daba consejos a su hija, Tina solía hablar con convicción y en femenino del plural—. A veces recibimos sorpresas desagradables. Pero las tormentas pasan. Lo importante es que busquemos el mejor lugar para resguardarnos. Vamos».

Su madre, agachada a la altura de Blanca y mirándola a los ojos, se relajó para colocarse un mechón castaño y ondulado detrás de la oreja. Le guiñó el ojo y apretó los labios en señal de haber superado varias tormentas. Le ofreció una mano segura para cruzar la calle. Blanca se recordó como una niña de ocho años dolida porque la que consideraba su mejor amiga del colegio había decidido no invitarla a su fiesta de cumpleaños. En medio del delirio y las palabras perdidas, no fue capaz de preguntarse por qué su memoria la había hecho viajar hasta allí. Agradeció la invitación a recrearse en la imagen de una madre joven y valiente que enseñaba a su hija a dejar atrás el malestar con un giro brusco de cintura. La falda *eva-*

sé marrón de Tina voló cuando cambiaron de acera corriendo para escapar del mal tiempo emocional. Blanca admiró las atractivas rodillas oscuras y huesudas de su madre.

Concha, al no sentirse escuchada, había colgado, pero volvió a llamarla. El móvil vibraba sobre la alfombra. Blanca la invocaba entre murmullos —«Ma-má, ma-má»—, como si estuviese aprendiendo a hablar, a sabiendas de que su madre ya no podría atenderla. Una y otra vez la reclamó desconsolada, no quería dejar de pronunciar esa palabra. A partir de ese momento, no podría llamarla más. Intentó pensar que todo era mentira, que la pesadilla acabaría y que, al otro lado de la línea, estaría ella para charlar un rato antes de acostarse. Blanca prometería, en esa ocasión sí, que iría a visitarla pronto. Pero el engaño duró poco: a seiscientos kilómetros de distancia, Concha seguía empecinada en narrarle cómo Tina había fallecido sin previo aviso entre las flores. Ni el «¡No!» más rotundo y desgarrado, ni la mayor penitencia, ni un rezo exaltado podrían levantarla del lecho de hojas que había encontrado aquella tarde.

Hacía ochenta años, a su bisabuela Teresa también la había escuchado el pueblo entero lamentarse desconsolada una madrugada. Las similitudes con la historia que su madre le había contado asaltaron a Blanca, quizá buscando algo de compañía en la tempestad. El alarido de Teresa cuando le comunicaron que su marido, marino mercante, había muerto en el Atlántico arrasó las viviendas de su pequeña aldea costera. Cuando los compañeros del barco llamaron a la puerta de madera azul, Teresa leyó la desgracia en su cara y huyó hacia la orilla bramando como una fiera un «¡No!» incrédulo que quebró los cristales y los oídos de sus paisanos. Blanca estaba atravesando el mismo trance, pisando la misma playa que su bisabuela. Acababa de heredar la tragedia, la llevaba en los genes y, en cierto modo, esto la apaciguó. Le resultaba familiar. Consiguió atender al teléfono, ponerlo en modo altavoz a bajo volumen y reconectar con el presente.

Concha continuó con su monólogo. Le explicó que se habían llevado el cuerpo al hospital y que el padre de Blanca estaba de camino, que lo acababa de alertar.

—Dicen los médicos de la ambulancia que ha tenido un infarto, que el corazón ha dejado de latir, así, de repente, ¿entiendes, Blanquiña? No se habrá enterado, no habrá sufrido, se ha desplomado al salir hacia el huerto, sin sangre ni nada —le aseguró.

«No hace falta desangrarse para morir —confirmó Blanca— ni es necesario que te abran la cabeza en el quirófano para percibir cómo acuchillan sin anestesia tu memoria infantil mejor guardada: la del cobijo y el calor, la de ayudarte a caminar y curarte con canciones, la de la leche templada y los mimos en el alma. La muerte de una madre descuaja el corazón, lo arranca palpitante». La muerte de una madre produjo el aullido lacerado de Blanca en mitad de la noche, cuando sintió, por primera vez a los cuarenta y dos años, que se quedaba sola en el mundo.

Yago, descalzo, asomó la cabeza por la puerta del salón y vio a su madre hecha un ovillo en el suelo mientras asentía al teléfono. Blanca se dio cuenta de que su hijo se le estaba acercando, pero no tuvo valor para atajar el lloro y hacerse entender. Hubiera preferido ser una madre de manual de pedagogía, dominar la ansiedad y, con entereza, contarle a Yago que ya no volvería a estar con su abuela. La del azúcar y las albóndigas en salsa, la de los columpios, la del «Tengo una cosa para ti», la del «Déjalo jugar un rato más» y la del «Ponle calcetines gruesos, que no pase frío». No fue así. La función protectora estaba desactivada, y Blanca solo buscaba en sí misma un alivio imposible. Yago, tembloroso, se sentó con timidez junto a ella. Quería preguntar sin molestar.

—¿Con quién hablas, mamá? ¿Por qué lloras en el salón?

—No quería despertarte —alcanzó a susurrarle a su hijo.

La voz de Concha desde el móvil intentaba cerciorarse de que su relato había sido recibido:

—¿Estás ahí, hija? ¿Estás bien?

—¿Abuela? —la interrumpió Yago.

—No... ¡Ay! ¿Eres tú, Yago?

—Sí, soy Yago. ¿Y la abuela?

—Soy Concha, la amiga de tu abuela, su vecina... ¿Tu madre sigue ahí, *bonitiño*?

—Sí, mamá está a mi lado, pero ahora... ahora no puede casi hablar.

—Mira, Yago, ¿puedes llamar a tu abuelo? Llámale, él te lo contará todo... Y yo os llamo en un *ratiño*. Dale un abrazo grande a tu madre, y muchos besos, y llévale un vaso de agua. Y haz lo que te digo, llama a tu abuelo, por favor... Enseguida os pregunto de nuevo. Cuidaos, *filliños*.

Concha cerró el bando fúnebre con un suspiro.

Yago se dirigió a la cocina para cumplir con una de las órdenes. Aunque no le asustaba caminar en la penumbra, encendió la luz del tramo de pasillo que debía recorrer. Necesitaba claridad para atar cabos y encauzar la tristeza de su madre. Era la primera vez que la veía derrumbada. Ni siquiera cuando se separó de su padre la había notado sufrir tanto. Abrió el grifo, llenó el vaso de agua hasta el borde y se mojó sin querer las mangas del pijama. Se las restregó por la frente y el cuerpo en un intento de secarlas y, de paso, le ayudó a disipar los restos de sueño. Las baldosas estaban heladas; el frío le produjo un temblor más que no le importó.

Le llevó el vaso a su madre, que seguía en posición fetal tumbada en la alfombra. Blanca no reaccionó al ofrecimiento. Yago sabía lo que tenía que hacer en esos casos porque ella se lo había enseñado desde que era un bebé asustadizo. Se puso de rodillas y, con delicadeza, posó una mano sobre la cabeza de Blanca y la otra en el hombro. Le acarició el pelo del mismo modo que ella se lo había acariciado a él hacía un rato, en la cama. Descendió desde el hombro hasta la espalda de su madre con dos dedos andarines que eran, según los juegos de Blanca, hormigas que hacían cosquillas. Le notó un mínimo desahogo, y entonces se agachó para rozar la mejilla con la de ella, convertida en un charco. Comenzaron a respirar juntos, como en el ritual que solían seguir antes de dormirse. Al principio, a Yago le costó ajustarse al ritmo de las inspiraciones y espiraciones desbocadas de Blanca, pero lo alcanzó. Cuando el aliento de ambos se sincronizó, ella ya había dejado de llorar. Apretó con suavidad uno de los brazos de su hijo y, en un murmullo, constató ante Yago y ante ella misma la verdad que la tenía desolada:

—Mi madre, la abuela... ha muerto.

Al verbalizar lo sucedido, a pesar de que le estrujaba las entrañas, empezó a recuperar la compostura. Yago estaba sollozando, y no quería que su hijo sintiese el mismo desabrigo que ella. Las madres son refugio, y hasta ese minuto no había ejercido como tal; al contrario, se habían intercambiado los papeles. El cerebro pragmático de Blanca salió en su ayuda y empezó a disponerlo todo. Se levantó y le pidió a Yago que confiase en ella. Cogerían el primer avión o tren de la mañana para viajar a Galicia. Procedió a buscar billetes en el móvil, no importaba el precio. El tren de las seis de la mañana solo tardaba cuatro horas y había plazas. Quería ver a su madre por última vez antes de que la exhibieran en el tanatorio.

Sonó el teléfono. Era el abuelo Alonso, el padre de Blanca, divorciado de Tina hacía años, pero, al final, compañero y amigo. Muy alterado, les dijo que ya estaba en el hospital de Vigo. Los médicos le habían confirmado que hasta la mañana siguiente no le harían la autopsia para cerciorarse de que había sufrido un paro cardiaco. Él, en ausencia de otros familiares, como exmarido y padre de su hija, acababa de dar la autorización. «Mamá tirada durante horas en el jardín y ahora congelada en ese hospital», se lamentaba Blanca mientras notaba un nuevo retortijón. Siguió escuchando a su padre, que intentaba inocularle templanza con frases como «Yo me ocupo, ven cuando puedas» y «Ella te quería por encima de todo». Eran bastones inservibles para Blanca, incapaz de disociar, en ese momento, las palabras de su padre de las discusiones infinitas que, durante años, sus progenitores habían mantenido delante de ella. La niñez de Blanca había estado marcada por riñas constantes en casa que incluían amenazas de abandono del hogar y otras escenas melodramáticas, frente a las que ella aguantaba estoica hasta que no podía más. Antes de desbordarse, el impulso siempre la llevaba a retirarse a rincones escondidos para llorar sin testigos y sin vergüenza. Un día, después de huir de uno de esos enfrentamientos, su padre descubrió a Blanca en el cuarto de la lavadora. Nunca la había visto afligida por una de sus discusiones. Con cinco años, la creía demasiado pequeña para que le afectaran tanto.

—¿Por qué lloras aquí, hija, tú sola? —le preguntó su padre.

—Porque no quiero hacer ruido.

Décadas más tarde, aquella noche de quebranto en el salón Blanca acababa de darle a su hijo una respuesta similar. Tras el episodio de la lavadora, las peleas en casa no cesaron, pero al menos Alonso se preocupó de buscar a su hija acongojada por las esquinas más recónditas de la casa. Durante años, no falló ni una sola vez. La excepción se produjo esa misma madrugada, la de la muerte de Tina. Cuando Blanca más necesitaba que la descubrieran bajo su caparazón de amargura, él no estaba cerca. Alonso sintió frustración y pena. La distancia entre Galicia y Madrid no le permitía encontrarla y abrazarla. Blanca, acostumbrada a capear el temporal para evitar daños, le dijo que estaba bien, que lo quería muchísimo, y se despidió hasta al cabo de unas horas, las que los separaban de la mañana siguiente. La imagen de su hija, entre lágrimas y silenciosa en el cuarto de la lavadora, bajo la cama y detrás de la puerta del baño, retumbó en el recuerdo de Alonso con remordimiento.

Blanca continuó haciendo la maleta de forma mecánica mientras su hijo la miraba frotándose los ojos. Se detuvo para enviar un mensaje a Damián, el padre de Yago, contándole lo sucedido e informándole de que el niño faltaría al colegio porque se iría con ella temprano. No esperaba respuesta, pasaban de las dos de la madrugada de un martes laborable. Además, consideraba que no había debate al respecto. Yago viajaría con ella porque era su abuela y porque «Vamos a llegar a tiempo de decirle cuánto la queremos», se autoconvencía.

La ensoñación fue, de hecho, su gran aliada durante esas primeras horas. Blanca pudo sobrellevar el impacto del fallecimiento repentino de su madre porque se inventó un final mejor para todos. Cuando Yago acabó rendido de sueño en el salón, ella apagó la luz, se agachó otra vez junto al sofá, en un nuevo escondrijo, y recreó cómo sería llegar al hospital para arropar a su madre y quitarle el rocío del cuerpo. Tina siempre había sido muy friolera. A menudo le dolían los huesos por la humedad que traen las lluvias y el mar. La taparía con la manta de lana que su propia madre había calcetado a Yago cuando era un recién nacido, así que no podía olvidar meterla en la maleta. No la dejaría sola en esa morgue inhóspita, y le pediría perdón por la respuesta que le había dado por teléfono aquella tarde. Le hablaría de los intentos de rebeldía de Yago y de lo bien que parecía que le iba en el colegio, a pesar de todo. Le describiría su siguiente proyecto en el trabajo, los desencuentros con el empresario engreído que descalabraba sus ideas y algún cotilleo del vecindario, porque en una urbanización tan grande pasa de todo, y eso, a su madre, acostumbrada al universo de provincias, le hacía mucha gracia. Seguro que abriría de par en par sus ojos azules y amarillos, y se reiría de las cosas tontas fruto del individualismo de la capital. Por supuesto, Blanca le preguntaría por las hortensias, que si había podido acabar de podarlas y que, si no, que descuidase, que ella remataría la faena. También solucionaría lo de esos muebles antiguos que quería restaurar, tal como le había pedido. Para apaciguarla todavía más frente a lo desconocido —porque algo extraño iba a pasar, desde luego, por eso estaban las dos ateridas en esa sala de hospital helada—, le cantaría las nanas con las que Tina había aliviado durante años los pequeños duelos de Blanca en la oscuridad. En la infancia, irse a dormir supone una despedida, una noche tras otra, de las personas que más quieres. Era precisamente lo que iba a ocurrir. Si esa vez Blanca cerraba los ojos, se cumpliría el temor fatal de su niñez. Por la mañana, su madre no estaría.

Así que decidió retar a la realidad y no durmió. Fantaseó con que la acompañaría hasta el último latido, que la protegería y le devolvería el favor de calmar el miedo. Fue la única manera de aguantar la vigilia con entereza. Se trataba de no pensar en su madre muerta hasta llegar a su lado.

2

Cuando el tren se puso en marcha, Yago ya cabeceaba sobre el hombro de Blanca. Le había elegido un chándal que él se enfundó aún sonámbulo por el madrugón. Ya en su asiento, Blanca hizo cosquillas con los dedos en el trocito de la espalda de su hijo que asomaba entre la chaqueta desaliñada y el pantalón. «No me he puesto calzoncillos», le confesó él, agotado, sin mostrar incomodidad. Blanca había metido un par en la maleta. Tampoco ella sabía cómo había logrado vestirse con cierta lógica. Observó su indumentaria y apreció que el piloto automático no había fallado del todo al combinar vaqueros con jersey marrón y botines de piel. Dejaban atrás la estación de Chamartín, que estaba tranquila, tan temprano. Tampoco en su vagón había jaleo, solo otras cinco personas que se aislaban del madrugón con auriculares. Sin moverse demasiado para que Yago siguiera descansando, Blanca abrió la tablet con la intención de responder correos. No sabía por dónde empezar. Necesitaba que dos clientes y varios proveedores le dieran unos días de respiro, pero, a la vez, temía perderlos. Llevaba una muy buena racha profesional, y no había resultado fácil llegar hasta allí. Se preguntó por qué alguien ajeno a su dolor, con el que solo le unía una relación comercial, empatizaría con ella hasta el punto de entender que, con la muerte de su madre, el mundo acababa de detenerse.

Blanca había logrado convertir su afición por el equilibrio y los objetos en un oficio con el que ganaba un buen salario. Gente pudiente de distintos puntos del país reclamaba su asesoría en diseño para crear nuevos ambientes en viviendas y oficinas. Debido al volumen de trabajo, tuvo que montar una pequeña empresa con otras dos socias y, entre las tres, se repartían los encargos de mayor enjundia. Blanca era el cerebro. Siempre había tenido una sensibilidad especial para sacar el máximo partido al entorno y embellecerlo. Adoraba su profesión: cada proyecto suponía sumergirse en un universo diferente y, ahí, jugar con las medidas, las proporciones y los volúmenes. El límite lo marcaba el presupuesto, pero la gran satisfacción era acabar dotando a las estancias de estética y utilidad, transformarlas en lugares donde era inimaginable que ocurrieran cosas feas. A menudo, el mayor reto era lidiar con un cliente de alto poder adquisitivo y excentricidades también elevadas. Sin embargo, el talante profesional de Blanca, sutil y concienzudo, solía desmontar el criterio inicial del pagador y salirse con la suya. Lo que era un punto de partida minimalista podía acabar rozando lo barroco y a la inversa, pero siempre, según ella, porque esa era la mejor opción para ese sitio en ese momento de su historia y teniendo en cuenta quiénes lo iban a habitar.

Como cualquier diseñador de interiores, una vez hecho el estudio sobre el terreno, echaba horas frente al ordenador plasmando las ideas, y ocupaba días enteros consultando a distribuidores para encontrar los muebles y materiales más apropiados. Como cualquier apasionada en lo suyo, también tenía sus pedidos favoritos. Los proyectos fetiche de Blanca eran los «emplazamientos de transición»: así llamaba a ambientar escaleras, recibidores, portales o pasillos de un hotel o restaurante, lugares de paso en los que casi nadie se fija, pero que todos atraviesan, y donde, pese a su fugacidad, cristalizan sentimientos, como un beso furtivo de camino a la habitación, una preocupación que nos asalta en mitad de la escalera... Dejamos huella en esos trayectos que, además, sirven como escondite antes de llegar a la meta. Por eso Blanca consideraba que debían ser igual de acogedores, y se esmeraba en el mobiliario, los colores, las texturas y la luz. Mientras los planificaba, disfrutaba al suponer la variedad de situaciones cortas pero intensas que podrían albergar. Sospechaba que sus vivencias de niña, aquellas horas de guarida en el cuarto de la lavadora o detrás de la puerta, guardaban una relación directa con esa atracción por cuidar de los umbrales olvidados.

Blanca compaginaba los encargos importantes, que podían durar meses, con creaciones artesanales a pequeña escala que la ayudaban a liberar la mente y le recordaban de dónde venía. Su primer despertar al interiorismo fueron las plantas; Tina le transmitió esa admiración. Desde muy niña, cuando su madre salía de la oficina, Blanca la acompañaba al vivero o a la floristería. Tina dejaba atrás el despacho anodino del ayuntamiento y se escapaba con su hija a escoger filodendros, monsteras y ficus. Cada semana, se convertía en una experiencia feliz para ambas. Blanca recordaba las escenas con mucha claridad. Cargaban la planta hasta casa, y no se ponían guantes, pero sí un pañuelo en el pelo. Cubrían el suelo con papel de periódico y se arrodillaban para rellenar y recolocar macetas, para trasplantar y regar. Su madre le daba pautas y tarareaba alguna canción antigua mientras se les ennegrecían las uñas al manejar el sustrato universal. Ese cuidado trasmitido por Tina había provocado que, desde hacía un par de años, Blanca elaborase pequeños terrarios de cristal. Estaban siendo muy solicitados entre los compradores: hábitats conformados por cactus y crasas junto con musgo, piedras, madera y arena, encerrados en jarrones o esferas. Solo necesitaban sol indirecto y moderado, apenas riego y, en general, poca atención para verse elegantes, diáfanos, y otorgar ese punto de naturaleza que cualquier habitación inerte necesita. «Para evadirnos al mirarlos, para hacernos creer que no estamos encapsulados en la ciudad», divagaba a menudo Blanca mientras hundía su guante en la tierra y la adornaba con pequeños cantos. Cada una de esas invitaciones a escapar del asfalto la vendía por no menos de trescientos euros.

Su móvil vibró sobre la mesa desplegada del respaldo delantero. Eran las siete y media de la mañana, y Blanca sintió que podía comunicarse con la serenidad que le había faltado la noche anterior. Su padre quería saber a qué hora llegarían a la estación de Vigo para ir a recogerlos.

—Muchas gracias, papá, llegaremos a las diez —dijo ella.

—Ese agradecimiento sobra. Sois mi hija y mi nieto, faltaría más.

—Quiero ir rápidamente donde mamá —pidió Blanca.

—Claro, ese es el plan —confirmó Alonso para intentar calmar en vano el desasosiego que percibía en su hija.

Ella tragó saliva y miró por la ventana el campo llano e infinito de Castilla, un horizonte tan diferente a las montañas del noroeste que la alta velocidad no había conseguido dinamitar del todo. Le parecía que el viaje transcurría demasiado lento. No sabía si esa percepción era real, si se debía a su deseo de llegar cuanto antes a Galicia o a que las vías del ferrocarril intuían que necesitaba más tiempo sentada en ese vagón para preparar el encuentro con su madre.

—Qué lento va, papá, ¿no habían mejorado algunos tramos?

Mientras hablaba con él, Blanca se dio cuenta de que le estaban entrando mensajes en el teléfono. Su experiencia profesional le decía que, cuando alguien envía un wasap al amanecer es para manifestar una queja que le ha reconcomido de madrugada. Se despidió de su padre y desplegó la batería de notificaciones entre las que, en efecto, encontró una nota de voz de María José Ramírez-San Juan de mal humor. Era un pódcast de diez minutos con toses, parones y conversaciones paralelas con la que parecía ser su empleada doméstica. Entre la maraña sonora, la clienta solicitaba, en tono grave, una reunión urgente debido al «pésimo» estado en el que se había encontrado uno de sus aparadores tras la reforma de su piso en el barrio de los Jerónimos. «Mi asistente se pondrá en contacto con usted y le enviará imágenes de los desperfectos», decía y, después de un «gracias» recatado, mantenía por error pulsado el micrófono del chat unos segundos. Lo justo para que la escuchase exigirle a su criada que la ayudase a levantarse. Antes de contestar, Blanca comprobó que, en otro mensaje y con mejores modales, la asistente personal de María José ya le había hecho llegar con apremio las fotografías del aparador para valorar los daños. Blanca solo apreció un rasguño importante en un lateral del mueble. Igual se había producido durante el traslado, pero le extrañaba, porque solía ser muy meticulosa con los transportistas que contrataba para retirar y volver a colocar el mobiliario en los pisos de lujo. Amplió una de las fotos, la más nítida, porque la otra estaba totalmente desenfocada, quizá a causa del pulso inestable de Ramírez-San Juan, que contaba con setenta y siete años. Era un rasponazo fino, no muy profundo pero estable, que recorría todo el ancho del aparador en línea recta. Recordaba a los arañazos intencionados sobre la chapa del coche que un posible enemigo realiza con una llave sin que nadie lo observe. ¿Qué *haters* tendría doña María José a esas alturas? Descartó abrir un caso policial y, aunque desganada, respondió con amabilidad para que no hubiese líos:

> Buenos días, María José. Gracias por escribirme. Veremos cómo solucionar el daño cuanto antes. Me pondré en contacto con su asistente para fijar una visita. Muchísimas gracias de nuevo y disculpe el inconveniente.

El tren entró en un túnel que bloqueó la señal, y por un instante ayudó a Blanca a cerrar móvil, tablet y ojos. Cuando los abrió, las ventanas continuaban en negro, igual que su cabeza. Presentía una reorganización de su vida muchísimo mayor que cuando se separó de Damián y se sumió en una temporada de turbulencias emocionales: las más tristes, la negativa de su hijo a vivir con ella, porque la consideraba la causante del divorcio. Estaba claro que Blanca era experta en dotar a los lugares de un nuevo aspecto, en reinventarlos, pero no tenía ni idea de cómo mejorar su atmósfera personal en ese instante, cuando su madre ya no respiraba. El problema no era algo material que pudiese acoplar o descartar o, como lamentaba su clienta septuagenaria, un antiestético arañazo en un mueble caro. La cuestión era enfrentarse al vacío. No llevaba ni doce horas sin su madre y actuar como cuando estaba viva ya era imposible. Se imponían límites físicos obvios. Lo acababa de comprobar, nada más salir de la estación, al refrenar el impulso de presionar el contacto «Mamá» para decirle que el tren estaba en marcha y que se verían en unas cuatro horas.

La llegada a Vigo fue más bella de lo que las circunstancias presagiaban. No llovía, el aire era templado y el abuelo los abrazó sin parar, muy conmovido. Había cariño en todos sus gestos, pero también destellos de causas no resueltas que le producían pesar. Blanca no entró a descifrarlas. No era el momento de ahondar en ellas, solo quería ver a su madre.

Su padre los condujo en coche hasta el hospital. Alonso se quedó con Yago desayunando en la cafetería mientras Blanca se identificaba y pedía permiso para verla antes del traslado al tanatorio. La acompañó un enfermero. Parecía veterano y curtido en ese tipo de procedimientos dolorosos. Le dio todos los informes médicos que constataban la defunción por parada cardiaca.

A continuación, nada sucedió como en las películas ni como en la fantasía que Blanca, de madrugada, había diseñado. Cuando llegó a la morgue —una habitación, eso sí, tan helada como pensaba—, la verdad cayó rotunda sobre ella. Siguió al enfermero, entró con pasos cortos y se acercó a la camilla metálica en la que Tina descansaba protegida por una funda negra. El sanitario deslizó la cremallera hasta el final del cuello, antes del pecho. Fue imposible abrigarla o tocarla porque ya la habían manipulado para la autopsia. Tampoco consolarla, cantarle o decirle que la quería más de lo que pensaba. Ni siquiera la sintió dormida. De golpe, volvió el dolor a su tripa, y comprendió que allí ya no había nadie. Sin embargo, aunque la ausencia era contundente y profunda, su cuerpo seguía emitiendo luz. Tina resplandecía, y no por el reflejo de los fluorescentes. Era un brillo propio, una estela que permanecía, a pesar de que su origen se hubiera perdido. «Como las estrellas que se apagaron hace millones de años y que hoy vemos titilar», pensó Blanca, que avanzó un poco más y permaneció muy quieta junto al cuerpo. Contempló su rostro, más níveo que nunca. Su piel pulida y pálida, casi transparente, con las arrugas justas. Los párpados echados, azulados, y su boca fina, algo más tirante de lo habitual. Los rizos castaños de raíces blancas. Los dos lunares consecutivos en el cuello. En ese momento —impotente, pero observando con detalle la sublimidad de su madre muerta—, Blanca volvió a emocionarse sin contención. El enfermero se acercó con una caja de pañuelos de papel y le dijo que, sintiéndolo mucho, tenía que marcharse. El gesto por parte del sanitario fue lo suficientemente rutinario para que ella detectase que, pese al golpe de la muerte de su madre, todo seguía su evolución sin alteraciones. A su alrededor, el mundo se movía, y nadie se percataba de que, para Blanca, todo se había parado.

Dos horas después, Yago entraba de la mano de Blanca en el tanatorio. Les asignaron la sala número tres. Era la primera vez que acudía a un lugar así. Ella le señaló unas cortinas y le explicó que las descorrerían cuando la abuela Tina estuviese al otro lado. Al principio, el chico se mostró intrigado ante la visión que estaba a punto de anclar en el cerebro, pero, cuando el personal del tanatorio colocó el féretro y las cortinas comenzaron a plegarse, sintió que se le aceleraba el pulso.

Asustado, dio la espalda al cristal de forma brusca, porque no quería encontrarse con la abuela fallecida frente a frente.

—No está abierto, mi niño, tranquilo —le aclaró Blanca al ver su reacción, adivinando qué le pasaba.

Apoyó las manos en los hombros contraídos de su hijo.

Poco a poco, sin despegarse de su madre, Yago se fue dando la vuelta hasta encarar la situación, que no se parecía a ninguna otra que hubiera visto, a pesar de las miles de ventanas que brinda internet. Un ataúd cerrado con su abuela en su interior. «Estará en camisón. Como dormida», pensó. Flores alrededor. Desconocidos que se acercaban a abrazar y besar en la mejilla a su madre y a él le tocaban el pelo, le hacían una carantoña tierna. Después, se situaban delante del cristal, miraban la caja; unos suspiraban, otros rezaban, los que más, se conmovían. Yago, atento e inquieto, registraba cada movimiento, también las risas ligeras que juzgó inadecuadas en un clima que debía ser serio. Miró a su madre, desmaquillada y triste, y se apretó todavía más contra ella. Su madre le cogió la palma de la mano para hacerle círculos concéntricos, y a él le sobrevino el recuerdo de su abuela contándole que eso era una tontería, que ella no se iba a morir nunca. Blanca se había molestado por la respuesta y había discutido con su madre. Hasta ese día, Yago no resolvió el misterio. Se agarró entonces a la cintura de Blanca y lloró mucho. Lloró por su abuela, por su madre, por su padre y por el grandísimo temor a perderlos algún día. Rodeado por los brazos de su mamá, que intentaba calmarlo y le limpiaba los mocos, lloró lo suficiente para sosegarse y hacerse un poco más mayor. Después del primer gran susto y de encajarlo como pudo a sus diez años, la tarde en el tanatorio fue melancólica para Yago. La primera tarde sin la abu.

Cada muerto tenía su sala, su libro de condolencias, sus coronas de flores, sus familiares y amigos, pero los aseos de los vivos eran comunes. Blanca dejó a Yago con Damián, que acababa de llegar de Madrid, y se escapó al servicio con ganas de liberar vejiga y mente, saturada de repetir lo mismo durante tantos pésames. Se estaba lavando las manos al lado de una mujer un poco mayor que ella que vestía el uniforme oscuro del personal del tanatorio; llevaba el pelo en un moño y las canas sin teñir. Todo en ella era grisáceo, también su mirada. Lo único disonante, un enganchón en sus medias que había desencadenado una carrera de la rodilla al tobillo izquierdo. No parecía haberse percatado, o tal vez sí y disimulaba sin dar importancia al defecto, enjabonándose despacio. La mujer se sintió observada y Blanca, al verse descubierta, decidió iniciar la conversación:

—Solo hay que darle un toquecito de esmalte de uñas para que no vaya a más —le aconsejó.

—Ah, sí... —La empleada se fijó en la media rota—. Ni me había dado cuenta, en medio del fragor de la batalla. —Sonrió levemente y le guiñó un ojo—. Muchas gracias, siempre tengo unas de repuesto en el cajón.

Blanca cogió suficiente papel higiénico para envolverse las manos.

—¿Era tu madre? La mujer de la sala tres... —continuó la trabajadora del tanatorio.

—Sí, es... *es* mi madre —enfatizó Blanca.

—Cierto, con ellas siempre es presente. Parece que nunca se van del todo, ¿verdad?

—Ya...

Blanca sabía que aún estaba lejos de esa fase, pero llegaría.

—Lo siento mucho. La mía la perdí hace tres años. Estaba enferma, pero no sospechaba que tanto. Una mañana no despertó... —Hizo una pausa, casi conteniendo la respiración—. ¿Sabes? Aunque a estas alturas te parezca increíble, te acostumbras... Te acostumbras a echarla de menos para siempre.

La mujer cerró el grifo con un leve manotazo calculado sin dejar de mirarse al espejo. Accionó el sensor del secamanos, que hizo un ruido ensordecedor, y ayudó a Blanca a disimular el aguijón en el pecho. No le temblaban la barbilla ni los dedos flacos que frotaba bajo el chorro de aire caliente, a pesar de su reciente y dura revelación: la evidencia de que la pérdida de una madre no la cura nada, ni siquiera el bálsamo del tiempo. En ese lavabo de azulejos blancos y puertas negras, Blanca auguró que, cuando se agotasen las lágrimas —y los ansiolíticos—, seguiría caminando bien erguida, sí, pero en convivencia con una aflicción que nadie suple, un espacio que queda inhabitado. Ni siquiera Yago, su hijo, podría llenarlo, aunque era el que estaría más cerca de recordarle ese vínculo. Su madre solía decir que los niños eran quitapenas. Empezaba a comprender por qué, aunque le parecía un comportamiento muy cobarde: tener hijos para ocuparnos de ellos y que nos hagan olvidar que nosotros ya no lo somos. Eso no es de valientes, solo una estratagema para mantenernos en pie con dignidad. Igual que la mujer del aseo, a la que ya no le tiritaba la mandíbula al recordar a su madre muerta.

—Soy Maribel, disculpa, que no me he presentado. Estaré en recepción hasta pasada la medianoche, por si necesitáis algo. No dudes en llamarme. Por cierto, acaban de llegar más flores para tu madre, enseguida os las llevan a la sala. Cualquier cosa, me avisas. Mucho ánimo. Te acompaño en el sentimiento.

Aquella fue la primera vez que Blanca experimentó una capacidad recién adquirida: adivinar las ojeras de otra huérfana. La languidez de verse desarraigada. No era un superpoder, sino una especie de solidaridad sombría entre los que han perdido a una madre joven. Se cruzan, se reconocen, identifican la pena. La intención siempre es detenerse para compartir duelos, encontrar similitudes y no sentirse tan a la intemperie. Pero cada cual, rápidamente, vuelve a su historia, porque al principio hablar ayuda, pero la conclusión siempre es la misma, y entristece el doble.

Blanca volvió a los sofás de la sala tres. Eran casi las ocho y media, había anochecido y Yago estaba exhausto. Damián propuso llevárselo a cenar y al hotel donde pasarían la noche. No había dudado en viajar con urgencia para despedir a la abuela materna de su hijo. Tina había sido una suegra respetuosa y atenta con él, también tras la separación. Por otro lado, quería ayudar a Yago. Eran demasiadas emociones para un niño de diez años, por mucho que Blanca no quisiera ocultarle lo sucedido. «No hay que mentir a los niños, no hay que negar la muerte, deben emprender su duelo», repetían los psicólogos y pedagogos que Blanca leía, escuchaba y seguía en libros, pódcast y redes sociales. Así se lo trasladaba a Damián, que con frecuencia se sentía saturado por la cantidad de información que le proporcionaba su ex sobre la crianza moderna.

—Se viene conmigo, Blanca, está que se cae de sueño —reiteró Damián.

Blanca abrazó muy fuerte a su hijo, lo besó y volvió a abrazarlo. Se dijeron que se querían y un «Hasta mañana»; ella prefería no irse lejos y permanecer en vela otra noche más. Damián se mostraba colaborador y comprensivo pese a los encontronazos que se habían producido los últimos cinco años separados; gracias al esfuerzo mutuo, desembocaron en una cordial custodia compartida. Al verlos salir de la sala, Blanca recordó lo enamorada que había estado de él y, en especial, el día que nació Yago. Un papá primerizo obnubilado hasta el punto de exigir hacer el piel con piel con el bebé porque temía que su propio hijo no lo reconociera. Cuando nacemos, apenas vemos, y el olfato se convierte en una guía de supervivencia, el mejor camino para identificar a nuestros progenitores y cuidadores. Madres, padres e hijos necesitan estar cerca desde el minuto cero, olfatearse y reconocerse para siempre. «Dejar de oler a una madre es casi tan doloroso como dejar de verla», pensó Blanca con los ojos fijos en el féretro.

La evocación quedó interrumpida por la llegada de las últimas flores, las que Maribel le había dicho que llevarían a la sala y que otro miembro del equipo se ocupó de acercar. No era una corona al uso. Tampoco Blanca era una experta, pero aquella no era redonda ni tenía nada de convencional: era un gran ramo de retama, de *xestas*, como se las llama en el norte, tan silvestres como dispuestas con cierta simetría para que la sensación fuese armónica. Blanca conocía la fuerza de ese arbusto, que en Galicia se confunde y entremezcla en el paisaje con el tojo. Pero las *xestas* no tienen espinas y el amarillo de sus flores reluce más. Solía ser un dibujo habitual entre los papeles de su madre. Cuando Tina se saturaba de anotar tareas pendientes, números de teléfono y recados, aprovechaba los márgenes de las libretas para delinear esas ramas que después coloreaba con un lápiz amarillo. Era un recurso muy integrado en su persona, casi mecánico, como esas poesías que memorizas en la infancia y puedes recitar al cabo de treinta o cuarenta años como la primera vez, de pie en la pizarra, frente al maestro. Blanca percibió el aroma dulzón de la retama y, con la mirada, localizó a su padre dos corrillos más atrás. Él también se había fijado en las *xestas*, pero negó con los hombros que el ramo fuese suyo. Blanca buscó un sobre perdido entre las flores, pero no lo encontró. Pidió que las colocaran sobre el féretro. Destacaban por su sencillez salvaje entre los centros de rosas blancas y rojas. Habían llegado allí sin remitente, como les explicó Maribel, que las recibió de un mensajero. Eso fue lo único que el abuelo Alonso consiguió averiguar y transmitió a Blanca, tras un breve interrogatorio a la recepcionista de las medias rotas.

Hacia las diez de la noche, Blanca y su padre empezaron a quedarse solos. Los parientes y amigos que los habían acompañado durante horas iban abandonando la sala. Entre ellos, Concha, vecina y emisaria de la funesta noticia, que en el tanatorio siguió desempeñando ese papel entre las amistades de la difunta. Era parlanchina y descriptiva hasta que la congoja se le atravesaba en la garganta y tenía que hacer un parón. Luego, retomaba su discurso para elogiar a Tina, «buenísima persona» y su principal confidente, dejaba claro. A Blanca no le importó el panegírico. De hecho, lo creyó oportuno; alguien tenía que hacerlo, pero admitió cierta envidia de que Concha —y no ella— fuese la que hubiera descubierto a su madre tendida en el jardín. Por puro azar y probabilidad, debido a los kilómetros de distancia entre ellas, el último momento más cercano de Tina a la vida se lo había llevado la vecina, no su propia hija.

Uxía, la única amiga que Blanca conservaba en Vigo desde la niñez, la rodeó con sus brazos gruesos. Le ofreció su casa, por si quería quedarse a dormir, y llevarla al día siguiente al funeral. Blanca no podía soportar la idea de cerrar la puerta de esa sala y dejar a su madre sola. Declinó la invitación, como lo hizo ante la misma oferta en boca de su padre. «Tienes que descansar, ven a casa», insistió él, que residía a veinte minutos, en Moaña, una localidad cercana a Vigo. Demasiado lejos del tanatorio para Blanca. Era incapaz de decir que no quería marcharse porque necesitaba notar, otra noche más, que su madre aún estaba cerca del modo que fuese. El calor seguía en esa sala, al lado de su cuerpo. Intentar pegar ojo en la habitación de invitados de casa de su padre, donde su madre no había dejado huella alguna, era abandonarla.

Así que continuó con el plan del velatorio de madrugada, y se organizó con Damián para asearse muy temprano en el hotel donde se quedaban él y Yago, a cinco minutos del tanatorio. Allí se prepararía para el entierro. Por supuesto, no se había atrevido a alojarse en casa de su madre. Prefería postergar el encuentro con el domicilio familiar. Intuía la cantidad de sensaciones que la invadirían cuando pusiese un pie ahí. Alonso la vio tan obcecada en permanecer junto a Tina que no insistió. La besó y le dijo que la recogería a las nueve en el hotel. No le preocupó dejarla allí. Sabía que su hija era una experta en agazaparse y llorar a gusto, con discreción, y en esa ocasión era más necesario que nunca.

Blanca se reclinó con cierto desahogo en el sofá de la sala tres del tanatorio. Era de piel sintética y bastante cómodo, pensado para permanecer durante al menos día y medio y no salir aquejada de más dolores de cuello que los que conlleva el duelo. Dudó si correr, por deferencia, las cortinas blancas del cristal que la separaba de su madre. Las dejó abiertas, aunque en realidad daba igual. Ninguna de las dos pensaba escapar. Lo que jamás se le ocurriría sería entrar en ese habitáculo y levantar la tapa del féretro para lamentarse por el maquillaje inapropiado del tanatopractor. Eligió recordarla para siempre luminosa.

Casi tumbada en el sofá, cerró los ojos para rememorar la cara de Tina joven, sonriente y liberada a la salida del trabajo, caminando entre los pasillos del invernadero con un vestido amarillo y preguntándole si le gustaban más los geranios o las surfinias para el balcón. En ese recorrido por la película de su madre, también la vio cansada después de cocinar, limpiar y dedicarse a poner patas arriba toda la casa «para darle otro aire», decía. Revolucionaba las habitaciones cada nueva estación para no aburrirse al observar las mismas cosas en el mismo lugar. Cuando los muebles de usar y tirar no existían, y una cómoda o una mesa de madera maciza —regalo de bodas— no caducaba, la única opción para renovar el ambiente era mover los muebles. Esas jornadas, por lo general sábados, veía a su madre radiante por los futuros cambios que ella misma iba a provocar en el espacio. Levantaba sillas y desplazaba estanterías muy contenta mientras Blanca se divertía jugando con sus muñecas o leyendo entre el laberinto. Después de dos o tres horas, la revuelta acababa y se instauraba un nuevo orden en salón y dormitorios. Tina se sentaba y contemplaba su obra satisfecha. Se dejaba caer en la silla, miraba a su hija y le confesaba, agitando las manos:

—¡Y todavía tengo tanto por hacer!

Entonces, como si la asaltara una revelación, solía correr a buscar papel y bolígrafo, y anotaba algo. Esa era una frase recurrente, casi un comodín, en la historia de su madre: «Tengo tanto por hacer». Blanca no le había dado importancia hasta esa noche. Mientras velaba su cuerpo, entre el agotamiento y las memorias, consiguió comprender el verdadero significado de esa expresión. Lo que había considerado una exclamación abrumada por las tareas domésticas pendientes en realidad iba mucho más allá. No era una queja, sino un anhelo: la esperanza de tener tiempo para vivir lo que aún no había vivido. La muerte temprana de Tina le sugirió a Blanca esa lectura y la apenó, porque esa energía vital reservada por su madre para todo aquello que estaba por venir ya no tenía sentido. Listados y retahílas se quedaron truncados. No hubo suficientes años.

Blanca daba cabezadas insomnes en el sofá, que ya no le parecía tan mullido, y divagaba sobre lo que su madre podría haber escrito en aquellas notas, que en ese instante supo que no eran listas de la compra semanal. En torno a la una de la madrugada, Maribel se asomó para ofrecerle una manta y una almohada que Blanca agradeció, y para despedirse, hierática y un punto misteriosa, tal como se había presentado en el baño. La recepcionista reparó en la retama amarilla que Blanca había pedido colocar sobre el ataúd y que ella misma había autorizado.

—No está mal pensado. Siempre se ha dicho que las *xestas* protegen frente a las *meigas* y la mala suerte. Da igual dónde estén esas personas, ¿no te parece? Que veles bien a tu madre, pero no olvides tu descanso. Hay otro compañero en recepción. Te deseo una noche tranquila, dentro de lo posible.

Maribel salió de la sala tres y Blanca pensó que no volvería a encontrarse con aquella huérfana. Consideró que había que ser de una madera especial para trabajar en un tanatorio y verle la cara al duelo cada jornada, y que el manejo de las palabras y los gestos solemnes, tal como hacía esa empleada, era fundamental para que el decoro no decayese. Ni el suyo, como miembro del *staff* fúnebre, ni el del resto de los humanos que lloran allí, durante horas, por los que ya no están. La retama amarilla no había dejado de desprender aroma a monte y miel, como una señal de vida que se colaba por los resquicios del cristal en dirección al sofá. Poco a poco, el olor impregnó la nariz de Blanca y la aletargó hasta el amanecer.

3

Al día siguiente, Damián y Yago desayunaron en la cafetería del hotel mientras Blanca aprovechaba para llorar, tres plantas más arriba, en el baño de la habitación. Pasaban de las nueve y media del que sería el día del entierro. La ducha era eficiente: el agua se llevaba las lágrimas; el sonido de la presión disimulaba el llanto. Perfecta para desgañitarse a gusto por la muerte de una madre. Después de quince minutos, Blanca contuvo el lamento y la respiración al tiempo que cerraba el grifo. Salió para secarse por fuera y por dentro. Dejó atrás un espacio donde no tendría por qué volcar la tristeza nunca más. Para ella, especialista en interiores, la ventaja emocional de los hoteles funcionales y despersonalizados es que favorecen el olvido. Por mucho que sufras en sus instalaciones, hay poca probabilidad de volver a pisarlas. O de dejar huella. Cuando das el portazo, lo malo se queda allí encerrado, sobre la moqueta y entre las juntas de los azulejos. Esto no ocurre en tu apartamento, donde visitas una y otra vez los mismos rincones que acumulan recuerdos de toda clase.

Golpearon con suavidad la puerta del aseo dos veces:

—Mamá, ¿has acabado?

Yago se lavó los dientes y se puso a ver dibujos en la televisión desde la cama deshecha. Blanca se arregló apresurada. Damián bajó a fumarse un cigarrillo en la puerta del hotel, junto con el abuelo Alonso. Le habían subido un café urgente a Blanca, bien cargado, con un poco de leche. Ella siempre lo disfrutaba porque su aroma equivalía al pistoletazo de salida de la jornada. Con ese primer café, parece que todo se reactiva y empieza de nuevo. Es una invitación a continuar. Por contra, temprano aborrecía el olor a tabaco. Su consumo fue motivo de discusión con Damián durante el embarazo y cuando Yago era un bebé.

Dio dos sorbos, aunque esa mañana no estaba previsto que funcionara su poder estimulante. Se puso una *blazer* y unos vaqueros negros, y se miró al espejo con escepticismo. Desconfiaba de las directrices del luto... Cuántas mujeres se habían visto obligadas a sumirse en el negro por tradición y no habían podido asomar cabeza hacia la luz en décadas. No obstante, pese a la claustrofobia, había algo en la ausencia de color que necesitaba. Estaba en consonancia con la oscuridad sobrevenida que, sospechaba, la acompañaría durante bastante tiempo.

Blanca estaba analizando que la chaqueta era más gris marengo que el pantalón cuando la historia de su bisabuela volvió a abordarla. Teresa seguía huyendo de la realidad en dirección a ese mar que había engullido a su marido. Escuchó su grito negacionista que, con el paso de los años, se transformaría en blusa, falda y pañuelo negros de por vida. Bebió, pero el café ya estaba frío. Pidió a Yago que apagase la televisión e hiciese un pis antes de bajar. El féretro saldría en media hora hacia el cementerio, pero ellos, según le había detallado su padre, cual comitiva familiar, debían llegar antes para recibirlo. El cura diría unas palabras junto al nicho.

Blanca había renunciado al responso habitual, a pesar de las indirectas de Concha en el tanatorio, muchísimo más beata. No recordaba que su madre fuera demasiado creyente. La había criado bajo el convencimiento de que se puede creer en Dios a medias, solo un poco. «Siempre te dicen que la fe se tiene o no se tiene, pero hay grises», le había comentado Tina a su hija en varias ocasiones. «Grises como el de la americana que he elegido para tu entierro, mamá», meditó Blanca sin percatarse de que aquella sería una de las primeras veces en que iniciaría un diálogo mental con su madre muerta.

Su teléfono ya estaba cargado y, antes de salir, revisó los mensajes que faltaban por contestar. Sus socias le daban el pésame y reiteraban que se ocuparían de todo, que delegase tarea en ellas sin piedad y se olvidase del curro, aunque sabían que Blanca no lo conseguiría. Los dos otros chats bulliciosos eran el de familias del colegio y el de vecinas de la urbanización. En el primero contó lo sucedido con parquedad y pidió, por favor, que se lo comentasen a la profesora. Blanca justificaría a la tutora, en breve y de manera oficial, las ausencias de Yago a clase. En el otro chat fue bastante menos sutil porque había más confianza con sus integrantes, cinco vecinas con las que —como Concha con su madre— había estrechado lazos después de seis años compartiendo patio y rumores. Hizo *scroll*. Tras una veintena de mensajes en los que hablaban del lío con los nuevos contenedores marrones para la basura orgánica y de cuándo podrían librarse de sus respectivas proles para quedar a cenar, escribió que, en su caso, la cita tendría que esperar porque estaba en Galicia, de camino a un entierro. «Mi madre», especificó a continuación junto al icono de un corazón rojo con una venda. No esperó a que respondiesen. La retahíla de wasaps pidiendo detalles y mandando abrazos sería interminable, y llegaría tarde. Estaba segura de que Vanesa, administradora del grupo y líder de los planes vecinales, comenzaría a enviar *gifs* horteras con besos y lágrimas que se sentía incapaz de gestionar. Aplazó las aclaraciones, puso el móvil en silencio y Yago y ella abandonaron la habitación del hotel.

Era un cementerio rodeado de árboles y con vistas al mar. Un paisaje bonito no mejoraba la estancia de los muertos, pero ayudaba a sosegar a los vivos. Les convencía de que allí los suyos reposaban, al menos, con garantía estética. «Por si alguna vez levantan la cabeza del suelo», especuló con estupidez Blanca, apoyando las manos en el féretro. Los mausoleos se alzaban en una pequeña colina que vigilaba el pueblo natal de su madre, de su abuela Delia y de su bisabuela viuda. A excepción de algunas bateas y un catamarán oxidado, su origen pescador se había diluido. Los habitantes se triplicaban en verano. A lo largo del paseo de la playa, bares, marisquerías y tiendas de souvenirs habían sustituido las antiguas casas de piedra con puertas y ventanas pintadas de diferentes colores. Azul, verde, amarillo, naranja, morado, rosa. El marinero que por fin regresaba, «despistado» por el vaivén de las olas y el alcohol, tenía la referencia cromática que le recordaba dónde permanecía su hogar. Sobre las confusiones de cama familiar también había leyendas, Tina se las había insinuado. Resultaba imposible discernir si la culpa de la infidelidad era a consecuencia del error fortuito o del marinero lúcido que buscaba, a su vuelta, otros cantos de sirena. Antaño los cuernos solo se ponían con ayuda de la nocturnidad, del silencio y de la distancia en el corazón que provoca pasar meses aislado en el Atlántico. Esas noches de sal eran también el momento idóneo para comunicar las pérdidas humanas. Blanca sospechó que su bisabuela, cuando la madrugada de autos golpearon su puerta azul, quizá imaginaba que estaba a punto de abrirla al deseo. Pero entró la muerte.

El cura pronunció una breve homilía para despedir a Tina al pie del panteón. Yago estaba junto a Blanca en primera fila, con la cabeza apoyada en la cadera de su madre. Damián le acariciaba el cuello a su hijo. El abuelo Alonso lloraba, Concha también, al igual que otros parientes y amigos que habían decidido acercarse para constatar el nuevo destino de Tina. Las flores del tanatorio estaban allí; se quedarían con ella hasta que cayeran marchitas. Blanca fijó la mirada en el manojo de retama que, pese a ser salvaje, mantenía la entereza de las rosas cultivadas en invernadero. Era el mes de marzo, aún no lloviznaba, pero la humedad era penetrante. En cuanto los operarios comenzaron a introducir el ataúd en el nicho, Blanca, enajenada por los acontecimientos, volvió a preocuparse por el frío que sentiría su madre. Pensó en su cuerpo encerrado entre esas paredes empapadas por la cercanía del mar. En el agua que faltaba por caer sobre ella, paralizada y vulnerable, en los próximos meses. En cómo se calaría mientras yacía. En lo heladora y solitaria que era su situación. Sin una manta, sin un consuelo vivo que la calentara. La idea de abrigarla la invadió con tanta angustia que, con el féretro a punto de ser depositado por completo en el hueco, Blanca soltó la mano de Yago e interrumpió el proceso. Se acercó y pidió a los trabajadores del cementerio que, por favor, se detuvieran. La gente la miraba atónita, se oían murmullos. Los operarios, resignados y respetuosos con las excentricidades de última hora, siguieron la orden y sacaron la caja. Blanca se abalanzó sobre ella como si quisiera secarla con el cuerpo. La abrazó tan fuerte que creyó que se quedaba sin respiración. Extendió los brazos para asirla de lado a lado. Pegó los labios, la nariz, la mejilla. Notó su propio latido sobre la madera y, en un único minuto, sintió una culpa incalculable por no ser capaz de calmar la humedad que atravesaba los huesos de su madre. Su padre se acercó a ella para convencerla de que se retirara; el entierro debía continuar.

—Pero tiene frío, papá —explicó Blanca con los ojos a punto de desbordar.

—No, hija, ya no lo tiene —zanjó Alonso con realidad, piedad y ternura para suavizar la escena.

El resto de aquella mañana en el cementerio Blanca la vivió emborronada, como su paso por el tanatorio, las condolencias y las horas dolorosas que estaban por venir. No recordaría los detalles con nitidez hasta pasado mucho tiempo. La congoja y las lágrimas nublaban el discurrir de los acontecimientos. Los empañaban y aumentaban su fugacidad. Cerró los ojos temblorosos cuando colocaron la losa para sellar el nicho. Yago se dio cuenta del gesto porque su madre, al tiempo que los párpados, apretó, nerviosa, su mano. A él, la escena le recordó a una de esas películas de miedo que sus padres le prohibían ver porque no estaba recomendada para su edad. En ocasiones, en la tablet y a escondidas, conseguía visionar el tráiler. Se sentía atraído por ellas, pero a la vez temía el sobresalto, y por eso acababa apartando la mirada cuando presentía que llegaba el susto. Imitó a su madre. Ambos, entrelazados y sin querer ver, oían con mayor nitidez el roce del mármol y los intentos por encajarlo para tapiar la apertura rectangular de la tumba. A continuación, el martillo que apuntalaba los clavos dorados. Después de esos golpes metálicos, en primer plano ya no se oyó nada más. Lo que quedaba detrás era un rumor de rezos, sollozos, bisbiseos y ruidos de los asistentes al sonarse. Yago jugaba a adivinar en qué dirección venía cada sonido cuando notó un ligero tirón en el brazo y los adultos le dijeron que era el momento de irse.

—¿Quieres que se venga a comer y que pase la tarde con Juan? —preguntó Uxía con tono afable, sobrepeso y acento gallego—. He dejado preparados macarrones con tomate, y luego pueden jugar un rato con la Nintendo... Así se distrae.

Blanca prefirió no despegarse de su hijo, que no recordaba al tal Juan, aunque su madre después le confirmó que tenían la misma edad y que, cuando eran pequeños, habían pasado buenos ratos juntos durante muchas de las vacaciones en Vigo. La idea de los videojuegos siempre era acogida con entusiasmo, pero Yago, en un nuevo arranque de temprana madurez, intuyó que Blanca lo necesitaba cerca. No quería alejarse de ella en unos días que presentía históricos respecto a la relación entre ellos. Ni por asomo sabría expresarlo a sus diez años; simplemente, a su manera, notaba con cierta emoción, y por trágico que fuera, que estaba descubriendo una realidad a la que hasta ese momento no había tenido acceso. Algo similar al disfrute por burlar las normas parentales y ver el tráiler de la peli de terror. Aunque esa vez no había otra que mantener los ojos abiertos. El objetivo era acompañar a su madre, incluso aburrirse una tarde más con ella, y le parecía un plan perfecto si conseguía menguar su tristeza. Al día siguiente, Yago y su padre volverían en coche a Madrid.

Dos días después del funeral, Blanca entró prácticamente de puntillas en casa de su madre muerta. No lo hizo sola, la respaldaba Uxía, que en esos instantes no la quería dejar a merced de la ausencia. La relación entre ellas seguía activa a pesar de las décadas, incesante desde la adolescencia. Casi todo el grupo del instituto se había dispersado: unas migraron a grandes ciudades, como Blanca; otras se distanciaron para siempre por motivos sentimentales o laborales. Uxía, sin embargo, era firme en el apego a su tierra. Jamás se había planteado abandonar Galicia, a pesar de que podría haberlo hecho por sus buenas calificaciones y recursos económicos. En aquel momento estaba al frente de la empresa familiar de exportación de conservas gourmet, y ya no entendía el mundo sin la dinámica de los lineales que disparaban escabeche o aceite de oliva, dependiendo de la salsa y del molusco en cuestión. Era lista, noble, recia y un poco mandona. Se había casado con el dueño de la maderera más importante de Vigo, y adoraba a Blanca. Siempre la consideró como su hermana unos meses menor. Las dos eran hijas únicas; juntas, habían recorrido bibliotecas y discotecas. Habían compartido penas de amor y celos que antes las atormentaban, pero que con el paso de los años las hicieron sonreír. La risa de Uxía era extrovertida y contagiosa, y aunque, como ella decía, «La procesión va por dentro», tiraba de esa energía para hacer más llevadero cualquier aprieto.

—*Bo*, no tengas miedo, *muller.* ¡Ni que creyeras en los fantasmas! —riñó a Blanca para quitar hierro a la amargura del momento.

La observaba vagar sigilosa y compungida por la primera planta de la casa. Uxía se armó con bolsas de basura, entró en la cocina y se dispuso a tirar los alimentos estropeados y los utensilios deteriorados. Para evitar el vacío que ahogaba a su amiga, recitaba en voz alta las fechas de caducidad y consumo preferente de cada producto, y comentaba ingredientes antes de decidir si arrojarlos al cubo o salvarlos de la quema. Se sorprendía, histriónica, de la variedad de ollas y sartenes que guardaban las alacenas, y echó en falta —esto para sus adentros— no haberle llevado a tiempo algunas latas de conserva a Tina, que la quería casi como a una hija, porque recordaba que le encantaban los mejillones a la vinagreta. Calló y se le empañó la mirada.

—¡Cinco naranjas pochas! —gritó acto seguido para disimular y seguir llenando el aire.

Blanca había iniciado un recorrido por el salón para detectar cada una de las huellas de la vida de su madre. Indicios de que, hasta hacía tres días, había palpitado en esas estancias. Se acercó al sofá desde el que solía ver la televisión. Tina siempre adoptaba la misma postura y, a pesar de su delgadez, la espuma del asiento había cedido. Una leve concavidad marcaba dónde habían reposado piernas y espalda. Blanca no se atrevió a suplantar su figura, sino que tomó asiento, con lentitud, al lado de las marcas del sillón. Agarró uno de los grandes cojines amarillos y hundió la nariz en él. De nuevo, el olor. No procedía de un detergente, ni de un ambientador, ni de una vela. Era el aroma de su madre, que se había quedado anclado allí. Como si Tina hubiera rociado esas habitaciones con litros de sus cabellos, su piel, su perfume, sus cremas, su sudor y, en general, su forma de tocar el mundo. Como si aún merodeara, poro a poro, por la habitación. Con la cara en el cojín, Blanca inspiró para dejarse embriagar por los restos de una fragancia que conocía desde que nació. Su rastro perduraba con tanta intensidad que, durante milésimas de segundo, no creyó que estuviera muerta. Sintió, esperanzada, que podría aparecer en cualquier momento, atareada con el esqueje de una nueva planta a la que daría tiempo para que echara raíces en un vaso de agua. O con la intención apresurada de ejecutar otra tarea pendiente y seguir siendo fiel a su consigna de «tener tanto por hacer» cuando la realidad se mostraba insulsa. Quizá el propósito sería buscar un nuevo emplazamiento a sus antiguos vinilos porque el tocadiscos había dejado de funcionar hacía meses, colgar en la pared del pasillo otro de los dibujos de Yago o, simplemente, irrumpiría en el salón canturreando algo en un francés ininteligible. Después, cogería el mando a distancia para pedirle a Blanca, por favor, que sintonizara los canales en orden inverso, es decir, que priorizase las emisoras de radio antes que cualquier cadena de televisión. Era notorio que el vigor de su madre seguía en cada rincón de la casa. Frente a esa obviedad, la opción de no volver a verla era ilógica e hiriente. Blanca se detuvo a contemplar el umbral del salón con el ansia del que espera que ocurra un milagro. Pero, al cabo de unos minutos concentrada e inmóvil, su madre no entró, y Blanca notó una nada asfixiante muy dentro. La que hizo acto de presencia en el salón fue Uxía, con el teléfono de Tina en la mano:

—Estaba junto al frutero de las naranjas con moho —le explicó.

—Donde siempre lo dejaba —apostilló Blanca.

—No tiene batería, claro. ¿Quieres que lo cargue? —preguntó Uxía.

—No. ¿Por qué?

—No sé, algún mensaje pendiente, algo... *eu que sei!*

—Algo por hacer —enlazó Blanca recordando la expresión recurrente de su madre, pero cambió de tema con rapidez—. Tengo que subir a su habitación.

—¿Sabes que puedes guardar las notas de voz que te ha enviado? —sugirió Uxía, como si lo tuviese pensado desde hacía rato.

Dentro del callejón sin salida que conllevaba no volver a tocar, ni abrazar, ni ver a su madre, la posibilidad de encapsular su voz insufló en Blanca una ilusión ingenua. El olor acabaría por extinguirse con el paso de los días y los lavados. La tecnología aún no había descubierto un modo de encerrarlo para siempre. Sin embargo, podría guardar su voz en el bolsillo y reproducirla cuando quisiera en un falso tiempo real. Era más verosímil que una grabación de vídeo. «Mamá hablándome otra vez», pensó. La atemorizó el impacto del engaño. En esos tres días de tanatorio y entierro, no se había atrevido a revisar los mensajes que acumulaba en el chat con su madre. Temía pasarse de dolor. Era novata en el duelo que atravesaba, sin instrucción previa, pero intuía que convenía dosificarlo.

—No tienes por qué escucharlos ahora —le aclaró Uxía, que parecía entender el dilema sin necesidad de palabras—. Puedes descargarlos y guardarlos para el futuro.

Metió el teléfono en el bolso, en parte contenta por haber encontrado una nueva vía material de conexión con su madre. Comenzó a entender la relevancia que podían llegar a alcanzar los objetos cotidianos, un móvil o un cojín, cuando su dueña ya no existía. Se había ido, pero permanecía en todo lo que había usado. Sus vestigios eran vinculantes, incluso le parecían protectores. Blanca buscaba talismanes que le hablasen de ella.

Entró en su dormitorio con el cuidado —en vano, en ese caso— de quien no quiere despertar al que descansa. También con la ambición de hacer pasar por síntoma de vida eterna cualquier señal. No había arrugas en la colcha floreada. La cama estaba hecha con mimo. Las manos de su madre habían perseverado en la tirantez de las sábanas. Era tan abrumadora como rara la sensación, simultánea, de presencia y vacío. Se acrecentaba a medida que Blanca exploraba el cuarto de su madre. El estar y no estar de alguien parecía posible. Las cortinas translúcidas de *voile* estaban corridas, la persiana subida, la lámpara apagada y, a simple vista, el resto de sus pertenencias seguían en su ubicación habitual, ajenas a que estaban abocadas al desuso. Tan solo el joyero permanecía abierto sobre la cómoda. Junto a él, un cepillo de madera que su madre acostumbraba a dejar ahí para acicalarse frente al espejo nada más levantarse. Blanca comprobó que algunos cabellos pálidos se habían quedado enredados en las cerdas. Eran finísimos, entre blancos y rubios, prácticamente transparentes, como si estuvieran a punto de desvanecerse siguiendo el camino de su propietaria.

El primer impulso de Blanca fue probarse —despacio y con respeto por adentrarse en un lugar sagrado— los anillos del joyero. Casi todos le quedaban le bailaban en el dedo anular. Se los colocó en el índice y se le ajustaban mejor. Apelaban a las vivencias de su madre, y eso, aunque no hacía olvidar la muerte, aminoraba la angustia. Había uno que no le sonaba, quizá el más antiguo, de plata sin limpiar, ennegrecida, con una piedra roja en el centro. Parecía coral. Era clásico y sencillo, como el regalo de primera comunión para una niña de otro siglo. Se lo dejó puesto y, bajo la supervisión de Uxía, se encaminó hacia el armario. Medio segundo antes de abrirlo, infló al máximo el pecho en prevención de la falta de oxígeno. Blanca presintió que levantaba las compuertas de un embalse de nostalgia.

—Tómate tu tiempo —dijo su amiga mientras se subía a una banqueta de madera para acceder a la parte de arriba, donde estaban los edredones y las mantas.

El aroma a su madre salió del ropero con el empuje de una riada descontrolada. Blanca se tambaleó. Se apoyó en algunas de las perchas, que se desplazaron rechinando como si les molestase la intromisión. Lo primero que sus dedos detectaron fue la suavidad de la seda. Descolgó una blusa. Era de color azul tornasolado, y se le escurría entre las manos sin fruncirse. La ubicó en el busto de su madre desde hacía décadas. Del cuello colgaban dos extremos alargados que podían anudarse en una lazada elegante. Era una de esas prendas incombustibles, de las preferidas de Tina, sobre las que el transcurso del tiempo no había podido hacer mella. Apenas un roce de desgaste en una de las mangas y un botón forrado descosido. La llevaba el día que acudió a Madrid para conocer a su nieto. También, años atrás, cuando formalizó la compra de su nueva casa y le pidió a Blanca que viajase para estar a su lado. Era una camisa para episodios relevantes en los que su madre se echaba un perfume con reminiscencias a talco. Todavía se desprendía del tejido. Blanca la estrujó contra el pecho. Durante el viaje olfativo, sintió que se ahogaba por la añoranza y la culpa. Rompió a llorar. Se arrepintió de no haber cedido en darle tiempo a su madre cuando se lo pidió en su llamada aquella tarde. Era cierto que ninguna de las dos se imaginaba que sería la última comunicación, pero eso no restaba gravedad a su negativa a desplazarse ante la petición de cercanía que ella le había hecho. Adivinó que, a partir de ese momento, ya no podría continuar ajena al reloj de la muerte. Aunque la sociedad le diera la espalda, aunque en lo cotidiano todos obviaran, mediante capas de distracción superflua, que la muerte marca las horas y que a menudo actúa sin preaviso. Pensó en Yago y se juró que no le volvería a pasar. Que siempre acudiría. Jamás superpondría su comodidad a la atención que requería su hijo. Porque el tiempo se agota, y esa amenaza —la de que podríamos estar disfrutando del instante final— le serviría como nueva guía de vida. Pese a la tensión constante que conlleva.

Uxía detuvo sus labores de criba para abrazarla y sugerirle que se probase la blusa. Aunque de estilo conservador, parecía ser de su talla. Blanca se secó los ojos y la nariz. La miró con la esperanza de un paciente al que le sugieren una terapia de última generación para sanar el alma. Se quitó el jersey frente al espejo del interior de una de las puertas del armario. Sus clavículas y costillas cobraron más protagonismo que hacía tres días.

—A partir de ahora, no te olvides de comer —le rogó Uxía—. En caso contrario, me veré obligada a hacerte un trasplante urgente de grasa... Podría ser, sin lugar a dudas, la donante... —ironizó.

Blanca se abotonó la blusa de su madre muerta por primera vez. Cada movimiento era lento y meticuloso, para no despreciar ni un milímetro de tela. Tocaba y revisaba tramo a tramo con la intención de obtener más información sobre las hazañas que Tina había vivido con esa prenda puesta. Uxía la ayudó a ajustar el lazo final, que le cayó ligero sobre el pecho.

—Tu mamá tenía mucha clase. Como tú —apreció su amiga al ver cómo le sentaba la camisa—. Deberías llevártela.

Blanca asintió y siguió mirándose al espejo. Se recogió el pelo en una coleta emulando el cabello más corto de Tina. Tenía los ojos enrojecidos por el llanto; sin embargo, sonrió. En la ropa y su reflejo acababa de encontrar una senda más que la conducía hacia ella. Nunca había sido tan evidente lo mucho que se parecían. Notó que le sentaba bien esa medicina: seguir recabando rastros que le confirmaran que su madre, en cierto modo, se había quedado en su interior. Tal vez el consuelo no era obcecarse en el tormento inevitable de no volver a verla, sino en buscarla, de otra manera, por los resquicios. Le flojearon las piernas y tuvo que sentarse en la cama. Desde allí, mientras Uxía alababa lo bien que Tina planchaba y doblaba las sábanas para aligerar el brete, se fijó en que, sobre la mesita de noche, había una libretita. Cuando la abrió, no le sorprendió ver anotaciones de números de teléfono y palabras sueltas junto a los típicos garabatos de retamas floridas que su madre acostumbraba a hacer mientras pensaba en otras cosas.

—Pruébate estas, anda, que algunas te pegan mogollón —le pidió Uxía enseñándole unas chaquetas de punto grueso.

Blanca se las puso, las olió, las recorrió con el tacto y después las plegó con dedicación para llevárselas a Madrid. No confiaba en usarlas todas; le bastaría con tenerlas colgadas en su armario ropero y saber que seguirían ahí cada mañana. El recuerdo imborrable de su madre en las telas que habían cubierto su piel. A partir de ese momento, podrían abrigarla a ella.

—Mira, ¡sorpresa! —bromeó Uxía, informándola de que acababa de encontrar una caja, mientras bajaba de la banqueta con ella en las manos—. Estaba al fondo, detrás de las sábanas. Mi suegra tiene una parecida debajo de la cama, y allí guarda los minibotes de champú, gel y demás *amenities* de los hoteles, ¿te lo puedes creer? ¡Como si le faltara el dinero! Qué vergüenza.

Blanca la cogió. Era de piel marrón, bastante ajada, con forma hexagonal y apliques dorados. Sería poco más grande que una caja de zapatos. Añeja y bonita, podría albergar cualquier cosa, y no especialmente valiosa. Acostumbrada a las reorganizaciones mobiliarias de su madre y a que durante horas el entorno estuviera del revés esperando un nuevo orden, no le pareció relevante que se hubiera perdido por el interior del armario. Quizá Tina la había olvidado en cualquiera de sus maniobras. Los cajones de las cómodas de esa casa estaban repletos de estuches, bolsas, cofres, neceseres..., en definitiva, cajas al lado de cajas y, a veces, cajas dentro de cajas, como si fueran una matrioska. Su madre siempre había demostrado tendencia a la conservación y protección de sus pertenencias, lo que la hacía multiplicar los espacios estancos donde guardar alhajas, ropa interior, complementos, *souvenirs* y recuerdos. Durante la infancia, Blanca había pasado tardes jugando a descubrir esos secretos tan bien organizados. Lo que le resultó impropio de su madre fue que la caja recién encontrada estuviera cerrada con llave. No comprendía qué necesidad imperiosa la había llevado a proteger su interior, más aún viviendo sola. Se preguntó, intrigada, por qué nunca se había topado con esa caja en cuestión y dónde podría estar la llave. Tal vez era una especie de caja fuerte...

Uxía, sin más dilación, al detectar la curiosidad de su amiga, le pidió permiso y probó a forzarla con una de sus horquillas. Pero no consiguió que la cerradura cediese.

—¿Dónde está el abrefácil? ¡Qué antigualla! —exclamó refiriéndose a la última tecnología que habían añadido a sus latas de conserva.

Blanca le pidió que abandonase, que lo intentaría en otro momento. Se acercó la caja al regazo con la sensación de misterio fundamental no resuelto. Tras más de sesenta años de vida, y conociendo el carácter de su madre —una mujer fuerte, directa, expansiva y sincera—, ¿qué quería ocultar, en aquella caja, a ojos ajenos? ¿Y a los de su propia hija?

Comenzaron a meter la pila de ropa descartada en grandes bolsas que Uxía se comprometió a llevar a la parroquia para que la repartieran entre las familias vulnerables. La selección más íntima de Blanca fue a parar a su propia maleta, en la que, por supuesto, incluyó la blusa azul, el joyero y la caja hexagonal que le despertaba una gran incógnita.

Llevaban más de cuatro horas atareadas, buceando entre los signos de vida de Tina, pero no habían acudido al jardín, el último lugar que ella pisó. Blanca no podía aplazar más el reencuentro con las hortensias que, entre fantasías esperanzadas, le había prometido que acabaría de podar. Descendieron a la planta baja y se dirigieron a la cocina. Desde allí, cruzando un umbral decorado por una cortina de cuentas de madera, accederían a un pasillito que conducía hasta las flores, en la parte posterior de la casa. Uxía no dio importancia a esa transición, pero Blanca, por deformación profesional y percibiendo novedades, sí lo hizo. Comprobó que recientemente su madre había colocado un estrecho aparador de bambú pegado a la pared y un espejo con marco de esa misma madera. Daban un toque exótico a un espacio que, en realidad, era de segunda categoría, porque hacía años estaba plagado de escobas y aperos. Una jarra de metal con los bordes oxidados repleta de siemprevivas moradas coronaba el nuevo ambiente. Su madre había conseguido transformarlo en un preámbulo de la salida a la naturaleza. Se sintió orgullosa de volver a reconocerse en ella.

Las hortensias, a pesar de todo, estaban hermosas. Aún no habían florecido lo deseable, pero sus hojas, de un verde vívido, apuntaban hacia una explosión en colores rosa y azul.

Blanca se sentó junto a ellas, en el césped, donde imaginó que su madre se había desvanecido. Quizá no era el lugar exacto, puede que hubiera caído un poco más a la izquierda o a la derecha del parterre. Entendió entonces la importancia de la silueta que, en las películas, la policía científica traza con tiza para delimitar el contorno del cuerpo en la escena del crimen. A la altura de su mirada detectó algún tallo cortado y otros que se habían quedado a medio podar. Uxía le acercó unas tijeras y Blanca acabó el trabajo movida por una culpabilidad inmanente que pronosticaba que iba a arrastrar siempre. Generó desasosiego a su madre en sus últimos minutos de vida, y eso no había modo de repararlo. Antes de que la muerte apareciera por sorpresa, Tina estaba allí mismo, entre las flores, tratando de disipar el enfado por la negativa de su hija a ir a verla. Después de la llamada, tal como había anunciado, se dirigió al parterre de hortensias. Se arrodilló en el mismo punto donde, tres días más tarde, y ya sin ella, lo haría Blanca. Inspiró con intensidad y espiró despacio para echar fuera la molestia. Eso fue lo que ocurrió mientras realizaba sus tareas en el jardín. Que Tina olvidó y perdonó al instante, sin reproches, incluso la enterneció el desplante de Blanca y deseó abrazarla, porque compartían el mismo carácter. Cuando su corazón se detuvo, no le quedaba ningún malentendido dentro. Contemplaba sus flores con tranquilidad, como madre y abuela que amaba a raudales a su hija y a su nieto, y que los echaba de menos. Pero Blanca desconocía esa paz interior.

Recogieron los tallos y las hojas sobrantes. De nuevo en la cocina, Uxía se puso a organizar las bolsas de desperdicios. Blanca localizó los cubos en los que su madre distribuía cartón y vidrio. Volcó el papel en una caja para trasladarlo al contenedor correspondiente. De la bolsa salieron servilletas, etiquetas que no deberían estar allí porque contenían plástico y otros trozos, entre ellos uno más aparente que el resto, rectangular, que a Blanca le llamó la atención. Daba la impresión de que habían intentado arrugarlo, sin éxito. Lo cogió y lo desplegó. Era un billete de autobús. La fecha correspondía a un martes de hacía dos semanas; el destino, Vigo. Le extrañó el punto de partida: Lugo. Desconocía qué se le habría perdido a su madre en esa otra provincia en la que Blanca estaba segura de que no tenía amigos ni familiares. Tampoco le había comentado nada de una escapada turística a esa ciudad. Además, a Tina no le gustaba viajar sola. Los trenes a Madrid que había cogido eran los justos y necesarios para estar al lado de su hija y su nieto. Blanca, sorprendida, se lo enseñó a Uxía.

—Mira —le dijo mostrándole el boleto.

—¡No me digas que tu madre tenía un novio lucense! —exclamó. A Blanca no le hizo ni pizca de gracia—. Bueno, *muller*, no pongas esa cara. Ya era mayorcita para hacer lo que quisiera con su cuerpo.

—Pero... ¿por qué piensas eso? —inquirió Blanca.

—¿Y entonces por qué tú no sabes nada sobre ese viaje? —respondió con otra pregunta al estilo gallego y con cierto retintín.

Blanca meditó un rato con la intención de atar cabos en lo desconocido. Por asociación, en su mente apareció la caja que acababan de encontrar en el armario del dormitorio. Su cerebro comenzó a conectar ambos interrogantes, aunque no había garantías de que estuviesen relacionados. Lo único que tenían en común era que su madre jamás los había mencionado. «Tengo algo que contarte». La sentencia que Tina enfatizó al teléfono durante su última llamada regresó a la cabeza de su hija. Lo que a Blanca le había parecido una artimaña para convencerla de la visita adquirió otro alcance. Era un preludio grave, el anuncio de una confesión que no pudo hacerle. La escucha que Blanca nunca le dedicó. La penitencia que debía asumir por haber desoído el reclamo materno. Pero, a la vez, se trataba de la única pista que podría sacarla del estancamiento. Era, al fin y al cabo, la gran pregunta que Blanca comprendió que debía descifrar: «¿Qué quería contarme?». Se lo repitió en bucle ante la observación curiosa de Uxía, que sacaba sus propias conclusiones y la dejaba hacer.

Blanca corrió hacia su maleta y rescató la caja vieja que acababan de encontrar. La agitó con fuerza para intentar averiguar qué albergaba. No sonaba a joyas. Se preguntó, más inquieta que antes, dónde estaría la llave. Miró el billete de autobús que aún seguía en su mano. Sin darse cuenta, formuló en voz alta el pensamiento, como si la tuviera delante:

—¿Para qué fuiste a Lugo, mamá? ¡No entiendo nada! —verbalizó algo contrariada mientras acariciaba con el pulgar la piedra de coral del viejo anillo.

La siguiente intención fue correr a por el bolso para cargar el móvil de su madre. Cuando iba a hacerlo, cambió de idea invadida por la inseguridad. Tal vez era demasiado pronto. Tal vez no le agradarían las averiguaciones. Tal vez habría que dejarlo estar. Por si acaso. Por si al escarbar acababa doliendo todavía más.

Uxía la escuchó, desde la cocina, mientras pasaba un paño húmedo por la encimera. Por su posterior silencio, presintió que su amiga divagaba. Soltó una tos seca y forzada, de esas que hacen saber al otro que no está tan solo ni tan loco como se cree.

4

En el andén de la estación de Vigo, Blanca esperaba el tren de vuelta. Junto a ella, el afecto de su padre. Se había empeñado en acompañarla, como durante los años de universidad cuando, cada vez que su hija partía tras unos días de visita, creía que no iba a regresar jamás. La primera vez que experimentó esa intranquilidad aguantó lo justo para dejar de otear el vagón de Blanca y echarse a llorar desconsolado, porque creía que la perdería para siempre. La realidad no fue así. Blanca no dejó de acudir en vacaciones, en otras fiestas y en ese instante, también en la adversidad, para decir adiós a su madre. Pensó en qué ocurriría cuando él tampoco estuviese. Si Blanca se encontraría igual de silenciosa y absorta como lo estaba a su lado, frente al horizonte de catenarias. Tal vez, en ese futuro, alguna amiga la acompañaría a falta de otro familiar cercano. Los únicos parientes directos de Blanca eran su tío y dos primas, pero vivían en Argentina, país al que habían emigrado hacía décadas, cuando las cosas al otro lado del Atlántico iban mucho mejor. Se estremeció al imaginar a su hija sola en medio del peligro, de nuevo huidiza, en un rincón, y sin unos brazos que fueran a su encuentro.

—¿Te esperará alguien al llegar a Chamartín? —le preguntó implorando una respuesta afirmativa, como si eso fuera a paliar su preocupación.

—No, papá. Tomaré un taxi para ir a recoger a Yago al apartamento de Damián y nos iremos a casa a descansar. Mañana hay colegio y tengo que retomar el trabajo —respondió Blanca.

A Alonso lo tranquilizó, en cierto modo, comprender que tan pronto como su hija pisase el asfalto madrileño se desencadenaría una cascada de trajín laboral y crianza que no la dejaría aburrirse ni ocupar la cabeza en amarguras intensas. Sabía que las aflicciones del corazón son poco prácticas en el ritmo de la vida moderna. El duelo espera bajo la alfombra cuando el compás cotidiano exige no pararse a meditar si se quiere tener éxito en poco tiempo.

El tren estaba a punto de hacer su entrada en la estación. Alonso tocó el hombro de Blanca con levedad y cariño, en señal de inicio de la despedida. Ella aprovechó para romper la barrera y atreverse a mostrar el billete que había localizado, por azar, en el cubo de la basura de su madre.

—¿Sabes por qué mamá viajó a Lugo, papá? —preguntó asustada de dar con algo que le hiciera daño.

Tina y Alonso eran amigos. A pesar de haber discutido mucho durante su matrimonio, también se quisieron lo suficiente como para que les molestase saber que el otro tenía una nueva pareja. Alonso estiró el billete y revisó con atención fecha y hora. Se mostró un tanto asombrado. Repasó los datos mientras señalaba con el dedo y leía en voz baja. Sus ojos se achicaron como en un intento de enfocar una figura en la lejanía. Blanca intuyó entendimiento y un punto de confusión en el rostro de su padre. Él, al sentirse escudriñado, y ante la urgencia del tren, con salida inminente, levantó la mirada y, sin implicarse, diluyó cualquier suposición de su hija.

—No tengo ni idea. Tu madre no me contaba todo lo que hacía, como es normal. Y menos desde que se jubiló. Anda, sube al vagón. ¿Dónde has encontrado ese billete? —sondeó de soslayo, sin darle importancia, e iniciando un abrazo antes de la separación.

—Ayer, en el cubo de la basura de su cocina. Uxía y yo limpiamos un poco la casa. Que nadie toque nada, seguiré con la criba. Avisaré a Concha.

Blanca besó a su padre con el presentimiento de que tenían una conversación pendiente y arrastró la maleta de ruedas en la que llevaba los enseres de su madre que pasarían a integrar su armario en Madrid.

El tren se marchó, y Alonso, en esa ocasión, no se apenó ni rehuyó la ventana tras la que se acomodaba su hija. Tenía la convicción de que Blanca necesitaría regresar muy pronto.

El ajetreo laboral comenzó antes de bajar del tren. Blanca abrió el portátil para actualizar las tareas. Tenía un correo de una de sus socias que, con delicadeza, relataba el trabajo acumulado durante los tres días y medio de tanatorio y entierro. Entre los deberes, un mail que Blanca daba por descontado, el de la asistente personal de doña María José, su clienta casi octogenaria. Sin investigación previa, urgía a reparar el rasguño del aparador «sin coste adicional porque se ha debido, con probabilidad, a un descuido de sus mozos portamuebles», concluía. Lo de aludir a los trabajadores como «portamuebles» no le gustó, sentía que los cosificaba. Siempre prefería referirse a ellos como encargados de la mudanza o del transporte de muebles. Así comenzó su respuesta a la ayudante, nombrando de manera adecuada a los compañeros, para luego confirmar que al día siguiente, a primera hora, la llamaría para fijar una cita y comprobar los daños. No era fácil encontrar una empresa de mudanzas en extremo cuidadosa cuando se trataba de trasladar objetos valiosos. De hecho, sondeó a varias hasta decantarse por la actual. Recordaba la charla que tuvo con Antonio Saúco, jefe de Transportes Saúco, S. A., apasionado de su trabajo y convencido de que los clientes eran personas con miedos y anhelos, algo muy valioso dentro de la frialdad del sector. Como le contó con un misticismo inusual en un trabajo tan físico y áspero, él quería contribuir a que el cliente fuera feliz, que mantuviese la calma a pesar del trastorno que supone cambiar de casa.

—Soy consciente de cómo altera el flujo de energía de la gente, de los cambios en el *chi* que provoca el trasiego de muebles —dijo remitiéndose a las creencias de la tradición china— y del apego que sentimos por esos bienes materiales. Así que solo contrato personal hábil que sepa mimar los objetos y que, durante el transcurso, ninguno sufra. Sensible, sencillo y superrápido. Son las tres eses de Transportes Saúco —le explicó Antonio, que, como buen vendedor, gesticulaba con las manos.

Añadió que su espiritualidad profesional era heredada: su padre había iniciado la empresa de aupar los bultos de otros hacía cincuenta años y, sospechaba, el apellido familiar jugaba un papel relevante en su forma de entender el negocio. En ese momento, Blanca no prestó atención a ese último argumento. Sin poder moverse del tren, se le despertó la curiosidad de consultar qué había detrás del saúco, y descubrió que sus hojas tienen ciertas propiedades naturales. También que, en la Antigüedad, los druidas celtas lo consideraban un árbol sagrado, hasta el punto de plantarlo al pie de las tumbas e interpretar lo que ocurría: si florecía, el muerto estaba a gusto al otro lado; de lo contrario, el alma vagaba compungida. Blanca percibió un pinchazo en su interior, como los de la noche de la muerte de su madre. La imagen del saúco le llevó a la retama amarilla anónima tendida sobre el féretro. ¿Por qué llegó sin remitente? El interrogante se había diluido en el devenir de los acontecimientos. ¿Quién querría despedirla enviando una flor que su madre conocía tan bien? «Alguien, sin duda, muy cercano», dedujo. Recordó a su padre encogiéndose de hombros. Entre divagaciones, Blanca se alejó del ordenador y se mantuvo recostada en el respaldo con los ojos cerrados. Recordaba las manos de Tina garabateando *xestas* en cualquier lugar perdido, en cualquier libreta.

—Perdone, señora, ¿puedo? ¿Me deja pasar? Es que tengo que ir al baño.

La chica de veintipocos años que iba en el asiento contiguo, que estaba viendo una serie en el móvil con los auriculares inalámbricos puestos, le pedía paso con emergencia, a saltitos, y por poco le pisó el pie. Blanca se apartó rauda. No le pasó desapercibido el calificativo «señora». Se sentó. La pantalla del portátil estaba en negro y le hacía de espejo. Reconoció que, desde que había recibido la noticia de su madre, apenas había observado sus facciones. El reflejo encubría las ojeras, pero no las líneas de expresión, cada vez más marcadas, y la incipiente caída de pómulos y párpados. Las arrugas en la frente y el cuello también eran visibles a esa distancia. El gran declive no se había producido en tres días, pero la muerte de su madre la hacía parecer más vieja de repente. No descartó frenar el deterioro de las células con algún retoque estético a corto plazo, esos pinchazos de bótox o ácido hialurónico *prêt-à-porter* que veía a menudo en la cara de otras, en especial, en la de sus clientas adineradas. La carcoma de los disgustos iba dejando surcos. La asaltó la última petición de Tina que no quiso cumplir: ayudarla a reparar unos muebles afectados por esos insectos comemadera. Había olvidado revisarlos, supuso que los habría guardado en el trastero. Le angustiaron las posibles consecuencias. Con el transcurso de los días, si no hacía algo, la carcoma acabaría invadiendo la última voluntad de su madre, el encargo que su hija desoyó por necedad. Cogió el teléfono para pedir ayuda. Estaba a punto de marcar el número de Concha cuando su compañera de viaje volvió del baño y le pidió paso.

—Gracias —dijo retirándose de la oreja uno de los auriculares, pero sin dejar de sostener el móvil en horizontal para no perder el hilo de la ficción.

—De nada..., pero no me llames señora, por favor —contestó Blanca con ánimo de recuperar su autoestima.

—Ah, vale, disculpa. ¿Te he llamado señora? —preguntó tuteándola.

—Sí, antes, pero no importa...

—Es que te he visto con más o menos la edad de mi madre y me ha salido sin pensar. Perdona...

—No te preocupes, de verdad —zanjó Blanca al darse cuenta de que, si continuaba explicándose, la chica, sin querer, acabaría lastimando todavía más su ego de cuarentona.

La muchacha volvió a sumergirse en la pantalla y Blanca continuó con el propósito de llamar a Concha. Presionó su contacto y, a los tres tonos, la vecina y amiga de Tina ya estaba al otro lado de la línea, encantada de cooperar.

—¿Crees que podrías coger las llaves del trastero y enviarme unas fotos de los muebles que tiene mi madre allí? Debe de haber, al menos, dos cajoneras de madera.

—Por supuesto, Blanquiña. A lo mejor me salen un poco borrosas, porque me tiembla el pulso, ¿sabes? Pero mañana las tienes. ¿Ya has llegado a Madrid?

—Todavía de camino, en dos horas estaré allí. Muchísimas gracias, Concha.

—De nada, *filliña*. Ayer fuiste por casa de tu madre a recoger, ¿a que sí? ¿Cómo lo viste todo? ¿Quieres que haga algo más?

—No, en principio no. Me gustaría que todo se quedase como está hasta que yo regrese.

Concha intentó convencerla de que la mujer que limpiaba su casa, «que es de absoluta confianza», podría ir de vez en cuando por la de Tina para pasar un paño y una fregona. A Blanca no le gustaba la idea de que revolvieran en las pertenencias de su madre, pero tampoco le agradaba verlas sumidas bajo el polvo del olvido, así que admitió que la idea de Concha era buena.

—Te oigo un poco mal, Blanquiña...

La conexión comenzó a perderse.

—Es que estoy atravesando una zona de túneles —le explicó y, sin pretenderlo, le habló de sí misma.

Apresurada, vocalizó lo más despacio y mejor posible para que Concha comprendiese la siguiente pregunta, la cuestión que, por encima de cualquier otra, la mantenía en vilo.

—Concha, ¿sabes si mi madre hizo algún viaje en sus últimas semanas?

—¿Cómo dices? ¿Un viaje? ¿Tina? *Onde*?

—Pues no demasiado lejos... —Blanca obvió desvelar destino.

—La verdad... —corte de cobertura—, no sé si... —corte de cobertura.

El túnel se tragó la comunicación y acrecentó aún más la intriga. La conexión quedó interrumpida, a la espera de abandonar el interior de la montaña. Cuando salió, Blanca volvió a llamar a Concha, pero el móvil de la amiga de su madre estaba apagado. Supuso que se habría quedado sin batería y que, si tenía algo que aclarar, lo haría pronto y con las ganas propias de su espíritu colaborativo y algo cotilla.

La entrada en Madrid de ese tren procedente de Vigo fue para Blanca la más melancólica de su vida. Al descender las escaleras del vagón, tuvo que hacer un esfuerzo enérgico, casi contra natura, para evitar la costumbre de enviar el mensaje «He llegado bien. Aquí hace más frío. Te quiero» al número de su madre. Frustrar el gesto era una más de esas pequeñas señales que le mostraban que el mundo iba a continuar sin pausa, pero sin Tina. Siempre la avisaba, al inicio y al término de sus viajes. A partir de ese momento ya era inviable coger el teléfono para contarle que estaba sana y salva, para decirle algo nimio o para recibir de ella una nueva nota de voz de más de dos minutos con un truco para mejorar una receta. «Podría probar a llamar», pensó mientras subía las escaleras mecánicas, pero supo que se daría de bruces con lo más parecido a la nada. En el vestíbulo de la estación, ajetreado como siempre, le faltó tiempo para vislumbrar un asiento libre. Apoyó el bolso en la maleta, que rozaba sus rodillas. Marcó el número de su madre sin saber que, de esa manera, estaba dando un paso más en los trámites que acarreaba el duelo. «El número al que llama está apagado o fuera de cobertura», dijo la grabación, previsible, y le dio la razón a la realidad.

Blanca dedujo que esa línea telefónica había terminado igual de desamparada que su madre. Ella, en el jardín, gélida y tendida, a punto de podar sus hortensias. El móvil abandonado donde lo solía dejar, en la mesa redonda de la cocina, junto a un frutero rebosante de naranjas ya medio podridas. Llevaba el teléfono de Tina en el bolso, sin batería; nadie volvería a estar al otro lado. Lo localizó para acariciar la pantalla apagada con una grieta diagonal que se produjo tras una caída. Recordó el día en que estaba hablando con ella y el móvil se le resbaló porque quiso hacer dos cosas a la vez. El teléfono reposaba entre el hombro y la mejilla mientras cocinaba. El equilibrio falló, Blanca oyó un golpe y después a su madre, lamentándose porque se le había roto la pantalla. A los pocos segundos, cuando comprobó que seguía escuchando a su hija a la perfección, admitió que la rotura le daba igual. «Es solo fachada», concluyó entre risas, y Blanca se imaginó la cara de su madre durante sus juegos malabares por continuar la charla y freír un huevo al mismo tiempo. Su pómulo caliente con aroma a crema antigua pegado al teléfono. Besó la pantalla como si fuera su fotografía, y de inmediato despertó de la ensoñación por la mirada extrañada que le lanzó un matrimonio joven sentado frente a ella. A Blanca no le dio vergüenza ni tuvo que pensar dos veces cuál sería el siguiente paso. Movida por un sentimiento que oscilaba entre la culpa y la responsabilidad, allí mismo, en la estación, ante la imposibilidad de darle el parte de su viaje, decidió ponerse en contacto con la compañía telefónica para cancelar el número de su madre. Estaba convencida de que a ella, activa y organizada, no le hubiera gustado que la dejase flotar sin sentido en el éter ni un día más, que los mensajes y las llamadas para ella se acumulasen a la espera de una respuesta que nunca llegaría. Tras unos minutos de música de centralita, Blanca, con la voz muy temblorosa por los nervios, consiguió hablar con una operadora.

—Buenos días, le habla Alison Cervera. ¿En qué le puedo ayudar?

—Hola, Alison. Soy clienta de esta compañía...

—¿Me puede decir un nombre para que me dirija a usted?

—Sí, Blanca.

—Dígame, doña Blanca, ¿en qué puedo ayudarla?

—Soy clienta de esta compañía y mi madre...

—¿Podría facilitarme su número de DNI, si fuera tan amable, para entrar en su cuenta?

—Sí, claro, es el 689355087M.

—OK, un momento... Aquí la tengo, doña Blanca Vidal. Dígame, ¿en qué puedo ayudarla?

—Sí, mira, soy clienta vuestra, y mi madre... mi madre también lo era.

—¿El DNI de su madre, por favor?

—No, es que...

—Entiéndame, doña Blanca, si quiere revisar las condiciones y la tarifa de su madre, necesito su número de identificación.

—No, no, perdona...

—¿Me da el DNI de su madre para que pueda acceder a su cuenta?

—No, escucha, Alison. Mi madre... mi madre acaba de morir.

Alison se detuvo en seco y guardó dos segundos de silencio, muy inesperados en su cuestionario acelerado. Incluso carraspeó con cierta incomodidad.

—Lo siento mucho, señora Vidal.

—Gracias. Bueno, eso es lo que pasa, mi madre ha fallecido y quiero dar de baja su número.

—Ajá, por supuesto. Para esto debe usted hablar con el departamento de bajas. No se retire.

La gestión no fue rápida: para demostrar que alguien no podrá responder nunca más al teléfono, hay que enviar el acta de defunción que lo corrobora, además de acreditar el parentesco y averiguar el pin del móvil en cuestión. El teleoperador del departamento de bajas fue bastante más cuidadoso que Alison al explicarle los pasos que debía seguir hasta que, al final, el mensaje que se escuchase al otro lado de la línea cada vez que alguien llamase a Tina fuese «Este número no pertenece a ningún usuario». También le aclaró que, una vez cancelada la cuenta, tras un mes sin uso, podría reasignarse a otra persona. Eso lo contó con tacto, como si presintiera que a Blanca no le sentaría bien. De hecho, así fue. Comenzó a rumiar lo fácil que resultaba para esa empresa suplantar a su madre por cualquier otro ser vivo con capacidad de hablar y gastar. Y que ese número, que se sabía de memoria porque se había hartado de marcarlo para escucharla, en el futuro correspondería a saber a quién. Quizá, después de los treinta días de silencio, podría hacer un intento, volver a contactar, y descubrir que el número de su madre era el de un fontanero o el de un niño que lo acababa de recibir como regalo de la Primera Comunión. El nuevo dueño, seguramente, se sentiría intimidado, la tacharía de loca y la bloquearía. «Qué más da —se dijo alterada—, es solo un número. Impersonal y transferible». Tras las indicaciones, le rogaron que esperase porque le iban a hacer una breve encuesta de valoración del servicio prestado. Blanca no aguardó; colgó. Fiel a su costumbre, se llevó las manos a la cara para intentar llorar un poco a hurtadillas y esquivar a la marabunta de pasajeros y maletas.

El hombre y la mujer la seguían mirando y se daban codazos fisgones. Blanca estaba a lo suyo. Como en el cuarto de la lavadora. Fabuló sobre cuántos hijos por minuto habría en el planeta llamando a su madre fallecida y escuchando la grabación que les recordaba su inexistencia. Más aún, se preguntaba si las compañías telefónicas eran conscientes de esa especie de terapia de *shock* que ejercían durante semanas en una parte de la población.

En la cola del taxi, ya repuesta, tomó perspectiva para contemplar el movimiento de la estación. Por allí discurrían los que se iban y los que venían, los que acompañaban a los que se marchaban y los que recibían a los que regresaban. De esos últimos, algunos esperaban, porque la impaciencia les había hecho llegar con excesiva antelación. Los cruces de adioses eran constantes, revueltos y entretenidos, unos más emotivos que otros. Despedidas que no querían serlo y confiaban en volver a verse —se percibía en palabras y brazos entrelazados— o las que eran una burocracia de amabilidad y aceleraban la partida para despojarse cuanto antes del pasado.

Un taxi con luz verde estacionó a su altura y ella confirmó que, a pesar de su pérdida, la ciudad seguía discurriendo con normalidad. En adelante tendría, como siempre, que trabajar, ocuparse del negocio, cuidar de su hijo, pagar el alquiler, ir al supermercado, cocinar, poner lavadoras, salir con amigas, pasear, leer, beber vino, ir a un museo, escuchar música y pódcast e ir al cine. En lo perceptible, sus rutinas parecerían las mismas, aunque en el fondo jamás volverían a serlo.

Que su madre ya no estuviera aplicaba a su entorno cambios que se sucedían con sutileza, como que, por primera vez, después de un viaje, al que avisó de que había llegado, de que estaba bien y de que hacía más frío en Madrid fue a su padre. Al enviar el mensaje con un «Te quiero» al final, Blanca vio una llamada perdida de Concha.

5

Cuando daba forma a sus terrarios, Blanca se sentía todopoderosa, dueña y creadora de esos submundos de arena, musgo y cactus. De su criterio dependía la selección de especies, la disposición y la cantidad. La tarea de buscar la armonía en un recipiente pequeño siempre era gratificante; el regusto de tiranía en sus manos, también. Aunque enseguida se volvía inocua cuando, en una cura de humildad, sentada en el taller, advertía que ella misma podría ser un elemento más del terrario de otro. Había pagado por acristalar la terraza de su apartamento para convertirla en un invernadero en el que desplegar su trabajo bajo la luz natural en cualquier época del año. Eso le permitía desviar la mirada hacia los árboles del patio de la urbanización y le generaba una falsa sensación de libertad. Del mismo modo, la convertía —sin pretenderlo ni despertar demasiadas sospechas— en vigía del exterior. El único que se dio cuenta de su espionaje inintencionado fue Pedro, uno de los vecinos más veteranos y que más kilómetros recorría cruzando el patio. Vivía con su mujer, más anciana que él, así que el hombre se ocupaba de hacer rodar el carrito hasta la panadería, la farmacia y el supermercado. Su carro de la compra era a cuadros rojos y verdes caqui, y sus ruedas desgastadas, en la quietud de las primeras horas del día, hacían un ruido ya reconocible para los oídos de Blanca, que vivía en un segundo piso. La ceremonia solía repetirse al menos dos veces por semana: en cuanto ella oía el chirrido, por educación y deferencia, se levantaba y abría un resquicio en una de las ventanas para esperarlo. Pedro tardaba diez segundos en llegar a esa altura, estacionaba el carrito a su derecha y alzaba su cabeza de poco pelo plateado en dirección a la terraza de Blanca. Ella intuía que el anciano no distinguía con nitidez su figura tras el cristal, así que asomaba el brazo y la cara para gritarle «¡Buenos días, Pedro!». Él sonreía y respondía emulando la misma energía, aunque esa mañana añadió una apreciación más.

—¡Hace días que no te encontraba, niña! —chilló el vecino.

—¡He estado de viaje! —le aclaró sin entrar en detalles.

Pedro levantó el pulgar, dando por válida la respuesta. Ese ademán juvenil resultaba gracioso en un octogenario. A continuación, dio la misión por cumplida y se puso a hablar con el portero, que rondaba por allí desde hacía un rato. Ella cerró la ventana con un tirón tajante. Había algo turbio en los movimientos de aquel hombre fuerte y barrigudo: paquetes que se extraviaban y críticas por parte de los compañeros de otros turnos, que lo acusaban de perezoso y de entablar demasiada cháchara con las trabajadoras que se ocupaban de la limpieza de los portales. Era el conserje que llevaba más tiempo en la finca, amigo del administrador. Su valía era dudosa en el trabajo de velar por la vecindad y generar confianza, pero allí seguía.

Pese a esas discrepancias, la vida era más o menos tranquila en el complejo. El patio común ajardinado emulaba la plaza de un pueblo con seguridad las veinticuatro horas. Así como en otras zonas de Madrid es imposible que los niños jueguen en la calle sin vigilancia, en las urbanizaciones de barrios residenciales como el de Blanca no había peligro de extravío, rapto, atropello ni de todo lo malo que una madre o un padre piensa que puede pasarle a su hijo mientras está en el parque. Era un entorno controlado en el que casi todos se conocían, al menos de vista, y las puertas de la calle estaban cerradas, a no ser que alguien pulsara el interruptor de apertura. Allí Yago aprendió a caminar y a caerse, incluso se partió un diente de leche. Junto a sus camaradas de generación, había asumido la necesidad de paciencia cuando le tocaba esperar su turno en el columpio y, de tanto trepar a contramarcha, habían desgastado el tobogán de la urba. Todos economizaban al mencionarla, porque «urbanización» se supone que es una palabra muy larga. El apócope, además, denotaba familiaridad. La urba trazaba una cúpula protectora bajo la que la vida parecía más cómoda.

Blanca estaba rematando el cuarto de los diez terrarios que tenía pendientes de envío y cayó en la cuenta de que no tenía suficientes piedrecitas blancas cuando llamaron al portero automático. Se quitó los guantes antipinchazos, se dirigió a la entrada y descolgó:

—¡Vanesa al aparato! ¿O creías que ibas a escaparte? ¡Subo!

Era una orden. Blanca no tuvo más remedio que abrir. En los últimos tres años, Vanesa había pasado de ser otro de los personajes recurrentes de la urba a una de sus vecinas más cercanas. No era una observadora discreta y fortuita como ella, sino una espía por naturaleza que estaba al tanto de rumores, caras, nombres, profesiones y buzones. Ejercía como excelente relaciones públicas para los nuevos inquilinos y animaba los corrillos del patio con anécdotas. Era poco sutil ante sus enemigos y de mirada fulminante hacia los poco comprometidos con las causas de la urba, aquellos que descuidaban las acciones comunes, como el mantenimiento de los jardines o la reparación del sistema de cloro de la piscina. Había quien la tachaba de cotilla, pero Blanca lo consideraba un don tal vez desaprovechado para, por ejemplo, montar un negocio de cara al público. Vanesa había dejado su trabajo como dependienta en unos grandes almacenes para dedicarse a criar a sus tres niñas porque el salario de su marido, piloto comercial, se lo permitía.

No esperó a que llamase al timbre, sino que se situó en el umbral en actitud de alerta ante la probable efusividad de su casi amiga. No sabía si estaba preparada para su vehemencia. La mujer apareció y, por supuesto, no dejó de achuchar y opinar con prisas:

—Dame un abrazo, querida. Debes de estar hecha polvo, pobre mía. Mira qué ojeras... ¡Has adelgazado! ¿Estás comiendo? Llegaron al tanatorio las flores que te enviamos, ¿verdad? Te he traído unos táperes.

Definitivamente, Blanca no estaba lista para ese chorreo de preguntas, pero reconoció su buena intención y se centró en ser agradecida y guardar en la nevera los recipientes de arroz con pollo. Vanesa vestía mallas deportivas de marca y una sudadera rosa chicle de calidad. Llevaba unas gafas de sol innecesarias que se puso por diadema. Su estilo era popular, pero de cuenta corriente abultada. Le ofreció un café, pero ella le aseguró que no quería interrumpirla, solo pasaba a ver cómo estaba. La acompañó a la terraza al tiempo que le daba el pésame a su manera. La vecina hablaba sin parar para expresarle cómo había impactado en el grupo —compuesto por cinco miembros— la noticia de la muerte repentina de su madre, inexplicable en una mujer tan joven y vital. Insistía en que todas estaban preocupadas por ella y por Yago, y querían que supiera —«Aunque ya deberías saberlo, amiga, después de tantas confesiones»— que podía contar con ellas cuando lo necesitase. Blanca se preguntaba a qué confesiones se referiría. No recordaba haber tenido charlas de profundísima intimidad con ella. Vanesa miró a través del ventanal y, cómo no, alguien que pasaba llamó su atención.

—Fíjate en ese pobre... —dijo al tiempo que señalaba con las cejas al hombre que cruzaba el patio, apiadándose de otra persona—. Acaba de mudarse, hace un mes, no más. ¿Te lo había comentado? Está divorciado y tiene la custodia de su hija... Al parecer, su mujer pasa bastante del tema. Se le ve agobiado, ¿no te parece? La niña tiene seis años. ¡Ni siquiera se ha afeitado! ¿Dónde irá a estas horas? Lleva la camisa mal planchada... ¿Teletrabajará? Creo que tiene un cargo en un banco o algo así.

—No, nunca me lo he cruzado... —admitió asomando la mirada.

—Échate un pelín hacia atrás, no vaya a ser que nos vea... —la avisó mientras le apoyaba la mano en el esternón. Blanca se encogió como si estuviera haciendo algo malo—. A estas horas, el sol aún no refleja mucho y, al estar en un segundo piso, se nos distingue, créeme.

Vaya si la creía. Vanesa dominaba las artimañas para que no la detectasen mientras tomaba nota de los sucesos de la urba. Sin duda, para ese tipo de caza prefería las noches: la luz artificial de las ventanas ajenas contrastaba con la oscuridad del patio e iluminaba escenas cotidianas de lo más variopintas, desde discusiones entre padres e hijos adolescentes con lanzamiento de objetos incluido a encuentros de sorprendente amor fogoso en matrimonios que parecían aburridos. Blanca achacaba el alcance del exhibicionismo a que, a sus protagonistas, la pasión del instante les hacía olvidar que las persianas permanecían subidas, las cortinas abiertas y que ojos chismosos como los de Vanesa podían inspeccionar.

—Con quien no puedo es con este tipo. —Cambió de eje con rapidez y reparó en el conserje que a Blanca también le resultaba oscuro—. Ahí lo tienes. En lugar de recoger los contenedores, fíjate, ¡de palique con las chiquillas! Que, por cierto, ya les vale... —dijo refiriéndose a las jóvenes cuidadoras de los bebés de distintas familias—. Qué culpa tendrán ellas, también te digo, pero me las encuentro muchas mañanas criticando. Lo pillo al vuelo, ¿eh? Ellas mismas se envenenan, ¿sabes?

Vanesa podría haber continuado una hora más en modo cuchicheo si Blanca la hubiese dejado fluir. La siguiente en ser juzgada habría sido la madre de cuatro púberes que solía reprender a sus hijos en mitad del patio, de camino a casa, por «las pintas y los pelos» que lucían, y después suspiraba agotada. O los abuelos de otro portal, que cuidaban durante más horas de sus nietas que sus propios padres y que, según su análisis, las mantenían hiperactivas por el azúcar de las chucherías que les compraban cada tarde. «La fauna de la urbanización da para una tesis de pseudoantropología», pensó Blanca, y su amiga estaría incluida en el bestiario. También ella, observadora silenciosa. La hacía reír e incluso le enternecía esa obsesión de su vecina por las rutinas de los demás. Consideraba que era su antídoto frente a la monotonía, y esa vulnerabilidad le aportaba encanto; ejercía de contrapunto al ímpetu con el que criticaba la realidad. Salvando las distancias, sus modos eran similares a los de Concha, que se vanagloriaba de haber sido confidente de Tina. Su presunta cercanía a su madre no la había sacado de dudas respecto a la incógnita del billete. Día y medio atrás, Blanca había respondido a la llamada perdida de Concha dentro del taxi que tomó en la estación de Chamartín. Intentó, sin éxito, que le hiciera alguna aclaración del viaje a Lugo que Tina había realizado dos semanas antes de su muerte. Después de preguntarle tres veces lo mismo con diferentes palabras, la vecina admitió que no sabía siquiera que hubiese estado fuera y que desconocía qué se le había podido perder en Lugo —«que está lejos del mar y tampoco es la ciudad más bonita de España», recalcó— para tomar un autobús hasta allí.

—¿No te parece que sería lo más adecuado? —inquirió Vanesa, y Blanca aterrizó de sopetón en el presente sin saber a qué se refería.

—Supongo…, supongo que sí —tentó a la suerte, y acto seguido cayó en la cuenta de que era la visita más oportuna que podía haber recibido esa mañana. La curiosidad aberrante de su vecina y sus artimañas por conocer historias ajenas le serían útiles en uno de sus objetivos.

El rostro de Vanesa se iluminó cuando escuchó que la necesitaba. Blanca sabía que su amiga, además de chismosa, era mañosa, así que le explicó, de manera escueta, que tenía una caja antigua que había traído de Galicia y que era incapaz de abrir. Fueron a su dormitorio y se la mostró. Vanesa, muy profesional, la cogió y acercó la cerradura a la altura de su nariz para escudriñarla. Estaba feliz por poder ayudar a Blanca. Lo que hubiera dentro de la caja era lo de menos. No podía negar que despertara su interés, pero en aquel momento eso era secundario. Se sentía apreciada. Durante una hora, intentaron forzar la cerradura con diferentes objetos punzantes: una aguja, un imperdible, un destornillador fino. Vanesa no perdía la calma, pero su frustración aumentaba a medida que se agotaban las vías y el cierre se mantenía impasible.

—Si me cargo el mecanismo de apertura, ¿te da igual? —expuso como última opción mientras sostenía una llave inglesa en la mano, a punto de golpear el cierre.

—Mejor lo dejamos por hoy —dijo Blanca, sonriendo agradecida, pero temiendo dañar la caja—. Creo que compraré una ganzúa.

Vanesa estaba disgustada por haber fallado ante la emergencia y, sin duda, intrigada por el contenido del objeto. Aun así, pasó de preguntar más por respeto al duelo de su vecina. Pero su despedida estuvo en consonancia con su rol en el universo de la urbanización:

—Siempre has tenido buenas vistas desde tu casa. ¡No las desaproveches! Si surge cualquier problema, ya sabes, llama y acudiré. Y no te preocupes por los táperes, no hay prisa.

Se dieron dos besos y la pseudoespía bajó trotando por las escaleras para justificar su estilismo deportivo. Blanca cerró la puerta despacio mientras oía, cada vez más lejana, la carrera. Se observó la mano sobre el pomo dorado. Debía pulir el anillo que había encontrado entre las joyas de su madre. No se lo había quitado desde entonces. El coral destacaba sobre la plata oscurecida por el paso de los años. De pronto, esa imagen, en no más de tres segundos, se tradujo en una revelación: «¡El joyero! ¿Cómo no se me ha ocurrido antes?», exclamó en voz alta. Como una exhalación, fue a por él. Era otra de las pertenencias de Tina que se había llevado de Galicia. La caja tenía dos niveles, y el segundo no lo había revisado. Al abrir la tapa, aparecía un espejo con su correspondiente bandeja para anillos forrada en terciopelo gris. Los había de oro y plata, y otros de bisutería bastante conseguida. La segunda capa estaba formada por tres cajoncitos en los que Blanca encontró pulseras y cadenas de eslabones. Se mezclaban unas con otras, y por eso se habían hecho nudos que requerirían minutos de paciencia para deshacer el lío. Exploró y cerró decepcionada, pero entonces se percató de que había un relieve en uno de los laterales del joyero. Presionó ese lado con la yema de los dedos y se abrió una compuerta en miniatura. De esa falsa pared sobresalían tres ganchitos; en el del medio, había una llave colgada. Sin duda, correspondía a la cerradura en cuestión. Era pequeña, del mismo dorado que los apliques de la caja de su madre. Solo quedaba comprobarlo. Corrió hacia ella, que permanecía sobre la cama. Demasiada incertidumbre para acceder al interior de un objeto. Le costó introducir la llavecita porque habían forzado el mecanismo. Finalmente, tras varias intentonas y un giro corto, la cerradura hizo clic. A la vez, como si se hubieran puesto de acuerdo para marcar un hito, sonó la alarma de su reloj de muñeca. Blanca reprimió el impulso y no llegó a levantar la cubierta de la caja. Tenía que recoger a Yago en el colegio, e iba con el tiempo justo. Reconoció que era una excusa. Estaba experimentando una persuasión profunda que la hacía resistirse a resolver el supuesto enigma con tanta premura. Mantenerse en vilo en la melancolía no estaba tan mal... Era, al menos, un lugar familiar. Dar el paso para sacar la cabeza de ahí y responder a las preguntas que suscitaba el rastro de su madre podría ser lacerante. Requería una implicación para la que sospechaba que aún no estaba preparada. Al tiempo, intuía que enfrentarse a los hechos inconfesables del pasado era una dirección inevitable, la única vía para salir de la abulia, dejar de ser una espectadora y regresar a la velocidad y la acción que requería la vida. Reincorporarse.

Cogió las llaves del coche y salió de casa a toda prisa.

6

Blanca era de las madres más impuntuales. A Yago no le gustaba esperar en la puerta del colegio. En esas aulas impregnadas de sudor infantil, ceras, desinfectante y goma de borrar, en cuanto sonaba el timbre se organizaba un revuelo de niños tremendo. Alborotados, recogían la mochila frente a maestras que intentaban advertirlos de que al día siguiente, casi con total probabilidad, habría examen sorpresa. Lo vociferaban desde la pizarra —sin esperar respuesta, pero con la convicción de que algo calaría— entre el ruido de sillas que se arrastraban, risas, intercambio de cromos, codazos y chistes de última hora. Todo lo que el alumnado había contenido durante la clase explotaba al llegar el momento de marcharse. La marabunta se dirigía hacia la salida, donde esperaban sus progenitores, abuelos o tutores encargados de la recogida. Antes de volver a casa, durante unos minutos, los mayores formaban corrillos. Los profesores merodeaban por allí para controlar que no se produjeran incidentes. «Adiós, tío». «Hasta mañana, *bro*».

Poco a poco, el tumulto se disipaba, hasta que a menudo Yago se quedaba solo aguardando a Blanca o Damián, según la semana que le correspondía a cada uno. El maestro de turno o el vigilante le ofrecía esperar en secretaría, pero Yago optaba por la autonomía. Tiraba la mochila al suelo y apoyaba la espalda y un pie en el muro. Remataba, aburrido, los restos del bocata del almuerzo, bebía agua, consultaba el reloj y recordaba que, a los seis años, Blanca se retrasó casi una hora por culpa de un cliente peliagudo y él se vio obligado a esperarla en el despacho de la jefa de estudios, donde se dedicó a pintar garabatos en hojas de papel. No fue traumático, pero tenía grabada la estampa de sus compañeros alejándose, uno tras otro, junto a sus madres, mientras la suya no aparecía. La sombra de esa pena producida por la angustia del abandono volvía a su mente cuando ella se demoraba.

Blanca cogió el bolso, el móvil y las llaves del coche, y cerró de un portazo. Bajó como una exhalación las escaleras hacia el garaje. Al llegar al subterráneo, se dio de bruces con una de las mujeres que se ocupaban de la limpieza de las zonas comunes del bloque, que estaba con el conserje al que Vanesa y ella le tenían tirria. Hablaban animados junto al ascensor, y les sorprendió su aparición abrupta por las escaleras. La chica era nueva en el puesto. Tenía rasgos latinos, era de complexión fuerte, y en el carro, además de productos y paños para sanear y sacar brillo al portal, llevaba colgado el teléfono, en modo altavoz, que difundía reguetón a un volumen más alto que la conversación que estaban manteniendo. Él, varios años mayor que ella, se mostraba sonriente y en posición relajada, con las manos en los bolsillos. Blanca percibió que había irrumpido en un momento íntimo y no le gustó verse ahí en medio.

—Tenga cuidado, no vaya a resbalar, doña Blanca —le advirtió el portero, pretendiendo normalizar la situación.

En ese instante, se dio cuenta de que el conserje sabía cómo se llamaba.

—Gracias. No querría pisar lo mojado, pero tengo que cruzar —aclaró ella con la mirada fija en la trabajadora.

Esta se sintió cohibida, más por haber sido descubierta de palique que porque fuera a fastidiarle el suelo recién fregado.

Con una naturalidad cultivada desde la infancia, Blanca se arrimó lo máximo posible a la pared para no causar una debacle. Era frecuente que Tina, tras sus usuales impulsos por recolocar la casa, decidiese sacar brillo a los suelos de madera. No solo pasaba la fregona enjabonada, sino que se agachaba para repasar cada esquina con trapos mojados en agua y vinagre de manzana. Blanca no lo consideraba un gesto degradante. Había algo asombroso en ver a su madre obcecada en convertir el pavimento en un espejo y en bañarlo todo con ese olor ácido que se expandía por el ambiente. Frotaba y frotaba hasta que obtenía el lucimiento deseado. Después le pedía a su hija que se quedase quieta un buen rato en cualquier lugar elevado. Blanca no seguía la orden y, cuando Tina no la miraba, trataba de alcanzar la otra punta de la casa sobrevolando el esplendor. Se descalzaba y, de puntillas —como si fuera una bailarina, con los dedos de seis años a ras del zócalo y la espalda limando el gotelé—, cruzaba el pasillo. Lo hacía con la tensión emocionante de que su madre, tras tanto esmero, no la descubriera, aunque existía esa posibilidad. Tina, que estaba escribiendo una carta en la mesa de la cocina, oía las respiraciones agitadas que provocaba la travesura. Sonreía. Las huellas escurridizas de los pies de Blanca en el parquet le causaban ternura: implicaban valentía. Su hija no quería hacerla enfadar. Tampoco refrenaba el ímpetu y la libertad de su actuación y juego. No le hubiera gustado lo contrario, que se coartara ante su neurosis de madre obstinada en lidiar contra el aburrimiento. Al final de la carta, dibujó unas flores de retama y cerró el sobre con saliva.

—Por cierto, ¿cómo se llama? —Blanca zanjó el recuerdo e interpeló al conserje una vez superado con bastante éxito el tramo de baldosas mojadas—. Estoy harta de verle y nunca se lo he preguntado, disculpe...

—Suele pasar, no se preocupe. Mi misión es ser una cara familiar, no un nombre —dijo, como si lo hubiese memorizado de un inexistente manual del buen conserje—. Soy Miguel, pero la gente que quiero me llama Michel.

Miró ufano a la trabajadora, buscando complicidad, y ella hizo una mueca complaciente. Blanca se sintió incómoda y se despidió con prisa por arrancar el coche.

En quince minutos ya estaba estacionada en doble fila frente al colegio de Yago. Sin salir, desde el asiento de la conductora, vio a su hijo de lejos, sentado por el cansancio, apoyado en la verja ya cerrada de la escuela. La apenó haberle hecho esperar más de lo previsto. Desde la distancia, constató lo mucho que había crecido en los últimos meses. Sus piernas eran más largas y su torso, más ancho. Su mentón, más cuadrado; su nariz, más fina. Había perdido las redondeces de niño pequeño. Era flaco y pálido como ella, de pelo negro como su padre y, por contraste, de ojos rasgados muy azules, como los de su abuela Tina. A medida que avanzaba hacia él, Blanca confirmó la belleza tímida que desprendía, que iría madurando y perfilándose con el paso de los años. Yago había visto a su madre salir del coche. Por justo despecho, se hizo el despistado. Blanca llegó con la sonrisa avergonzada de los que tardan y un ataque de abrazos y besos. Le dijo que sentía esos minutos extra de espera. Él aceptó las disculpas y se quitó de encima a su madre besucona, aunque ya no había amigos cerca que pudieran burlarse de sus muestras de cariño.

—Tengo que aprovecharme de estos momentos, que ya no me dejas que te achuche en público —justificó Blanca, contenta mientras caminaban en dirección al coche.

—¿Ves, mamá? Si tuviera móvil, como casi todos los de clase, podrías haberme llamado para decirme que ibas a llegar tarde —replicó Yago intentando sacar tajada.

—¿De verdad ha sido tan dura la espera? —le preguntó.

Yago se quedó callado. Había acumulado fatiga apostado en la salida del colegio y no tenía ganas de iniciar la enésima cruzada en defensa de su derecho a tener su propio teléfono. Quizá en un rato. O con su padre, la semana próxima. Ser hijo de divorciados duplicaba los frentes. Por desgracia para él, Blanca y Damián estaban de acuerdo en los temas tecnológicos: era pronto para que fuese dueño y señor de un dispositivo de ese tipo.

—Date prisa, mamá, que tengo que ir al baño —la alertó Yago de camino a casa.

Cuando entraban en el garaje, Miguel, el portero, deslizó la ventana corredera de la garita para levantar el brazo y mostrar una cortesía impuesta. Blanca alzó los ojos del volante y vocalizó tras el parabrisas un «hola» que el conserje intuyó. Siguió conduciendo con Yago de copiloto hasta que aparcó en su plaza.

—Es un señor raro —comentó su hijo con relación al portero.

—¿Por qué lo dices? —Blanca se hizo de nuevas.

—No sé, siempre anda fijándose en lo que hacemos en el patio…

Se refería a sus momentos de ocio con los amigos de la urba, ya que solían quedar para jugar al fútbol o hablar sentados en un banco.

—Tal vez os está vigilando. Es su función, para que no metáis ruido ni molestéis a nadie.

—No, no es eso, no me entiendes —última frase de moda en el vocabulario de Yago—, es como que no le gustamos y quiere echarnos la bronca a la mínima. El otro día nos dijo que si le podíamos ayudar a sacar los contenedores a la calle.

—Pero ¡eso lo tiene que hacer él!

—Ya.

—¿Por qué no me lo habías contado?

—Se me pasó, yo qué sé —admitió encogiéndose de hombros.

—¿Sabes que se llama Miguel?

—Claro, mamá. Pero todos en la urba le llamamos Michel.

A Blanca la afabilidad del portero le inspiraba los peores recelos, pero no quería darle otros argumentos a su hijo preadolescente. Se bastaba ella solita para crear monstruos y tachar con una cruz roja a aquel hombre que, de primeras, era vago y un tanto inocuo, pero, de segundas, parecía encubrir algo extraño.

Esa noche, después de cenar, Yago se quedó dormido con la lámpara encendida y un cómic de superhéroes sobre el pecho. Blanca lo arropó, lo besó en la mejilla, cerca de los ojos, y sintió el cosquilleo de sus pestañas largas. Apagó la luz. Se lavó los dientes ensimismada y se dirigió a su dormitorio para continuar la labor que aquella mañana había dejado inconclusa por miedo a que le provocase más dolor: descubrir qué albergaba la vieja caja. No se la había quitado de la mente. Necesitaba un rato de reposo, sin distracciones, para atreverse a abrirla. Allí seguía el objeto, críptico, sobre la cama, pero en esa ocasión con la llave en la cerradura. Se puso el pijama sin dejar de mirarlo. Lo focalizó con altivez y dio un rodeo en torno a él, como si fuera su potencial presa. Pretendía dominar la situación y afrontar lo que podría llegar a convertirse en una revelación incómoda sobre su madre. No le resultaba fácil asimilar que le hubiera ocultado fragmentos de su vida. Sin embargo, era mucho más fuerte la necesidad de descubrir por qué lo había hecho.

Levantó la tapa con delicadeza y temor. Lo que encontró fue muy distinto a lo que su imaginación presagiaba. En el interior de la caja solo había fotografías y papeles. Estaban organizados al estilo Tina: los había distribuido por tamaños y atado con cordones de rafia. Blanca se sintió desilusionada y confundida. Bromeó para sí misma sobre su capacidad de fabular. Incluso había llegado a conjeturar que dentro habría un amuleto o fetiche, algo simbólico, que le ofrecería una pista clara sobre el viaje a Lugo que su madre había realizado sin, por lo visto, contárselo a nadie. Ansiaba un indicio fiable, rotundo, para averiguar a qué se refería con aquel «Tengo algo que contarte» con el que, poco antes de morir, quiso llamar su atención de manera infructuosa. La frase retumbaba en los oídos de Blanca como si fuera el enigma que el destino le ponía delante para saldar deudas y, tal vez, tristezas. Tomó uno de los fajos de imágenes en blanco y negro. Eran instantáneas de sus abuelos maternos, los padres de Tina. En una aparecían muy jóvenes, posando en el muelle del pueblo, junto a una montaña de redes de marisqueo y pesca. Su abuelo Pepe cogía a Delia, su abuela, por la cintura, y ella sonreía con templanza. Otra fotografía los mostraba en un campo igual de chiquillos, pero con más batallas encima; él con uniforme militar, ella ya de luto. Dedujo que por aquella época su bisabuelo acababa de perderse en el mar. Delia no miraba al objetivo, tenía los ojos fijos en el suelo. Las tragedias no se habían quedado ahí. Blanca conocía el resto de la historia de boca de su madre. Seleccionó otra foto de mayor formato y bordes dentados. Estaba incompleta, alguien había rasgado un poco menos de la mitad del papel. Casi en el centro se veía a su abuelo de pie, con traje, en una finca. Le daba la mano derecha a una niña de unos diez años que llevaba un vestido corto y medias hasta las rodillas. A la izquierda del patriarca, su mujer, Delia, todavía de negro, con la mitad del cuerpo ausente por el corte de la fotografía. Esa niña era, sin duda, la pequeña Tina, de expresión inconfundible. Al fondo la casa de dos pisos que habían construido con el sueldo de comandante de artillería de Pepe. No era corriente que una familia de costa acabara residiendo en el interior de la provincia. Tampoco el desenlace de la aventura fue el ordinario. Su madre se lo relató cuando cumplió los dieciséis años, justo la misma edad que tenía Tina cuando ocurrió todo. Lo hizo a grandes rasgos, para no ahondar en la pesadilla que revivía al mencionar el suceso. Esa gran casa de la fotografía, su hogar familiar, desapareció en el fuego. Una tarde de siesta de agosto, treinta años atrás, mientras Tina reía su adolescencia en la playa, sus padres se afanaban por salvar los enseres y la vida en un incendio originado, según las pesquisas policiales de aquel momento, en la cocina de leña que por entonces aún usaban con frecuencia. Pepe y Delia lucharon, pero al fin salieron para contemplar cómo se derrumbaban vigas y recuerdos. Por respirar el humo abrasador y las llamas, sus pulmones estaban quemados. Su padre no sobrevivió ni una noche a las heridas internas. Delia falleció en el hospital un mes más tarde, aún con la piel ennegrecida. Tina no pudo avanzar mucho más en la narración de la catástrofe. Blanca la abrazó para intentar deshacer el nudo en el estómago que se les había formado a ambas. Alonso las escuchaba y las contemplaba sin interrumpir desde el umbral de la habitación.

Con la historia del incendio en la memoria, Blanca reparó en que, en aquella foto, las manos de niña de su madre no estaban vacías: sostenía lo que parecía ser una guirnalda de flores y, pese al blanco y negro, adivinó que era, una vez más, retama silvestre entrelazada en forma circular. Se detuvo a observar los arbustos que alborotaban la imagen y corroboró que se trataba de las típicas *xestas* que, en efecto, la habían acompañado desde la infancia, las que habían crecido con ella y que, hasta días antes de su muerte, Tina seguía dibujando. Blanca guardó las fotos y la caja, y se dejó caer sobre la almohada con el pálpito de que aquella visita al pasado no estaba exenta de riesgos. Se durmió mientras acariciaba con el dedo pulgar, una y otra vez, el anillo de su madre, como si la invocara, hasta que cedió al sueño. Ya pasaban de la una de la madrugada de un lunes laborable. Demasiado tarde incluso para recordar.

7

Pulsó el timbre eléctrico y sonaron campanas de iglesia; por su realismo, inquietaban. Todo lo que rodeaba a María José Ramírez-San Juan era añejo y creyente, como correspondía a sus más de setenta años. Hacía unos meses había contratado a Blanca para remozar el interior de su piso de la calle Juan de Mena, en los Jerónimos, uno de los barrios más ricos, reputados, bellos y céntricos de Madrid. La casa, que se extendía por la tercera planta de un edificio histórico y hacía esquina con seis ventanales y balcones, había hibernado durante los años en que su dueña enviudó y decidió retirarse a su chalet de la sierra. La mayoría de los muebles la habían acompañado hasta allí y, cuando decidió regresar, tenía claro que no podía volver a un lugar idéntico. Cualquier esquina le evocaba a su difunto marido porque, entre otras cosas, fumaba en pipa, y el olor había impregnado hasta las cortinas. Echaba de menos su compañía, no sus vicios, y, casi octogenaria, podía permitirse romper vínculos pretéritos y presentarse como una mujer renovada. Como clienta, en su primera conversación para hablar del proyecto, le pidió a Blanca un diseño de su hogar en el que «la huella de una época clásica y floreciente se fusionase con el arte contemporáneo y la vanguardia del siglo

XXI». Tenía fondos para costearlo, así que ella trabajó con esa premisa en mente. Entre las nuevas piezas para remodelar el espacio, adquirió un chifonier francés de finales del siglo XIX, el mueble que presuntamente habían agredido los empleados de la empresa de transportes.

En la puerta había un crucifijo dorado con incrustaciones brillantes de color rosa que aportaban cierto aire pop a la reliquia. Cuando Blanca llamó, abrió una mujer con cofia y delantal; si no hubiera sido por lo habituada que estaba a su clientela adinerada, le habría parecido un disfraz. La criada la condujo hacia el salón. Recordaba los planos del piso. Mientras atravesaban el largo pasillo, comprobó que seguían en su sitio las alfombras de lana persas que había encargado a medida y el tríptico de madera y lino de un artista emergente que había comprado en una galería para decorar esas paredes. De espaldas, absorta en una de las ventanas que daba al paseo del Prado, aguardaba María José. Su mano derecha, huesuda y pecosa, se apoyaba en la empuñadura verde esmeralda de un bastón de madera fina y brillante. La criada dijo «señora», pero la señora no se volvió. Entonces, le tocó el hombro para advertirla de que Blanca estaba allí.

—Ah, ya está usted aquí. ¡Bienvenida! No la había oído llegar. Apenas se notan los pasos sobre estas alfombras gruesas que escogió para el suelo. ¡Me encanta que amortigüen los tacones! Siempre me han parecido ordinarios… ¿Qué opina? —la interrogó mientras escudriñaba los zapatos de corte de salón y tacón de aguja de Blanca.

—Suelen ser incómodos, sí, pero estilizan —apostilló Blanca acercándose a ella para tenderle la mano—. ¿Qué tal se encuentra?

—Un poco sorda y vieja, como puedes comprobar —bromeó—, pero con la casa tan bonita que me has dejado disimulo. Mi marido adoraba a las mujeres con tacón. Pasó décadas convenciéndome de que debía calzarlos más a menudo. Y, ahora, mira —señaló su bastón—: ¡dependiente de este palo para caminar erguida!

La criada entró con la bandeja del café acompañada por Toro, el enanísimo caniche blanco de María José. La señora de la casa le ofreció tomar una taza antes de entrar en materia. Tenía ganas de hablar. Toro olisqueó los pies de Blanca; esta no era muy amiga de las mascotas, solía quedarse paralizada durante el olfateo. Luego el perro se acurrucó en el regazo de Ramírez-San Juan. Mientras le servían el café, lanzó una visual para reconocer cada uno de los espacios que había creado en ese salón y que permanecían inalterados. Sobre el aparador chino de madera tallada y herrajes redondos, observó uno de sus terrarios en perfecto estado, junto a un volumen de la obra de Vincent van Gogh. Frente a los sofás, preparadas para alumbrar la mesa de comedor rectangular —con más sillas que comensales irían nunca a cenar a esa casa—, colgaban tres grandes bombillas Edison a diferentes alturas.

—Me he quedado muy satisfecha con su trabajo. Quería, antes de nada, comentárselo. —La seguía tratando de usted—. Me parecía complejo actualizar este piso revenido —dijo haciendo un gesto de disgusto—, pero lo ha conseguido. No he cambiado nada de sitio... Bueno, miento, un par de jarrones de mi dormitorio han ido a parar al baño. Los aseos están infravalorados, a pesar de la cantidad de horas que pasamos en ellos. La gente también se muere en la bañera o en el retrete, ¿sabe?

No esperó respuesta, y bebió un sorbo tan largo de café que parecía imposible que todo aquel líquido hubiera estado en la tacita. Luego, sin delicadeza alguna, la posó en el plato con el consecuente chasquido de la porcelana fina. Aunque resultase rudo, María José sabía que, cuanto más enérgico fuera el movimiento, menos se notaría el temblor de sus manos. No aparentaba su edad, podrían echarle diez años menos. A esa lucha contra el reloj habían ayudado los tratamientos estéticos y un cambio meditado en su estilismo que llegó con la remodelación de la casa. Vestía un pantalón holgado anaranjado y una camiseta rosa de manga larga con un bolsillo del mismo color en el pecho. Gafas cuadradas de pasta nacarada. Excelente manicura de uñas blancas. Pelo violáceo teñido y retocado a la perfección. Lo único que desentonaba en esa imagen innovadora era el bastón normativo, detalle que evidenciaba su cronología real. Por supuesto, no llevaba tacones —por comodidad y, como había insinuado, como respuesta contestataria a los imperativos del matrimonio—, sino unas bailarinas marrones de un mínimo de cuña. Su apariencia contrastaba con el sofá romántico isabelino en el que se había sentado. Era uno de los muebles que había rechazado reemplazar aquella anciana de contrastes.

Cuando Blanca agradeció el reconocimiento a su trabajo, Toro saltó de las piernas de María José y comenzó a ladrar en dirección a la puerta principal. A los tres segundos, sonó el timbre. Las campanas repicaron por toda la casa como si anunciaran una boda. Ramírez-San Juan se dio cuenta, pero no hizo ningún anuncio. La criada se apresuró a cruzar el pasillo para abrir. Blanca escuchó el «buenos días» de un hombre. Sabía que su clienta se había puesto en contacto con Transportes Saúco para que valoraran el daño y le aclarasen si lo cubría el seguro. Cuando el invitado llegó al salón siguiendo los pasos de la criada, María José se levantó con esfuerzo.

—¡Nadie diría que es usted perito! —exclamó al verlo, y él le tendió la mano con cortesía.

—¿Cómo se supone que debe verse un perito, doña Ramírez-San Juan? —contestó él, afable.

María José había acertado de lleno. Aquel hombre sorteaba los estereotipos asociados a una profesión técnica. No tendría más de cuarenta y cinco años, su altura rondaría el metro ochenta y no llevaba americana ni corbata. Vestía vaqueros y una camisa azul claro remangada hasta los codos que le marcaba el torso tonificado en un gimnasio, aunque sin estridencias. Su pelo era castaño y ondulado. Su sonrisa, amplia y amable. No lucía barba, pero comenzaba a aflorar sobre su piel morena. Los ojos color miel destacaban bajo unas cejas pobladas bien delineadas. Era varonil y parecía una persona simpática, nada aburrida. Ramírez-San Juan le presentó a Blanca, y se saludaron con un nuevo cruce de manos. Se mantuvieron la mirada durante más de cuatro segundos, tiempo suficiente para que la clienta, tan vieja como indiscreta, detectase cierto rubor en las mejillas del recién llegado y le guiñase un ojo a ella de soslayo, cuando él volteó la cara. Le horrorizó su actitud casamentera, pero no podía negar que Eduardo —así se llamaba el perito de Transportes Saúco— era muy atractivo.

—Entonces, vamos a ver, ¿dónde está el cuerpo del delito? —intentó bromear, dando una palmada, aunque sin mucha gracia.

—Quiere decir mi apreciado chifonier... Blanca sabe dónde se ubica, pero les guío. Acompáñenme.

Eduardo tosió para disipar el chiste que no había funcionado y le cedió el paso a Blanca con un movimiento del brazo. De camino, sus hombros se rozaron sin querer, y a ambos les gustó el percance. María José se dirigía despacio, asistida por su bastón, hacia otra de las estancias. Toro trotaba con dignidad a su vera, como si conociera el objetivo de la visita. A Blanca, el pasillo se le hizo eterno por los nervios que le provocaba que Eduardo estuviera detrás de ella. Temió que alguna cana asomara por la parte posterior de su melena y que su andar no fuera lo suficientemente cautivador. En efecto, las alfombras iraníes que escogió para Ramírez-San Juan silenciaban los tacones, pero podían contribuir al tropiezo. Ese día llevaba unos vaqueros apretados que dejaban ver sus tobillos. Cuando le gustaba un hombre, le temblaban un poquito las piernas, y se dio cuenta de que empezaba a ocurrirle. Fueron apenas veinte segundos de trayecto, tiempo suficiente para que el lado racional del cerebro se hiciera a un lado y dejase espacio a la fantasía erótica. En un segundo, se imaginó que Eduardo la abrazaba por la espalda y que ella se giraba para besarlo, naufragaba en su cuello y la embriagaba el aroma a madera de su fragancia cara. Él la aupaba y continuaba el recorrido con Blanca en brazos. Ella dejaba caer sus tacones, se perdían en el pasillo de la clienta, que no miraba atrás, concentrada en la misión de reparar su mueble. Solo el hocico de Toro captaba la subida de feromonas en el ambiente y se volvía para olfatear. La ensoñación acabó con las mejillas de Blanca enrojecidas y la sensación de que esas pasiones no le correspondían a ella: madre, separada, huérfana y, en general, paralizada en sus instintos por la muerte cercana de su progenitora.

—*Voilà* —soltó María José, y les mostró su cajonera herida.

—Ya veo… —Eduardo se agachó para tocar el rasguño en

la madera—. Déjeme tomar unas fotografías —dijo cogiendo el móvil.

De cuclillas, los pantalones le marcaron los cuádriceps.

—Ha podido ser un descuido al hacerlo entrar por la puerta, que es estrecha —apreció Blanca—. En cualquier caso, entiendo que esto lo asume el seguro de la empresa de mudanzas, ¿no es así?

—Por supuesto, pero el proceso es un poco tedioso. Se demorará unas semanas, entre la valoración de daños, la respuesta del seguro, el traslado para la restauración y la devolución al cliente.

—Me sobra el tiempo —respondió, burlona, María José—. Es que es un mueble nuevo. Bueno, nuevo, nuevo, no es. Evidentemente, es una antigualla bien conservada, como su dueña —continuó con sátira y sin complejos—, pero ha llegado aquí hace poco, gracias al buen hacer de Blanca. Y esta es, sin duda, la habitación más especial de toda la casa...

Su mirada buscó comprensión en la de Blanca.

Cuando iniciaron el proyecto, María José le había pedido hacer una excepción con aquel cuarto. Apenas quería incorporar un par de novedades, entre ellas el chifonier, para organizar sus pañuelos y fulares de seda. Confesó entonces a Blanca que en aquella habitación había nacido su único hijo, sesenta años atrás. Su marido, obstetra afamado de la capital, se ocupó del alumbramiento, un domingo de madrugada, con el instrumental que tenía en casa. La ambulancia llegó después para llevarlos al hospital y comprobar que todo estaba en orden. «Fue lo más salvaje que he hecho en mi vida», le confesó a Blanca con la mirada brillante por la excitación. Con los años, pudo olvidar el dolor de partirse en dos y la sangre en las sábanas, pero no a su marido, afanado en que todo saliese bien y cuidando de ella más que nunca. La habitación mantenía la cama original de roble macizo con un cabecero de metal pintado de blanco, los visillos, una mesa con un flexo dorado desgastado y un globo terráqueo descolorido, además de varias estanterías donde pervivían novelas juveniles, puzles antiguos y algunos lápices a los que Ramírez-San Juan había sacado punta durante las noches de insomnio. El hijo, por desavenencias con la herencia de su padre, que consideró demasiado exigua, hacía meses que no pasaba por esa casa. Blanca sospechaba que su clienta, aunque no lo había verbalizado, confiaba en que las transformaciones materiales que le encargaba funcionasen como conjuro para atraer, de nuevo bajo su ala, a su único descendiente. Para retenerlo, al menos una vez más, en la habitación que lo vio llegar al mundo.

—Aquí le parí. Y aquí creció —explicó, somera, a Eduardo mientras él acababa de sacar imágenes al arañazo que, aunque no era muy profundo, se extendía por todo un lateral del mueble a lo ancho.

El perito finalizó la tarea casi a la vez que María José llamaba a su criada para que quitase el polvo de las repisas del cuarto de su vástago.

—Mira que le digo que pase el paño a diario, pero nada, hay que estar en todo —masculló la clienta convencida de que, en el momento en que su hijo decidiese regresar, la estancia debía relucir o, de lo contrario, sería un fracaso de bienvenida.

Ramírez-San Juan señalaba las superficies sucias y la criada respondía solícita. Eduardo hizo un guiño a Blanca en señal de connivencia. Por su profesión, estaban acostumbrados a entrar en hogares y vidas ajenas, a contemplar las soledades de otros. Juntos, percibían la amargura encubierta de aquella mujer que fantaseaba con recuperar las horas perdidas con su hijo. En dirección al perito, hizo un sutil gesto de lástima con las cejas y los labios apretados. Acto seguido, bajó los párpados por respeto a la clienta. Fue entonces cuando Toro decidió manifestarse. El caniche rondaba desde hacía un rato las patas del chifonier. A continuación, levantó una de las suyas y marcó el territorio. El chorro de orina pudo oírse porque chocaba con la madera del mueble del siglo XIX y caía, hasta crear un gran charco, en la moqueta antigua que María José había decidido conservar en la habitación. La mancha crecía al ritmo que el hedor. La dueña de Toro soltó, enfadada, el bastón —que agarró antes de caer, con buenos reflejos, la criada— para cojear hasta su perro. Amenazó con darle un puntapié, pero se contuvo porque había otras tres personas presentes.

—¡Fuera de mi vista, chucho ingrato! —gritó enojada, señalando la salida de aquel cuarto venerado.

Toro acababa de cometer un sacrilegio. Como si hubiese entendido el alcance de su error, agachó las orejas blancas y rizadas, gimió en señal de vergüenza y se fue de allí. La única que había permanecido inmóvil fue la criada, que inició las maniobras de limpieza del orín y aplazó quitar el polvo, por enésima vez, de las vetustas pertenencias del heredero.

—Muchísimas gracias por la atención y disculpad el incidente del perro —se despidió María José de nuevo asida a su bastón, con el ánimo templado y tuteándolos—. Ya se sabe, los instintos... Son animales, por mucho que una quiera enjabonarlos y peinarlos —rio con frivolidad.

—La avisaré en cuanto me responda la aseguradora para determinar la fecha de recogida, señora Ramírez-San Juan, descuide. Si tiene cualquier duda, puede llamarme —dijo mientras le extendía su tarjeta.

A Blanca, le pareció un gesto excepcional y retro para un individuo del siglo XXI.

La criada, servicial pero un poco alterada por la ristra de órdenes, cerró la puerta con un brío impulsado por la corriente que hizo vibrar el crucifijo pseudopop. Eduardo y Blanca se quedaron solos ante la disyuntiva entre bajar por las imponentes escaleras o tomar el ascensor de época. Sin hablarlo, se decidieron por la segunda opción, ya que les garantizaba un tramo breve de intimidad. La primera puerta era de hierro; la segunda, de madera, daba acceso a una cabina sin espejo, acondicionada y barnizada, con botones dorados que indicaban los pisos. Era encantador por lo añejo. Poner un pie dentro suponía unos minutos de viaje a través de la historia, aunque estaba claro que no era el mejor medio si tenías prisa.

—Antonio Saúco me ha hablado muy bien de ti. Dice que tienes a los vip de Madrid revolucionados con tu trabajo.

El ascensor no había comenzado su bajada porque la puerta exterior permanecía abierta. Antes de contestar, Blanca solucionó el problema y comenzaron a descender, despacio, los cinco pisos.

—Bueno, tengo un par de socias más y nos distribuimos los encargos. Si no, no podría abarcar tanto. Pero, sí, de momento va viento en popa, no puedo negarlo.

El elevador era estrecho, tenía la medida exacta para que dos cuerpos con ganas de conocerse pudieran sentir algunos puntos de contacto a lo largo del trayecto. A Eduardo, acostumbrado a gustar, pero sin ínfulas de saberse querido, le atrajo la seguridad con la que ella hablaba de su negocio. Adivinó, también, tristeza en curso en sus ojos verde oscuro.

Dio esa pena por válida. «De lo contrario —pensó—, sería una extraterrestre». Por supuesto que se había fijado en sus tobillos mientras caminaba tras ella por el pasillo. Eran finos, como su nariz y sus pómulos. La liviandad y elegancia de sus huesos marcaban su arquitectura y daban lugar a una belleza esbelta pero descolorida y preocupada. Imperfecta.

—Como la marca en el chifonier —expresó Eduardo en voz alta, por equivocación.

Su pensamiento había cruzado fronteras. Blanca mostró extrañeza. A él le entró un escalofrío de rubor y optó por enmendar la situación con naturalidad fingida.

—Que no será nada, digo. Ese rasguño se restaura con facilidad —prosiguió.

—Supongo que sí, será sencillo. Aunque, la verdad, no puedo saberlo. No estoy habituada a reparar daños —admitió Blanca y, sin pretenderlo, su cabeza voló, por millonésima vez esa mañana, hasta su madre muerta.

—Creo que nadie lo está —respondió él como si captase un doble sentido en esa confesión—. Lo que ocurre es que, después de ver miles de casos, la experiencia te enseña a comparar y tasar con agilidad. No creo que a la aseguradora le suponga más de quinientos euros. Una ganga.

—De profesión, comprobador de taras —ironizó ella—. Lo mío es lo opuesto. Estoy obsesionada con encontrar la habitación perfecta.

—La ventaja de «lo mío» —recalcó, emulando la expresión de Blanca— es que, de tanto ver destrozos, aprendes a relativizarlos. Incluso a apreciarlos.

Sus últimas frases resonaron en los oídos de ella como un mantra revelador, aunque sabía que no pretendía filosofar sobre su oficio de perito.

El ascensor había tomado tierra y no se habían dado cuenta. Desde fuera, a punto de abrir la puerta de hierro forjado, un vecino esperaba, sin prisa, a que reaccionasen. El hombre, que no ocultaba la añoranza, sonreía. Se recreaba en la escena. Por fin, Blanca y Eduardo se percataron del espectador y salieron de la burbuja que habían creado durante el recorrido.

—Perdone la demora —se disculpó Eduardo.

—Tranquilos, no tengáis prisa —respondió, sugerente, el vecino.

Tras el portón del edificio estaba la calle, y entonces llegaría la despedida que ambos querían dilatar. Con un pie ya fuera, él se atrevió a preguntarle:

—¿Has desayunado? Conozco una pastelería increíble que está muy cerca.

Blanca solo se había bebido su café despertador antes de salir corriendo hacia el colegio con Yago. No obstante, aunque esa mañana se hubiera inflado a tostadas con mermelada, no hubiera rechazado la oferta de rascar un rato más en compañía de aquel recién llegado que parecía igual de interesado que ella.

—Es mediodía, un poco tarde para desayunar... —afirmó, sin abandonar del todo su pose profesional, después de echar una ojeada al reloj inteligente, que marcaba una subida en su ritmo cardiaco.

—¡La hora perfecta para almorzar! Un segundo desayuno nunca viene mal. O llámalo *brunch*. ¿Vamos? —propuso, jugando con su tono castizo y dando por hecho el sí a la invitación.

Entraron en una pastelería de nuevo cuño inspirada en el esplendor de los antiguos salones de té. Blanca creyó que era una elección ajustada al fenotipo de Eduardo, hombre contemporáneo pero que, en sus rasgos y maneras, en ocasiones parecía beber de los galanes de un siglo atrás. Detectaba anacronía en la escena, pero a la vez le divertía el contraste. Decidió experimentarla como si aquel ascensor los hubiera trasladado al pasado.

En el local olía a masa dulce horneada. Se sentaron en torno a una mesita redonda de mármol, junto a una ventana, y pidieron café con sendos cruasanes rellenos de jamón y queso, después de que él la alertara de que eran los mejores de Madrid. Blanca le preguntó si había degustado muchos allí y él le dijo que alguna que otra vez. El camarero dejó en la mesa las tazas con bastante espuma de leche y dos cruasanes imponentes más alargados de lo habitual, brillantes de almíbar. Eduardo la escuchaba hablar de su pasión por la elaboración de micromundos naturales. Ella atendía a cómo él le contaba que madrugaba y trasnochaba para correr por los parques más bonitos de Madrid. Blanca disimulaba su fascinación pero, durante el diálogo, había momentos en los que creía que era el hombre más interesante que había conocido nunca. Eduardo se la imaginaba nada más despertar, junto a él, en la misma cama, besándolo porque tenía que ponerse manos a la obra para configurar sus jardines de cactus y piedras. La luz que entraba por el ventanal de la cafetería era intensa y les iluminaba la cara.

Blanca cogió tenedor y cuchillo para trinchar su cruasán y, al hacerlo, el hojaldre, todavía caliente, produjo un crujido que presagiaba un bocado delicioso de azúcar y mantequilla. El encuentro estaba, literalmente, a punto de derretirse por ambas partes, en un punto álgido de conexión. De pronto, el móvil de ella comenzó a sonar dentro del bolso, que era un mundo. No podía obviar la llamada en horario laborable. Hizo un primer intento para localizar el aparato. Entre que el fondo era espacioso y que la emoción del encuentro estaba a flor de piel, no daba con él. El teléfono insistía en su reclamo. Movida por el estrés, olvidó la compañía y fue depositando en la mesa, acelerada, cada uno de los objetos que le impedían alcanzarlo: cartera, pañuelos de papel, botecito de gel hidroalcohólico para las manos, tablet, un sobre de rooibos con jengibre, un bolígrafo, una barra de labios hidratante, un corrector de ojeras y, en una nota de papel, un corazón verde con cara y brazos que había firmado su hijo cuando tenía siete años. Yago, desde que aprendió a pintar y escribir, solía sorprenderla con dibujos cariñosos ocultos en los bolsos y bolsillos. Ella los conservaba todos. No tuvo la oportunidad de explicarlo porque Eduardo, aunque no quería ser indiscreto, ya lo había averiguado.

—Me queda claro que no soy tu único pretendiente —manifestó sarcástico al ver el dibujo, desvelando, de paso, sus intenciones.

—Lo siento, ¡tengo que responder! —exclamó Blanca, avergonzada por la exhibición de objetos privados, sin respiro y preguntándose por qué aquel corazón no estaba en el cajón de la mesa de su taller.

Cogió el teléfono y se concentró en la voz ronca del otro lado. Eduardo, comprensivo y, si cabe —según la percepción de ella, que no dejó de observarlo—, más humano y más guapo que antes, le daba espacio y disfrutaba de su cruasán. Un nuevo cliente solicitaba sus servicios y poner a prueba su capacidad de influir en las casas y la vida de la gente.

8

El ruido de la cortadora de césped la despertó. Eran las ocho de la mañana. El jardinero había decidido iniciar su jornada y levantar a toda la urbanización sin tacto. El sonido del motor retumbaba en el patio. El operario, durante unos segundos, se detuvo para cambiar la dirección de la máquina y volvió al tajo. Los habitantes del complejo, de mal humor, subían persianas y cerraban ventanas, creando así otra sinfonía de golpes bruscos. Blanca se sobresaltó en la cama. Creyó que se había quedado dormida y que no llegaría a llevar a Yago al colegio. Imaginó que su hijo no la habría avisado y que estaría desayunando. Él solía madrugar más que ella y, al despertarse, siempre se preparaba un tazón de leche con cereales. Al instante, todavía entre las sábanas y en el límite entre sueño y realidad, cayó en la cuenta de que al niño le tocaba pasar la semana en casa de Damián. Ella misma lo había llevado hasta allí la noche anterior. Se preparó un café y descubrió que la urraca había vuelto a visitar el balcón de la cocina: un nuevo tesoro descansaba en la maceta de las petunias, una cáscara de pistacho. Se sumaba a otra de nuez y a varias piedras brillantes. Ni ella ni Yago osaban tocar sus pertenencias. No entendían por qué el pájaro había elegido su hogar como caja fuerte, pero ambos sentían cierto orgullo.

La cortadora no había dejado de segar, y otro jardinero acababa de encender una sopladora de hojas que también montaba jaleo. Blanca observaba desde la cocina cómo hacían su trabajo mientras el café ejercía su efecto activador. El conserje Miguel se acercó a hablar con ellos. Sin apagar las máquinas, cruzaron voces que fueron cobrando intensidad hasta sonar enfadadas. El jardinero, sopladora en mano y más joven y fuerte que Miguel, se acercó a él amenazante. Blanca no entendía el motivo de la riña que estaba a punto de derivar en pelea. Abochornada por estar husmeando, dio un paso atrás en el balcón. Miró hacia el piso de Vanesa y, por supuesto, la descubrió asomada, contemplando la escena. Las máquinas se apagaron por fin y se escuchó el grito de «Menuda jeta tienes, cabrón» dirigido a Miguel, que exigía silencio con un gesto arrogante y retrocedía en dirección a su garita. Blanca entró en la cocina y vio que ya tenía un wasap de Vanesa preguntándole qué pasaba ahí fuera. Prefirió irse a la ducha y no contestar suposiciones.

Cuando llegó a la dirección indicada, Esther, una de sus socias, estaba esperándola. Blanca la había llamado para repartirse el trabajo y porque estaba convencida de que, en los preliminares de cualquier diseño, cuatro ojos registran el entorno mejor que dos. Se trataba del primer encuentro cara a cara con un cliente; para valorar las ideas y el presupuesto, necesitarían tomar muchas fotografías, vídeos y medidas. Esther era tres años más joven que ella, más alta, con más curvas y, contrariamente a las demandas de su profesión, sentía aversión por los lugares cerrados. El desarrollo de su labor como interiorista, que le entusiasmaba, había supuesto una lucha constante contra su claustrofobia. A sus treinta y nueve años, ya lograba controlarla sin entrar en pánico y, lo más importante, sin que el cliente percibiera ese punto débil. Aun así, evitaba las estrecheces —por ejemplo, coger el ascensor— y, cuando era posible, intentaba decantarse por proyectos que tuvieran como objetivo crear espacios abiertos y terrazas.

—Es un poco tétrica. Al menos, por fuera —comentó Esther respecto a la casa, temerosa del impacto que podría tener sobre su fobia.

El chalet, de dos plantas, era de ladrillo y tejado de pizarra. Tenía un aspecto decadente por el abandono y el desgaste al que había estado sometido sin ningún tipo de limpieza exterior o remodelación. El jardín estaba asilvestrado, las enredaderas cubrían, salvajes, buena parte de la fachada. Estaba situado en el extrarradio de Madrid, en una de las áreas en las que hace medio siglo comenzaron a construir adosados para familias de nivel adquisitivo alto que buscaban alejarse del centro de la ciudad. El hijo de la hasta hace muy poco propietaria e inquilina había contactado con Blanca. Su madre, de noventa y dos años, había fallecido una semana atrás en el hospital, después de una década con cáncer de huesos. En ese momento, la casa pertenecía a su único heredero. En su conversación telefónica inicial, le sorprendió la premura con la que el hijo urgía a renovar el interior del inmueble. Acababa de vivir el mismo trance en casa de su madre y conocía bien la cantidad de vida que late en los objetos cuando su dueña ya no está. Era pronto para desentenderse, pero el cliente quería hacerlo a toda prisa.

El hombre, de unos sesenta años, con abundante pelo canoso y sobrepeso, desembarcó frente a ellas aparcando en la entrada un cuatro por cuatro de alta gama. Las saludó con firmeza y las apremió a entrar cuanto antes para discutir los detalles y comenzar la tarea. Tras cruzar la verja, comprobaron que nadie se había ocupado de cortar la hierba en meses ni de reparar los peldaños de piedra que conducían a la entrada principal. Francisco Narváez, que así se llamaba el cliente, detectó la extrañeza de ambas ante la desatención de la finca, y explicó que su madre, durante el último año de vida, decidió prescindir de los servicios del jardinero. El heredero abrió la puerta y no encendió la luz. Esther y Blanca estaban a oscuras y a tientas en medio de un salón que olía a cerrado. Él abría persianas con apuro, sin sutileza. Poco a poco, los fogonazos de sol iban entrando y descubriendo rincones. A Blanca le recordó su propio despertar intranquilo de hacía un par de horas.

—Este es el salón —explicó, afónico, lo evidente.

Se puso las manos en la cadera, que prácticamente se fusionaba con la barriga. Miró alrededor y no mostró intención de querer tocar mucho más.

—¿Cómo se lo imagina? —le preguntó Blanca, que había abierto la tablet para tomar notas de cara a diseñar los futuros planos.

—Para eso las he contratado, quiero escuchar sus propuestas.

Esther ignoró su tono altivo mientras tomaba fotografías.

—Y se las haremos, por supuesto —respondió Blanca amable y efectiva—, pero nos gustaría saber si tiene alguna sugerencia en mente.

—Lo principal es que no quede nada. Ni rastro de ella —solventó categórico.

Blanca se quedó helada por la firmeza de la decisión y por cómo fue detallando su afán de borrado. Francisco pretendía aniquilar de un plumazo todos los vestigios de su madre. No solo se trataba de remozar el ambiente, sino de tirar a la basura todo el pasado relacionado con aquella mujer. No quería conservar los sillones de piel ni las cortinas tupidas, tampoco un armario acristalado que parecía de gran valor. No pretendía buscar ni un momento de intimidad con la butaca en la que su madre acostumbraba a sentarse. No concedía ni un resquicio de atención a sus marcas ni deseaba sentir su olor, como Blanca había anhelado al entrar en casa de Tina poco después de fallecer. Francisco Narváez pretendía ahuyentar cualquier huella física de su progenitora. Para eso las había contratado, para limpiar la muerte de allí. Blanca observó una pila de tapetes de ganchillo encima de la mesa del comedor. Él se percató.

—He sido yo. Los puse ahí el otro día, cuando vine a dejar la urna —explicó mientras señalaba la repisa de la chimenea—. Mi madre y yo teníamos gustos muy dispares. ¿Pueden entonces tirarlo absolutamente todo a la basura cuando inicien las obras?

Blanca estaba tan desconcertada que su compañera le tomó la delantera.

—Pero ¿eso también? —preguntó Esther acongojada, intentando contener las ganas de huir de esa habitación.

Señaló la urna fúnebre que Francisco acababa de incluir en el lote que acabaría en el vertedero.

—Sí, que se la lleven los albañiles. Que las tiren en el punto limpio. O en el jardín —dijo indolente, aludiendo a las cenizas de su madre.

—No, Francisco —intervino Blanca desafiante y tuteando al hombre—. Eso lo tienes que hacer tú, por favor.

Guardaron silencio. Un bufido poco confortable del cliente le dio la razón a Blanca. El heredero se acercó a la chimenea, cogió la urna en brazos y la agitó vociferando:

—¡Hasta muerta, doña Eugenia! ¡Hasta muerta me va a dar problemas!

La trató de usted con desapego. La secuencia, a continuación, se produjo con una rapidez inusitada, como si alguien acelerase una película. En su elegía febril, Francisco no se percató del leve escalón a ras de la chimenea. Tropezó y dio un paso en falso sobre una alfombra de tamaño mediano que se desplazó como respuesta al peso enojado del hombre. La caída no fue grave, la detuvo con las manos. Para entonces, la urna ya había salido volando y el choque con el suelo sonó hueco y enlatado. La mayor parte de las cenizas se desparramaron por el parquet. Esther se quedó lívida. Blanca, incrédula. Lo ayudaron a incorporarse procurando no pisar el polvo gris pálido. Con la frente sudada y avergonzado, Francisco no supo qué decir ante el sacrilegio que acababa de cometer. Ellas, amedrentadas por la escena macabra pero competentes, se ofrecieron a ayudarle a retornar las cenizas a la urna. Él les pidió disculpas por el espectáculo y les aseguró que se ocuparía de su madre, tal como Blanca le había pedido. Antes, se fumaría un cigarro fuera.

—O dos —concretó.

Nervioso, lo encendió antes de salir de la casa. Blanca hizo un gesto a Esther con la cabeza en dirección a las escaleras que llevaban al segundo piso. Su socia estaba contando los segundos para marcharse de aquel ambiente que la sofocaba y asustaba. Recibió la orden como un paso más hacia la salvación.

En el dormitorio de la madre de Francisco, sus zapatillas de andar por casa estaban a los pies de la cama y sus vestidos colgaban de las perchas del armario. Había flores de plástico en una de las mesitas de noche. En la otra, una lámpara que recordaba a un quinqué sobre otro mantel de ganchillo.

—Este se le ha pasado —musitó Esther aludiendo a la colección que Francisco quería erradicar.

—No podemos tirarlo todo, tendrá que donarlo. O venderlo en el mercado de segunda mano. Le convenceré —aseguró Blanca, intentando olvidar lo que acababa de suceder abajo.

Cogió el marco que estaba junto a la lámpara. No solía mostrar interés por los efectos personales durante las visitas a los espacios de trabajo porque le parecía entrometido y poco profesional, pero esa vez se sentía desconcertada por la actitud del cliente. Elucubró sobre los motivos que podrían llevar a un hijo a querer desvincularse de cualquier señal de su madre. También pensó en que, a pesar del rechazo, Francisco experimentaba un duelo inevitable, como el que ella misma estaba pasando. Lo hacía a su manera, quizá más torpe, pero —dedujo Blanca— terminaría por llegar al mismo lugar. Se fijó en la fotografía en blanco y negro. Era un posado de familia: madre, padre y bebé, supuestamente Francisco. Era rechoncho y tenía cara de llorar enrabietado, como seguía haciendo en ese instante. Estaban sentados en una habitación que no se asemejaba al salón del chalet. Su madre sonreía y su padre tenía un semblante distante. En esas instantáneas viejas, parece que todo el mundo mira igual, pero Blanca sabía que no era así. Comparó sus expresiones con las que recordaba de sus abuelos en la foto que había rescatado de la caja de Tina. Se le habían quedado grabados sus rostros de orgullo mientras exhibían la casa que más tarde consumiría el fuego. También el talante risueño de su madre, con la diadema de retama en las manos. Sintió que necesitaba reencontrarse con sus propias memorias y abandonar el chalet de su nuevo cliente, que le decía cosas que no podía ni quería entender.

—¿Te parece que lo dejemos por hoy? —le preguntó casi afirmando a Esther, que no paraba de fotografiar y tomar apuntes de las medidas de la habitación.

—Creí que nunca llegaría este momento. Gracias —respondió aliviada, frenando en seco.

Mientras bajaban las escaleras, Esther se detuvo frente a uno de los innumerables cuadros de tamaño mediano y pequeño que, prácticamente amontonados, adornaban esa pared. Parecía un gran muro donde la propietaria había ido apuntalando pinturas, retratos e incluso postales. Una, en concreto, era una acuarela de un paisaje. Esther hizo un gesto de extrañeza, tomó perspectiva, la descolgó y, sin poder remediarlo, le dio la vuelta.

—Así, sí. Estaba del revés —le reveló a Blanca al tiempo que esta sonreía para confirmar la suerte que tenía de contar con una socia tan neurótica como ella.

Aterrizaron en el salón, donde se encontraron con la estampa de Francisco con recogedor y escoba en las manos. Quería apañar el entuerto con celeridad, como si nada hubiera ocurrido. La montaña de cenizas crecía, aunque, debido a sus aspavientos, gran parte de ellas se escapaba volando para integrarse en la atmósfera de la estancia. «Al fin y al cabo, ese ha sido su hábitat», dedujo Blanca. Se ofrecieron de nuevo a colaborar, pero él, culpable y arremangado, parecía haber asumido cierta responsabilidad como hijo. Blanca preparó la firma de una serie de papeles contractuales y, cuando él dejó de barrer, miró la pirámide de cenizas y aprovechó para insistir:

—¿De verdad que no quieres conservar nada de lo que hay en la casa, Francisco?

Era la última oportunidad que le daba.

—Qué va, qué va... Me sobran los recuerdos. ¿Qué hago con tantos? ¡No los quiero! —expresó alterado, al tiempo que se secaba la cabeza con un pañuelo de papel usado.

Aunque ponía todo su empeño y rabia, la misión que pretendía era complicada. Blanca comprobaba a diario que huir de la orfandad era imposible. Se encontraba con la pérdida en cada pequeña acción, desde una decisión relevante en que imaginaba cuál habría sido el consejo de su madre hasta una diatriba estúpida en que valoraba las posibles palabras desengrasantes que ella pronunciaría para reírse del asunto y restarle peso. Francisco aún no sabía que no había escapatoria. Quería exterminar muebles y demás objetos de su madre para reducir los caminos que lo conducían hasta ella. Desconocía, también, que existen resistentes estelas inmateriales que nos vinculan de por vida con nuestros progenitores. Como estaba aprendiendo Blanca, no se podían ocultar bajo la alfombra. Ella, por instinto, acarició el anillo de coral que había pertenecido a Tina y se despidió hasta al cabo de unas semanas, una vez finalizados los planos e iniciada la propuesta de obra. Francisco se quedó en el interior de la casa reuniendo los pedazos de su madre. Esther cerró la puerta y se abanicó con las manos de forma exagerada. Inhaló hondo, como si hubiera estado en apnea más tiempo del aconsejado.

—¡Creía que me ahogaba! —exclamó liberando angustia.

—Yo también —admitió Blanca.

No intercambiaron más reflexiones sobre lo que habían apreciado en el interior del chalet. Cuando comenzaron a trabajar juntas, establecieron, con ironía y practicidad, un mecanismo para defenderse del dolor ajeno. Lo bautizaron como «miserias del cliente». Esa categoría comprendía las anécdotas personales vinculadas al proyecto que se sucedían en esas visitas a los inmuebles y que formaban parte del secreto profesional. Era un contenido básico para que el diseño del ambiente fuera lo más ajustado posible a las necesidades del que pagaba; sin embargo, por su naturaleza íntima, estas revelaciones no debían traspasar tabiques. Y mucho menos, involucrarlas a ellas emocionalmente. Blanca llegaba a sentirse como la camarera tras la barra del bar que escucha lamentos y rellena el vaso con medicina para olvidar. A veces, el simple muestreo de un piso derivaba en la aventura de sumergirse en el pasado de otros y enfrentarse a los fantasmas. Blanca, sin pretenderlo, se encontraba inmersa en sesiones de terapia de choque, que era, en cierto modo, lo que había ocurrido con Francisco y con los restos de su madre de los que no se quería responsabilizar. El truco era tomar distancia, nunca desinterés. No obstante, a medida que cumplía años y acumulaba tormentas, detectaba que cada vez le resultaba más arduo mostrar una postura pasiva ante la fragilidad del otro, no reconocerse en ella.

A la vuelta del trabajo, Blanca aparcó unas calles antes de llegar a su urbanización para ir a comprar el pan. Las semanas que Yago no estaba en casa, su alimentación bajaba de nivel. Le daba pereza cocinar para ella sola y optaba por salir del paso echando mano de ensaladas, fruta y bocadillos. La panadería tenía un toldo marrón y horno propio. El aroma agradable a bollería artesana guiaba hasta la puerta. La cola de compradores no era tan larga como en otras ocasiones, pero Blanca tuvo que esperar para llegar al mostrador. Durante esa parada, se sucedían las barras saliendo del obrador. El panadero jefe las llevaba y una empleada se ocupaba de colocarlas en la cesta correspondiente. Delante de ella, una mujer alta pidió una *baguette*, alargada como ella, y recalcó que, por favor, estuviera recién hecha.

—Ahora mismo, todas están recién hechas —respondió gentil pero contundente la dependienta.

—Entonces, una blanquita —exigió la compradora.

El panadero salió con más pan, y esa segunda remesa transportó a Blanca hasta la cocina familiar. No hundía las manos en tierra con su madre para trasplantar, sino en harina. La estaba ayudando a rebozar pescado para freír. Eran pececillos. Tina los llamaba *xoubas*, sabían y olían menos que las sardinas. Blanca los arrojaba a la montaña suave que había creado hasta no verlos. Después, jugaba a encontrarlos. Cuando los rescataba, hacía una hilera en la mesa y su madre los iba echando a la sartén.

El siguiente en la fila, un hombre fuerte con indumentaria de albañil y rostro curtido por el sol, también pidió que su pan estuviera caliente, pero prefirió «una hogaza gruesa y tostada, como su piel», identificó Blanca. Tina se dio la vuelta para sonreír por las *xoubas* perfectamente dispuestas por su hija antes de saltar al fuego. La tercera en la cola, una anciana achaparrada de pelo níveo, dijo que a sus dientes les bastaban dos molletes blandos y claros. «Redondos, lo mismo que ella», pensó Blanca, muy sorprendida de cómo los panes se parecen a sus dueños, igual que sucede con los perros. Su madre acababa de mancharse el índice con harina y bajaba el tobogán sedoso que Blanca, de siete años, tenía desde la frente hasta la punta de la nariz. La niña se ponía bizca y hacía muecas, hundiendo los mofletes con cara de pez, mientras disfrutaba de la caricia de su madre. Cuando le tocó pedir su barra de pan, no tenía muy claro cuál le correspondía, pero, detrás de ella, otra persona estaba impaciente por llegar a su turno.

—Una barra, normal... ¡Bien enharinada! —acertó a decir con la mente puesta en su nariz de niña todavía cubierta de blanco.

Pagó con el móvil y se dio la vuelta con rapidez para que las dos lágrimas que le surcaban las mejillas coincidieran con su salida de la tienda. Los llantos inesperados a escondidas habían ido disminuyendo y separándose con el paso de las semanas, y eso la hacía sentirse descuidada y culpable. Lloró por su madre, cariñosa y activa, con el mandil puesto frente al aceite hirviendo. También por la madre de Francisco, desintegrada y espolvoreada, y por su hijo, torpe y emperrado, en su despecho, en que le sobraban los recuerdos de la persona que, con toda probabilidad, más lo había querido. Blanca, sin embargo, anhelaba construir un terrario ficticio para guardarlos todos. Temía extraviarlos. Sería el peor de los castigos, cuando ya no podía volver a verla.

Al dejar el coche en el garaje, eran casi las tres de la tarde y le rugían las tripas. Blanca llevaba la barra de pan bien pegada al cuerpo y su gran bolso con la tablet y demás utensilios de trabajo en la otra mano. Llamó al ascensor y, cuando las puertas se abrieron, se topó con algo inusitado. Sobre la superficie del espejo mal iluminado, con rotulador negro, habían escrito con grandes letras de imprenta desbaratadas: MICHEL, CABRÓN.

9

A Yago no le emocionaba jugar al fútbol, pero lo hacía. En el recreo y la urbanización, chutar el balón era, más allá de un deporte, una herramienta para socializar. A los siete años, se había negado a implicarse en las pachangas del patio. Disfrutaba más pintando solo. Blanca instaló un caballete con lienzos y grandes cuadernos de dibujo en casa, junto a la mesa donde ella hacía sus terrarios. «Así podremos crear juntos», le explicó. A Yago le gustaba seguir los movimientos de su madre de reojo. Le admiraba verla inmersa en la aventura de generar un paisaje dentro de un jarrón o una esfera de cristal. Sentía la excitación del espía. Blanca sabía que la vigilaba. La profesora de arte le había dicho que su hijo tenía talento para la ilustración. Quería potenciar ese don que suponía que heredaba de su padre, Damián, que era arquitecto. A ella no se le daban bien las líneas; prefería colorear. Por suerte, se manejaba a la perfección con los programas informáticos de diseño de interiores en 3D. Ese *software* había suplido los planos a mano alzada en los que siempre le había costado adivinar sus propios trazos.

A su hijo, como a cualquier centenial, le fascinaba la tecnología digital. Cuando sus padres se lo permitían, pasaba la tarde retándose a superar niveles y construyendo otras latitudes en videojuegos. Entre la pintura y las pantallas, a Damián le preocupaba el aislamiento y la condición física de su hijo. Lo notaba tímido, largo pero enclenque, y con pocos amigos. Le compró la camiseta de la selección española de fútbol para animarlo y salió a pelotear con él los fines de semana por Madrid. Yago recordaba que su padre le había dicho que, a veces, las personas «hacemos cosas que quizá no nos agradan pero que, con el tiempo, nos ayudan a sentirnos mejor. Nos construyen», continuó Damián, que solía buscar símiles en sus experiencias laborales cuando se ponía erudito. Yago pensaba en las judías verdes rehogadas con ajo que comía por decreto en el colegio y que vomitaría si no fuera porque se supone que sus vitaminas te convierten en superhéroe. Eso decían las cocineras del comedor, que «las judías te hacen crecer». También le repugnaba el plátano maduro que servían de postre los lunes. «Tómate la mitad al menos, te dará fuerza», le aconsejaban y él confiaba en que sus bíceps crecerían al ritmo de cada bocado blando y dulce. Después de un mes de machaque paterno y, sobre todo, convencido de que, sin la interacción de sus compañeros, el recreo era interminable, sucumbió. Yago anunció a su padre que jugaría al fútbol, pero como portero. Su padre le compró unos guantes de guardameta profesional.

Aquella tarde de mayo en la urbanización, la temperatura era templada y caía una llovizna que no les impidió marcar goles. Los niños se empapaban y ensuciaban sin complejos en el barro que provocaban sus propias carreras. El conserje se acercó a ellos enfundado en un chubasquero con la capucha puesta y les ordenó que el partido continuase bajo los soportales porque estaban destrozando el césped. Lo hicieron, no de buena gana. Guille se dio la vuelta y Yago lo oyó murmurar, travieso e hiriente, «Lo que tú digas, cabrón», refiriéndose a la pintada que había aparecido en los ascensores de cada bloque. Cuando Miguel se alejó, delimitaron la nueva portería con dos piedras. Yago esperaba parar otra tanda de penaltis. Guille tiraría en primer lugar y, después, Adrián y Leo. El aroma a tierra mojada les llenaba la nariz. Yago pensó que así debía oler la victoria en una final de la Champions. Con las manos en la cabeza para protegerla sin remedio del agua, llegó Íñigo, de seis años, el hermano menor de Adrián, con el pelo encharcado y gotas que se deslizaban desde el flequillo hasta su simpática hendidura en el mentón. Preguntó si podía jugar y, al hacerlo, Yago apreció su incisivo central de leche partido el verano anterior, en el patio, entre gritos de dolor y bastante sangre. Íñigo era más pequeño y también más gracioso y despierto que su hermano:

—Espérate un rato, enano —le dijo Adrián, haciéndose el chulo—, que estamos los mayores. ¿No lo ves?

A Yago no le gustaba cómo Adri le hablaba a Íñigo, pero así eran las reglas de la edad.

—¡Eso, enano! ¿No lo ves? ¡Pírate, *loser*! —Guille incidió en el agravio.

Íñigo se volvió para enfilar a Guillermo con el ceño fruncido y rabioso. Lo de llamarle «enano» no se lo permitía a cualquiera. Solo a su hermano, aunque lo odiase cuando se comportaba como un cretino. Las alusiones a la escasa altura «para su edad» de Íñigo se repetían fuera y dentro del colegio. Era el más bajito de la clase, pero estaba aprendiendo a defenderse. Su hermano mayor le había dicho, en el recreo, que dejase de llorar y les arrease fuerte. Adrián conocía los ojos encendidos de Íñigo y se temía lo peor. No iba a proteger a su colega Guille, porque consideraba que se había pasado. Ninguna norma de amigos permitía tomarse la libertad de ofender al hermano de otro. Íñigo, de piernas delgadas y cortas, se aproximó despacio, con los puños apretados y tensos. Guille disfrutaba de su superioridad mientras hacía piruetas con la pelota. Cuando Íñigo estuvo lo bastante cerca, hinchó los carrillos y, con toda la fuerza posible, lanzó un proyectil de saliva que fue a parar al pecho de la camiseta de Guille, la oficial del Atlético de Madrid. Su preferida.

—Pero ¡¡¡qué haces, cerdo!!!! —le espetó Guille, colérico, al notar que el escupitajo traspasaba el tejido de su uniforme fetiche.

Íñigo salió pitando para alejarse del peligro y esconderse en una esquina de los soportales desde la que podía divisar la reacción. Adrián se interpuso y detuvo a su amigo, que planeaba darle una patada justiciera al «enano».

—Métete en lo tuyo, *bro* —le aclaró mientras le daba un leve empujón y le quitaba el balón de los pies.

Guille amainó el enfado por obligación y respeto al bienestar de la pandilla. Decidió situarse otra vez bajo la lluvia y, con teatralidad, estiró los brazos en cruz para que el agua limpiara el reproche de babas de su camiseta. Íñigo, en la distancia, sacó una gominola caliente y espachurrada del bolsillo del pantalón. Le quitó el papel transparente y pegajoso, y la chupó con deleite al contemplar cómo su hermano mayor ejercía de escudero. Yago observaba la evolución de los hechos y se alegró de que Íñigo saliese victorioso. Le caía muy bien aquel niño que siempre buscaba su hueco entre los que tenían más años que él. Su valentía era el doble de su estatura, al igual que su ánimo por comprender las leyes del grupo. No le amedrentaban las negativas, y solía esperar con paciencia el turno para ser admitido. Sus extremidades eran canijas, pero había aprendido a nadar muy pronto en la piscina de la urbanización. Adri y Guille lo habían empujado mil veces al agua, y Yago solía estar alerta para comprobar si conseguía salir a flote solo.

—¡Que me dejes! —se desquitaba Íñigo tras un nuevo fracaso al intentar que lo aceptasen—. ¡Me voy a la toalla!

A Íñigo le molestaba que lo ayudaran, y a Yago lo deslumbraba su capacidad de supervivencia. Tumbado en la toalla, al sol, con la piel erizada por el contraste de temperatura y el mínimo viento que soplaba, su imagen le enternecía. Las orejas de Íñigo eran pequeñas, como todo en él, de soplillo. Mantenía los brazos doblados bajo el pecho para guardar calor. Cuando decidía moverse, sus omóplatos se pronunciaban como los de una cría de león que comienza a andar. Primero un brazo, luego el otro. Después una pierna, a continuación la otra. Daba una vuelta a cuatro patas por el jardín de la piscina olfateando a los vecinos como si fuera un perro. Si no le seguían el rollo, podían llevarse un ladrido. Tras una ronda, se acercaba a Yago marcando escápulas, con aire majestuoso de cachorro. Yago fingía que le daba miedo y después lo atrapaba para hacerle cosquillas. El niño se revolvía carcajeándose en la toalla y simulaba dar zarpazos. Eso parecía ser lo único que necesitaba para olvidarse de la incomodidad de ser el «enano» de la banda: algo de atención. Su cuidadora andaba cerca, muy centrada en el chat del teléfono móvil. Íñigo trataba de escabullirse de las caricias y el hormigueo que le provocaban las manos de Yago, pero de inmediato se enfrentaba de nuevo a ellas para dejarse atrapar y romper a reír. Este se preguntaba cómo sería tener un hermano. No era la primera vez que fantaseaba con ello. Cuando sus padres se llevaban bien, dio por supuesto que no se quedaría solo en las horas de juego y aburrimiento. Más tarde, las discusiones se volvieron frecuentes y se truncó la posibilidad de una compañía a quien enseñar, custodiar y allanar el camino por el mundo. Fue entonces cuando decidió no guardar más juguetes «de cuando era pequeño» en la maleta de Mickey Mouse que escondía bajo la cama.

—Pero ¡si estáis ensopados! ¿Lo saben vuestras madres? —Vanesa apareció como surgida de la nada bajo los soportales del patio. Pescar a los niños de la urbanización en sus travesuras era una de sus especialidades—. Venga, para casa, que ya son las ocho y mañana hay colegio. Yago, te acompaño al portal. ¡A casa he dicho! ¿No me oís? —reiteró severa.

No iban a perder el tiempo llevándole la contraria a Vanesa; aquellos eran sus dominios. Con toda probabilidad, los habría visto pelear desde la ventana, mientras sus tres hijas hacían los deberes, se alisaban el pelo y servían el té a las muñecas. Como observadora prémium, se sentía con la potestad de intervenir cuando su intuición le indicaba que algo podía enturbiar el ritmo pacífico del vecindario. La pandilla se disolvió. Yago estiró los brazos para que Íñigo, de un salto enérgico, chocase los cinco con él. Al hacerlo, notó las manos del niño pringosas por la golosina macerada que se había zampado tras el triunfo ante el abusón.

Cuando Vanesa y Yago llamaron al timbre, Blanca acababa de fijar una reunión para el día siguiente con Esther y Lara, la otra socia en sus proyectos de decoración de interiores. Lara estaba a punto de cumplir cincuenta años, era la más veterana de las tres en la profesión. Eso se traducía en un estudio propio en el que, además, restauraba muebles y mantenía una agenda de proveedores consolidada que facilitaba bastante el trabajo. Los clientes acudían a la excelente reputación de Blanca, que se apoyaba en Esther para las tareas más técnicas. Luego aparecía Lara, con su amplia cartera de fabricantes, y ponía el local en el que mantenían animadas deliberaciones creativas antes de trasladar la propuesta al cliente.

Esa vez tocaba plantear ideas a Francisco Narváez, y las tres sospechaban que no sería tarea fácil. Entre otras cosas, querían persuadirlo de que algunas de las sillas de su madre que pretendía exterminar, junto al resto de los recuerdos, eran merecedoras de una segunda vida. «Tendría que verlas más de cerca, pero diría que son del siglo XVII. De una herencia de una herencia, algo así. Las típicas de un tatarabuelo. Con un tapizado actualizado, lijado y barnizado, quedarían increíbles. Es una lástima ver cómo se venden en Wallapop por cuatro duros. La gente no tiene ni idea del dinero que pierde con tanta negación del pasado», reflexionaba y lamentaba Lara por teléfono al observar el material que había grabado Esther en la casa familiar de Narváez.

Al segundo timbrazo, Blanca abrió la puerta y allí estaba Yago, completamente mojado y tranquilo. A su lado, Vanesa, con expresión urgente de «déjame entrar, que tengo mucho que contarte». El preámbulo fue inevitable porque Blanca, antes de escucharla, atendió la emergencia de su hijo. Lo ayudó a descalzarse, y ambos bromearon sobre sus zapatillas y su ropa embarradas de gladiador contemporáneo.

—Entonces ¿quién ha ganado la gran batalla de hoy? —le preguntó.

Yago se tomó su tiempo y respondió:

—Creo que Íñigo —dijo, aunque dudó que su madre lo identificase.

—¿Íñigo? Pero ese niño es más pequeño, ¿no? ¿Juega con vosotros al fútbol? —Blanca cayó en la cuenta—. ¿No es el que se hizo caca en la piscina el verano pasado?

—¡El mismo! —intervino Vanesa usurpando el diálogo madre-hijo con un gesto desagradable al recordar el episodio.

Los excrementos de Íñigo habían dividido a los vecinos entre los partidarios del despiste y los que opinaban que había sido una travesura para llamar la atención. Ese accidente paralizó a la comunidad durante las veinticuatro horas que el cloro tardó en depurar la piscina. Blanca trasladó a su hijo al baño y, tras quitarle la ropa pegada al cuerpo, lo arropó con un toallón suave como cuando era un bebé. Palpó sus orejas y hombros, y le dijo:

—Me prometiste que no crecerías tanto —le susurró cariñosa al tiempo que le secaba las extremidades.

—Sí, te lo dije. Pero es imposible, mamá —admitió Yago con la verdad más pura en la voz.

Bajo la toalla, cuando su madre solo se interesaba por su bienestar y no respondía a llamadas de trabajo inoportunas, Yago se sentía a salvo. Esa cueva improvisada era un remanso de paz que no quería abandonar. Lo mismo pasaba cada vez que ella acudía a su rescate tras una caída. Aunque el proceso conllevase dosis de dolor, los cuidados de Blanca eran meticulosos y, sobre todo, exclusivos para él. Su madre desinfectaba, despacio y con tacto, las heridas de sus piernas. Mercromina y algodón. Le acariciaba las mejillas para mitigar el escozor. Entonces Yago se lo perdonaba todo, incluso los sucesivos retrasos a la salida del colegio que tanto le molestaban.

A Blanca también le reconfortaba curar a su hijo. Tanto o más que enjabonarle el pelo y repartir el champú por sus mechones escurridizos. Al igual que Yago en su guarida, cerró los ojos mientras le secaba la cabeza. Permaneció recogida en ese instante. En la oscuridad, oyó la última invitación a hablar que le hizo su madre: «Tengo algo que contarte». Blanca advirtió que allí, inmóvil, había una calma que no era falsa, le sentaba bien. Sin embargo, fuera del refugio, al abrir los ojos, los días continuaban sucediéndose. El clima envolvente se rompió porque, desde el salón, Vanesa levantó la voz para que la escuchasen e iniciar su relato:

—¡Ahí está el mafioso ese! —exclamó con los ojos fijos en Miguel, el polémico conserje.

Blanca acudió para aplacar los gritos de su amiga, que no se iría sin desembuchar. Por otro lado, tampoco ella podía ocultar que el portero la intimidaba. Le interesaba conocer qué razones habían motivado los insultos hacia él que alguien había escrito en todos los ascensores de la urbanización. Y por qué su vecina lo tildaba de mafioso con tanta inquina.

—Vale que coquetee con las empleadas de la limpieza... —prosiguió Vanesa—. Lo sabes tan bien como yo, eres observadora. Qué vergüenza.

Blanca advirtió el eufemismo y dedicó unos segundos a pensar en la diferencia de matices que existen entre ser una observadora curiosa y una cotilla.

—Pero esto va más allá, querida. Mucho más allá. ¡He descubierto el pastel... de Miguel!

Improvisó el pareado y dio una palmada en el aire. Al cerciorarse de la rima conseguida por casualidad, esbozó una sonrisa de satisfacción, como la poetisa contenta porque la llama del ingenio acaba de asistirla. Lo histriónico del carácter de Vanesa no era impuesto, y eso llamaba la atención a Blanca. Sobredimensionaba asuntos cotidianos que para el resto eran corrientes. Sus rutinas eran tan aburridas como las de otra madre y vecina cualquiera. Su éxito radicaba en vivirlas con la naturalidad exagerada de una buena comedia dramática. Tenía mérito interpretar lo trivial como una hipérbole. Blanca admiraba esa falta de mesura desacomplejada. Debía ser agotadora.

Vanesa se apoyó en uno de los reposabrazos del sofá rinconero del salón de Blanca. Redujo el volumen hasta conseguir el tono intrigante de una revelación de secretos y continuó con la aclaración de sus acusaciones hacia el conserje. Las pintadas que lo calificaban de cabrón fueron hechas después de que discutiera con uno de los jardineros. Blanca recordó el encontronazo con Vanesa una de esas mañanas en las que la cortadora de césped despierta al vecindario. Ambas estaban espiándole desde sus respectivas ventanas.

—Coincidirás conmigo en que fue difícil no oír los gritos y asomarse para ver qué ocurría, ¿no? —alegó Vanesa para formar equipo y creerse algo más que una fisgona solitaria.

Tras lo sucedido, ella no se retiró al interior de su piso, como hizo Blanca. Se vistió veloz con unos *leggings* y una sudadera, se calzó sus zapatillas de *fitness*, bajó las escaleras y llegó al trote a la parte del jardín donde se había producido la pelea. Uno de los jardineros se alejaba con su cortadora, y el otro, el de la sopladora de hojas, salía sin la máquina y con pasos decididos de uno de los portales. Vanesa corrió para cruzarse con él y no dudó en preguntarle qué estaba pasando, a qué venía tanto jaleo.

—¿A qué se refiere, señora? ¿Le hemos fastidiado el sueño? —preguntó con rostro enojado y brazos furiosos que auparon de nuevo la sopladora de hojas.

No tenía más de veinticinco años, y su barba pelirroja evocaba el color del otoño. A Vanesa le gustó que la llamase «señora». Era una ofrenda digna. Fue sincera y le dijo:

—Estaba preocupada porque he oído insultos graves hacia el conserje.

—Que te llamen cabrón no es grave si lo eres. No deberían confiar en una persona que se lucra a costa del trabajo de otros —espetó él sin tibiezas, abriendo la puerta a más preguntas.

La investigación sobre el terreno de Vanesa concluyó con que el portero se beneficiaba del esfuerzo de jardineros, fontaneros, albañiles, carpinteros y manitas que acudían a solucionar los problemas de la comunidad. Les cobraba una comisión de un diez por ciento por la reparación realizada. Y era así desde hacía unos cinco años. En el caso de los jardineros, se sumaba que el propio Miguel decidía sus horarios, porque «A ver si se usted cree que mi compañero y yo queremos despertar a todos los vecinos con el ruido de estos trastos», explicó el joven pelirrojo, como si con la confesión se liberase de un peso moral. Ya estaban hartos de sus órdenes y tejemanejes despóticos. Podrían denunciarlo, pero sabían que era el favorito de la gestora que administraba los bloques, y seguramente perderían su empleo. Habían valorado grabar con un teléfono móvil oculto una conversación que lo delatase, pero se informaron de que los jueces no siempre admiten ese tipo de pruebas. Por eso decidieron emprender otras acciones más drásticas.

—Es la guerra sucia —continuó Vanesa con tono de novela negra, ya sentada en el sofá junto a Blanca, que la seguía absorta—. Con las pintadas intentan minar su credibilidad. Él soportará la tormenta, la creerá pasajera y, cuando menos se lo espere, se encontrará con más sorpresas denigrantes. Los vecinos no somos tontos, nos seguiremos haciendo preguntas y la corrupción explotará.

Blanca identificó una buena trama. Al menos, se salía de lo común dentro del ambiente anodino de la urbanización. Lo habitual para la mayoría era madrugar, ir a la oficina en coche y volver tarde a casa para acostar a los niños, ver un capítulo de una serie y dormir. Los sábados por la mañana, la misión principal era asaltar el supermercado. Aunque Blanca aborrecía lo previsible de ese ritmo, reconocía algunas comodidades a la hora de criar a su hijo, sobre todo tras el divorcio de Damián. Siempre había otro niño con quien jugar y alguien que podía cuidar de Yago si ella se retrasaba. A eso se sumaba, para tranquilidad de padres y madres, que era un entorno acotado y controlado, sin peligros aparentes, una seguridad cuestionada por los negocios ilícitos del conserje.

Cuando Vanesa, orgullosa de sus pesquisas, acabó de detallar la historia destapada, se fue con el anuncio de que, por supuesto, habría más capítulos. Blanca la despidió sin negarle que necesitaba saber cómo continuaba el enredo. Comprobó que Yago estaba a punto de terminar los deberes y que era hora de cenar. En la cocina, decidió preparar una cena rápida de supervivencia, muy del gusto de los dos. Batió cuatro huevos con un tenedor hasta que claras y yemas se fusionaron tan bien que la mezcla quedó fluida y fina. Encima, echó trocitos de queso y volvió a batirla. La gota de aceite ya se había expandido por la sartén caliente. Volcó el contenido para que la tortilla comenzase a cuajar y recordó la recomendación de su madre:

—Cuando veas burbujas en el huevo, como ahora, puedes empezar a despegar —le explicaba Tina, espátula en mano, intentando ser didáctica en la elaboración de una tortilla francesa modélica.

—Tampoco pasa nada si no queda perfecta, mamá —objetaba Blanca veinte años atrás en la cocina de su primer piso de estudiante en Madrid.

—No me sabe igual —admitía Tina mientras enrollaba la capa de huevo solidificado con la soltura de haberlo hecho cientos de veces.

—Será por otra razón, mamá, no por falta de simetría.

—La forma es más importante de lo que parece. Ay, nos hemos olvidado de echarle una pizca sal... —Blanca se divertía cuando su madre empleaba el plural para referirse a fallos u olvidos propios—. ¿Y si le ponemos azúcar por encima? ¡Será un crep! —inventó sobre la marcha su madre, y comenzó a tararear el estribillo del *Non, je ne regrette rien* de Édith Piaf.

—¡Qué oportunista! —bromeó Blanca mientras Tina, interpretando el aire despechado de Piaf, alzaba la tortilla de la sartén con afectación y la colocaba, rectangular y brillante, en la diagonal de un plato.

—Hazla como quieras, *mon chéri*, pero no pases hambre, por favor.

La cocina no había sido una opción para Tina. Según le había contado a su hija, cuando sus padres fallecieron debido al incendio, su madrina y su padrino se ocuparon de darle techo y acogida. Eran unos primos de su madre que residían en Vigo. Él trabajaba en una depuradora de marisco y ella era vendedora en la lonja del puerto. El olor a pescado era una constante en su casa, desde el amanecer hasta que se acostaban entre sábanas húmedas. Los padrinos volvían del tajo tarde y se frotaban con pastillas de jabón casero. Aunque la pituitaria se acababa acostumbrando, la aleación de sal y escamas nunca desaparecía de piel y paredes. Al término de cada jornada, una ráfaga de atlántico obrero entraba por la puerta y reforzaba la maresía de aquel hogar. Tina le había descrito a Blanca el paisaje de bateas que vislumbraba desde allí, a los dieciséis años, por la ventana de su habitación. También que guardaba un nudo en el estómago igual de grueso que las cuerdas frías y adheridas de las algas donde crece el mejillón. Tanto océano había alrededor que las lágrimas de cada noche por la muerte de sus padres mutaron a salobres. De vuelta al instituto, pasaba el día sola, y se apañaba como podía cuando por fin tenía apetito. En la cocina de su madrina —prolongación de la lonja donde se lucía por su rapidez de habla en el conteo de las subastas—, aprendió el truco de la tortilla francesa perfecta y otros tantos. Al cabo de dos años, era diestra entre los fogones, y le repelía el pescado, que nunca faltaba en el frigorífico de sus padrinos. No pudo sobreponerse a la saturación hasta que acabó la universidad.

—Mamá, ¿esta niña es la abuela? —preguntó Yago desde el umbral de la cocina, sujetando una fotografía en blanco y negro en la mano.

El huevo se había pegado a la sartén. Blanca rascó concienzuda un par de veces y asumió el fracaso. Era la foto rasgada de Tina junto a sus padres en el campo familiar que Blanca había encontrado, entre otras, hacía unos días.

—¿Has abierto la caja? —preguntó con reproche.

—Estaba abierta en tu habitación —aclaró Yago un poco avergonzado, tratando de exculparse.

—¿Y por qué has entrado en mi habitación? —Blanca incidió en la regañina.

—¿No puedo entrar ahí? —quiso saber su hijo, conocedor de que no existía prohibición alguna al respecto.

Blanca apartó la sartén del fuego y decidió aplazar unos minutos otro intento de tortilla en condiciones. Ambos fueron al dormitorio y vio que Yago había volcado y dispersado el contenido de la caja. Sobre la alfombra se desparramaban las fotografías, más de las que en un principio parecía que encerraba.

—¿Es la abuela? —reiteró Yago mostrándole la imagen.

—Sí, sí. Y tus bisabuelos. ¿Por qué las has tirado al suelo, Yago?

—En realidad las he ordenado, mamá —dijo el niño a sabiendas de lo mucho que a Blanca le preocupaba la armonía—. Mira, estas de aquí están igual de rotas.

Era cierto. De entre todas las fotos, Yago había apilado las que estaban cortadas por la mitad, unas rasgadas a mano y otras amputadas con tijeras. Eran una decena y, en la mitad superviviente de cada una de ellas, aparecía Tina a los cinco, seis y siete años. Posaba con encanto infantil de frente y de lado, sonreía coqueta en casi todas. Lo hacía sola o acompañada por —lo que intuía— los brazos de su progenitora, Delia.

—¿Por qué las han cortado? —Yago se hizo la misma pregunta que ella.

Blanca desconocía la respuesta. Sentada sobre el suelo de su habitación, barajó tres veces las instantáneas y se detuvo en una. Tina, vestida con un peto y una camisa de puntilla en cuello y muñecas, estaba agachada al pie de un matorral de *xestas.* Agarraba una de las ramas con afán de arrancarla pero, al mismo tiempo, presentía que su esfuerzo era insuficiente y miraba de reojo a la cámara. Buscaba la cooperación de la persona que tomaba la instantánea. Con toda probabilidad, la conocía. Un mismo operario solía recorrer los pueblos de la zona a petición de los paisanos más adinerados.

A través de esa nueva imagen del pasado, la retama volvía a hacerse presente. Blanca lo interpretó como un hilo del que debía tirar igual que su madre lo hacía, en esa fotografía incompleta, con la intención de descuajar la planta. Quizá también precisase de un poco de ayuda. Ante el asombro de Yago, y movida por una revelación que no sabía si la conduciría a más claridades o sombras, corrió a por el móvil. Como un chute de cafeína, que tiene un efecto rápido, percibió algo que había desterrado desde hacía mes y medio, desde el 31 de marzo, día de la muerte de su madre: la vitalidad de estar motivada. En marcha. La solución para seguir en pie, pese al duelo, no era quedarse quieta, sino seguir haciéndose preguntas. Localizó el nombre y el teléfono del tanatorio de Vigo donde se había celebrado el velatorio. Necesitaba hablar con la recepcionista, la mujer de la media con carrera la que se había topado en el baño. Maribel. Ella había sido la primera en recibir el ramo de *xestas* que llegó sin nombre para acompañar a su madre hasta la tumba. Blanca quería contactarla cuanto antes para despejar la maleza de una ruta que desconocía hasta dónde la llevaría.

10

Los tanatorios no duermen, y Blanca tampoco lo lograría si no avanzaba en sus pesquisas. Yago cayó rendido a las once, así que se animó a probar suerte. Por experiencia, y si el horario no había cambiado, el relevo de la recepcionista se producía más allá de la medianoche. Recordó los pómulos flácidos de Maribel y su pelo canoso recogido, que la hacía aparentar más edad. Su aspecto plomizo, por otro lado, empatizaba con el entorno. Su eficiencia y previsión para solucionar molestias a los vivos habían quedado demostradas con las medias de recambio que guardaba en un cajón y el ofrecimiento de mantas para pasar la madrugada en vela. Marcó el número de la funeraria. A los tres tonos, una mujer respondió. Blanca dejó salir una tos nerviosa imprevista, dio las buenas noches y no supo si presentarse como exclienta o como una simple mortal. Al fin, preguntó:

—¿Es usted Maribel?

«Por qué no ir al grano, si se trata de un asunto urgente», pensó y decidió sobre la marcha.

—Disculpe, ¿quién pregunta por ella? —demandó, con lógica y cortesía, la voz de marcado acento gallego.

—Soy Blanca Vidal. Hace poco más de un mes estuve ahí por el fallecimiento de mi madre.

El carrete del velatorio y su estancia en la sala número tres transcurrieron veloces por su mente. Se le secó la garganta y necesitó toser de nuevo para recomponerse.

—Entiendo —afirmó la mujer como si, a distancia, captase matices de dolor—. ¿Me dice el nombre de su madre, por favor? Es para comprobar que los datos concuerdan —explicó cautelosa.

A medida que hablaba, Blanca percibía que se alejaba del timbre que recordaba de Maribel.

—Tina Seoane.

Blanca oyó que la recepcionista tecleaba durante unos segundos.

—Efectivamente, la difunta es Tina Seoane Vázquez, si no me equivoco. —Blanca, aún sin ser vista, asintió con una caída resignada de párpados—. Velada en la sala tres del 31 de marzo al 1 de abril. Y me comenta que usted es su hija y que quería hablar con mi compañera Maribel, ¿verdad? Resulta que hoy no está. ¿Puedo ayudarla yo? ¿Ha habido algún percance?

Blanca se sorprendió del uso del término «percance». No entendía qué contratiempo podría darse una vez que el muerto ya estaba en la tumba y el tanatorio había facturado los servicios prestados durante el tránsito. Imaginó un posible libro de reclamaciones en el que los familiares, aún desorientados por la confusión que genera la tristeza profunda, se quejaban de que no había suficientes pañuelos, de que el sofá era más rígido de lo deseable y no les permitió llorar a gusto o de que el tanatopractor se había excedido con el maquillaje de la difunta: había acentuado demasiado las cejas y la tía

Sonsoles estaba irreconocible. Podrían figurar otros reproches más severos sobre la profesionalidad de los empleados y su labor para el correcto discurrir del acontecimiento fúnebre, como la acusación de haber trasladado las flores a la sala del muerto equivocado. Eso —según supuso Blanca en pocos segundos de reflexión— habría desencadenado una investigación que, al final, determinaría que no hubo error de ejecución, sino unos parientes con el ego herido por las escasas coronas que habían llegado para despedir al abuelo. Blanca regresó para responder que no se había producido, que ella supiera, ningún incidente reseñable más allá de la propia defunción súbita de su madre, el gran «percance».

—Estoy buscando a Maribel para tratar con ella un asunto personal.

Nada más decirlo, se dio cuenta de que el adjetivo «personal» sobraba. No hay nada más corriente y público que hablar de muertos con la trabajadora de un tanatorio.

—Maribel está de vacaciones —explicó la voz.

—¿Vacaciones? ¿En mayo? —dijo Blanca, mostrando cierta frustración.

—En nuestro sector son fechas tranquilas, temporada baja. Según las estadísticas, los meses en que se producen más fallecimientos son julio y agosto —dijo la recepcionista sin frivolidad, bien instruida en el oficio—. El aumento de temperaturas aguza «estos procesos» —remarcó el eufemismo— e incrementa la cifra de decesos. Eso en España, porque en otras latitudes, como en Estados Unidos, enero es el momento del año que acumula más óbitos. La culpa es del frío extremo —detalló.

Blanca se mantuvo muy atenta a la exposición de las razones climáticas que condicionaban tanto a la gente para morir como a la plantilla de la funeraria para tomarse días libres. También a ella para dar con Maribel.

—Entonces su compañera volverá... ¿cuando haga más calor? —dedujo tras escuchar toda aquella información.

—No, antes. Me imagino que la semana que viene ya estará por aquí. ¿Quiere que le deje algún recado? —preguntó la recepcionista, rematando la frase con la clásica entonación final ascendente del noroeste de España.

—No, no es necesario. —Calló unos segundos y rectificó—: Mejor sí. Dígale que la ha llamado Blanca Vidal y que este es mi número.

Dudó que Maribel recordase quién era entre las decenas de hijas que pasaban por el tanatorio para llorar a sus madres.

—De acuerdo, le dejo una *notiña* por aquí, ¿vale?, para que la vea en cuanto llegue. —Tecleó—. Me decía que era por un asunto personal, ¿verdad? —Tecleó—. Listo. Queda anotado. ¿Necesita algo más?

—No, gracias. Ha sido muy amable.

—Gracias a usted, Blanca. Que descanse, buenas noches.

La voz cerró la conversación con familiaridad. Dada la hora intempestiva y, sobre todo, el apremio que le había transmitido, la mujer la había tratado con exquisita cortesía. Estaba claro que había interrumpido la normalidad de un tanatorio a medianoche, cuando menos personal hay y más duele —por la presión del silencio y de las sombras— la muerte de un ser querido. Marcó en su calendario como tarea pendiente realizar otro intento para localizar a Maribel y preguntarle si conocía algún dato más del mensajero que había llevado el ramo de *xestas* al velatorio.

A esas horas, Eduardo también estaba despierto. Después de salir a correr pasadas las ocho de la tarde, su cerebro necesitaba el doble de tiempo para entrar en la fase de relajación previa al sueño. Su organismo se había reactivado con el trote de cincuenta minutos por el barrio y el parque más cercano. Durante el recorrido, solía cruzarse con los mismos de siempre. Al principio, cada cual iba a su aire, con la vista perdida en la línea de árboles y farolas que delimitaban el carril de los *runners*. Al cabo de un mes, tras coincidir en el itinerario cinco días a la semana, era inevitable no buscar la complicidad del otro con un saludo o un gesto fugaz, el que da tiempo a manifestar en un segundo de respiración jadeante. Después, cada uno seguía su camino con la mente puesta no se sabía dónde, porque, aunque el horizonte urbano era el mismo, ninguno estaba allí. Pagaban el peaje del sudor, la sed y los lamparones en la camiseta, y utilizaban la carrera como puente hacia otra parte. Ese era el secreto que compartían y callaban al galope. La cabeza de Eduardo volaba y esquivaba obstáculos más rápido que sus piernas. Un trayecto idéntico podía llevarle, dependiendo del día, a lugares muy diferentes. Siempre le había gustado correr. La primera vez que fue consciente de las oportunidades que surgían al acelerar el paso y tomar impulso fue a los ocho años, cuando tenía que huir de otros niños que amenazaban con darle una paliza. En su espantada, corría con todas sus fuerzas y nunca miraba atrás. Comprobó lo ágil que era, lo afinado de la mecánica de sus extremidades y cómo apenas notaba el cansancio muscular. Cada zancada amplia y saltarina en el asfalto machacaba un poco más el miedo al acoso que ejercían sobre él dos chavales de su clase. En el presente, cumplidos los cuarenta y cinco, era raro el día en que no interpretaba la carrera como lo que fue desde el principio, una escapada liberadora.

Quedaba alrededor de media hora para que su pulso iniciase la desaceleración, y ya intuía que no podría conciliar el sueño ni a la tercera. Se resistía a tomar las pastillas que le había recetado su terapeuta. Ella restó importancia a los efectos adversos, las definió como un «caramelo inocuo». Eduardo temía engancharse a la extraña sensación de no tener pesadillas, episodios que irrumpían al menos dos veces al mes, como el de pasar horas encerrado en el baño del colegio por temor a insultos y empujones o toparse de bruces con sus libretas desmenuzadas por el patio tras sonar el timbre del recreo. Se despertaba temblando. Sin embargo, de tan recurrentes e íntimas, las memorias humillantes ya le resultaban familiares y, de algún modo, no quería depender de la química para anular a esas viejas conocidas.

—¡Típico de los hombres! —lo interpeló su terapeuta, fuera de tono, cuando él le explicó por qué no tomaba la medicación para dormir.

El comentario le pareció propio de una charla distendida entre camarero y cliente acodado en la barra para desahogarse. Eduardo estaba recostado en un diván de psicoanálisis clásico. Formaba parte del decorado. La psicóloga se recolocó las gafas sobre el tabique nasal. Se avergonzó de haber pensado en voz alta. Tras unos minutos más de escucha, frenó en seco para decirle a su paciente que la relación entre ellos estaba a punto de terminarse.

—Te veo centrado, Eduardo. También algo distante. Eso es bueno. Significa que ya no me necesitas. Si te parece, damos por terminadas las sesiones y te doy el alta.

No salió de la consulta sin ataduras, sino con el malestar que genera una despedida precipitada y cierta sensación de estafa. Desde entonces, hacía más de un año que no había vuelto a terapia. Guardaba los ansiolíticos que nunca había probado en un cajón del baño. Lo abrió, tentado. Los malos recuerdos de la infancia habían reaparecido durante la semana, y esa noche necesitaba desterrarlos para despertarse descansado, con el vigor viril que requería la situación. Al día siguiente, después de otros dos encuentros para desayunar en horario de trabajo, tenía una cita para cenar con Blanca. Había en ella un cóctel que lo asombraba, porque parecía contener delicadeza y seguridad férrea a partes iguales. Tan pronto afirmaba una idea, resuelta y convincente, como su discurso se diluía en vacilaciones. La antítesis era sutil, nada patológica, pero provocaba que, a veces, Eduardo no supiera si ella escuchaba con atención o navegaba a la deriva. En cualquier caso, el dilema duraba poco y, tras la incertidumbre, emergía la sonrisa amplia de Blanca que, como si hubiese recargado la batería, aparecía para salvar al mundo de lo inhóspito que puede llegar a ser. Sin obviar lo atractiva que le resultaba, de los tobillos a las orejas. Cerró el cajón. Una vez más, no se atrevió a consumir la píldora, y se tumbó boca arriba en la cama con los ojos abiertos. Tampoco él era perfecto, aunque intentase aparentarlo. Cogió el teléfono para enviarle a Blanca el enlace a una canción que creía que le gustaría. Se detuvo antes de mandárselo. Era tarde y, dado que se reencontrarían pronto, resultaría redundante en el juego de seducciones que habían iniciado. Estaban en ese capítulo en el que toca fingirse un poco más encantador de lo que uno es en realidad. Sin estridencias, porque el objetivo es persuadir sin mentir, ir dejando entrever destellos personales que deslumbren al otro, pero que no lo engañen. A partir de los cuarenta, tras varias relaciones fracasadas que le costó digerir, había descubierto que las maniobras de atracción debían ser menos ampulosas. Una canción a tiempo para llenar soledades, por ejemplo, era más efectiva que invitarla a bailar juntos e insomnes hasta el amanecer. A la vez, sopesó que no había nada más desfasado que manifestar interés amoroso por otra persona a deshora. «A estas edades, ya nadie es mártir por amor. Hay otras prioridades», le había dicho, categórica y fría, su psicóloga en una de las sesiones. Eduardo permaneció en calzoncillos con la mirada fija en el techo de su habitación mientras valoraba una reconciliación con la terapeuta. Sus observaciones poco ortodoxas no eran reprochables en un trabajo volcado en escuchar las debilidades de la gente. «No somos irrompibles», reflexionaba en duermevela a medida que aminoraba el ritmo de su corazón.

En menos de doce horas, Blanca y Eduardo cruzaban de nuevo su camino tras sendas jornadas vertiginosas. El día había transcurrido deprisa y alegre porque ambos estaban ilusionados por el encuentro, que se vaticinaba más estrecho que los anteriores. Cada uno llevaba ganas de verse y sus respectivas vigilias en el rostro. Ella detectó las ojeras y otras marcas de sensibilidad histórica en la geografía de él. Comprobó que, cuando la supuesta endeblez asomaba, tiraba de ingenio y disimulaba con una apreciación festiva y disuasoria sobre cualquier aspecto de la vida. Como compensación, sus mejillas acentuaban unos hoyuelos cautivadores. Eduardo esperaba que la flojera de masculinidad por una infancia convulsa no se exhibiera mucho, y Blanca suponía que esa inseguridad palpable se corregiría a medida que tomasen confianza. En realidad, era bastante escéptica en cuanto a la superación de esas fragilidades enquistadas, pero la fascinación por Eduardo la cegaba. Cuando conoció a Damián creyó que sus pequeñas imperfecciones se disiparían con el discurrir de la relación. El enamoramiento cesó, y las taras recíprocas se transformaron en grietas insalvables. Blanca presentía que había aprendido algo de aquello. Si el panorama no cambiaba mucho, de Eduardo llegaría a adorar incluso sus contradicciones más mundanas.

—Disculpe, no le he preguntado su nombre —dijo Eduardo, en su registro de perito empático, al camarero veterano del restaurante que les estaba abriendo la botella de vino.

—Me llamo Gustavo, caballero. ¡Para servirles! —expresó con amabilidad, y le llenó la copa a Blanca—. ¿Le gusta, señora?

Ella probó el vino y afirmó con contención. Gustavo prometió que volvería enseguida a tomarles la comanda. Eduardo sonrió al percibir la reacción mohína de Blanca tras escuchar el apelativo «señora». Le había molestado más que cuando lo pronunció la joven del tren. El camarero rondaría los cincuenta y ella, por el momento, solo tenía cuarenta y dos.

—Lo ha hecho por cortesía —acudió Eduardo en su ayuda—. Por lo mismo que yo le he preguntado su nombre. No parece que tengas treinta y ocho, Blanca —bromeó para quitarle hierro al asunto.

—¡Ni tú cuarenta y nueve, desde luego! —apostilló irónica y divertida ella, a sabiendas de que eran unos cuantos años menos.

—*Touché!* —exclamó él, recreando el gesto de una espada directa a su pecho y afinando los hoyuelos.

Ambos sabían que el asunto de la edad, a los cuarenta y tantos, es un tema importante. Aunque no siempre se admita, está casi al mismo nivel de interés que el trabajo, las aficiones o las mochilas sentimentales que porta cada uno de los implicados. El asunto de los hijos, si los hay, llega justo después. Las enfermedades y la muerte se suelen dejar para el final, como su gravedad exige. Sin ser muy conscientes, y aunque al principio no lo parece, a ciertas alturas, en esos diálogos de aproximación amorosa, cada frase suele desembocar en la problemática de la cronología y la inquietud —a menudo encubierta, para no asustar al de enfrente— por la cuenta atrás de la vida. Brindaron por los treinta y ocho años de Blanca sentados en la terraza de aquel restaurante con ínfulas de elegancia exótica.

El techo y las paredes estaban adornados con plantas artificiales que emulaban una vegetación tropical exuberante, no muy práctica, porque sobresalía demasiado. La iluminación tenue corría a cargo de lámparas indirectas un tanto mal dirigidas, según el juicio profesional de Blanca. Un centro con grandes velas en medio de la mesa impedía ver las manos del otro. Se preguntó por qué Eduardo habría elegido ese lugar para un encuentro que preveían crucial. Prefirió no dar respuesta al interrogante y dejar de buscar fallos a la velada. De fondo se filtraba una suave *bossa nova* que apaciguaba las conversaciones, más o menos discretas, de los comensales de las otras mesas. Comprobó su teléfono sin llamadas perdidas y se abandonó a la evasión del vino y a la tranquilidad de un martes noche en que su hijo dormía con su padre. Bebió y comió constatando que el encanto de las mandíbulas y los brazos de Eduardo aumentaba con las horas en un caso obvio de pacto con el diablo. Estaba ensimismada en su barba de tres días que le otorgaba un toque bohemio. Él le contaba con detalle y simpatía nuevas anécdotas en su trabajo de perito-psicólogo-reparador de daños ajenos, y Blanca oía lo justo para aparentar que prestaba mucha atención. Mientras masticaba un trozo de atún marinado, su imaginación aprovechó el impulso de la nube de feromonas que la sobrevolaba. Fantaseó con que él, sin romper la charla amena, acercaba su silla hasta situarse a un palmo de ella. La salsa del ceviche picaba. Eduardo extendía con disimulo el brazo izquierdo por debajo del mantel y le acariciaba la rodilla mientras adivinaba el aliño de lima y jengibre en el que se había estado impregnando el pescado durante horas. La mano de él ascendía por su muslo, despacio, pidiendo permiso. El cilantro y la cebolla aumentaban la sensación de ardor en el paladar. Cuando los dedos de él ya tocaban su ingle, Blanca comenzó a sudar azuzada por la sal y la pimienta que saboreaba con intensidad en un nuevo bocado. El calor no era ficción, salía de su vientre, cobraba impulso en la lengua, y ya no podía disimularlo porque sus mejillas se colorearon y comenzaron a brillar. Se levantó de golpe, y el embrujo se interrumpió. Eduardo se inquietó. Su silla seguía delante de la de ella y sus manos bien visibles sobre el mantel. Blanca estaba abrumada y contenta por haber recuperado, con la ayuda de la imaginación y la comida especiada, la temperatura de sus veinte años.

—¿Qué te pasa? ¿Estás bien? —preguntó sorprendido.

—¡Sí, sí! —exclamó ella agitada por el calentón que aún le hacía temblar las piernas—. Solo quiero ir al servicio, disculpa —dijo sonriendo mientras recuperaba la compostura.

La pareja de la mesa contigua, que hasta ese instante se había mostrado indiferente, observó de reojo el movimiento y luego siguió con su cena. Blanca, de pie, intercambió una mirada breve con la mujer de al lado, que acababa de trinchar un entrecot. Fue un segundo, el tiempo suficiente para fantasear con que esa porción de carne también transportaba a la desconocida hasta una escena erótica junto a su acompañante. Él tenía menos pelo y parecía mucho más insulso que Eduardo. No levantaba la cabeza del plato, pero de pronto, sin mediar palabra, se incorporaba para aupar a la mujer con una destreza física insospechada y practicar sexo contra la pared de hiedra artificial del restaurante. Nadie los veía, solo Blanca, que se lo había inventado todo. No necesitaba más inspiración que un trozo de filete poco hecho y despertar el impulso tórrido que hibernaba en ella desde hacía una década, la edad de su hijo.

La noche continuó sin cambios en el piso de Eduardo. Blanca intentó no entrar a valorar demasiado la decoración durante el preludio de irse a la cama juntos. Los muebles eran de diseño nórdico y su disposición, utilitaria. No había adornos con pretensiones, a excepción de una guitarra eléctrica reluciente y bien colocada en un soporte. Le había concedido el honor de ser un objeto valioso.

—Todos tenemos un pasado —bromeó Eduardo, haciendo el gesto rockero de los cuernos en cuanto ella se fijó en el instrumento—. Y un futuro, claro. ¿Cómo pinta el tuyo, Blanca?

Era una pregunta demasiado abierta para esperar respuesta. Buscaba una reacción instintiva que al fin lo mandase callar y sirviese de señal para lanzarse a la acción. Ella entendió la retórica y se arrimó a Eduardo para besarlo con efusividad. Los claroscuros del dormitorio los ayudaron a desinhibirse. Desde el divorcio, Blanca había tenido un par de relaciones esporádicas bastante banales y sin ínfulas amatorias. Dudaba de si habían sido pocos intentos para acostumbrarse a desnudeces distintas a las de su ex. En cualquier caso, su interés por el sexo había ido menguando, aunque eso no la había alarmado. Sabía que no era frígida, porque alguna vez se satisfacía a solas; en ocasiones, la libido estaba tan por los suelos debido al cansancio que ni le apetecía. Hasta que apareció Eduardo, camisa azul y vaqueros, pisando con garbo la alfombra persa de doña María José. Él le despertaba la sensualidad que ella daba por perdida pasados los cuarenta. Con las sombras jugando a su favor, comenzó a tocarle, insaciable, el cuerpo. Tan concentrada estaba que se olvidó del suyo, incluidas las marcas que la avergonzaban a plena luz: estrías en el abdomen, cicatriz de la cesárea, celulitis incipiente y flacidez de los tríceps. La tranquilizó descubrir que el porte definido de Eduardo que tanto la excitaba no era el de un adicto a las pesas, inflamado de superficialidad, sino el de un hombre nervioso que necesitaba el deporte como modo de supervivencia.

El roce les iba dando más pistas acerca de cómo era su pareja de baile. Él registró que los gemidos de Blanca sonaban tan suaves como su piel y que no pronunciaba palabra alguna. La sentía enfocada en el placer hasta tal punto que a veces daba la impresión de que, ajena a él, se perdía en una niebla de disfrute. Luego regresaba apretándole los glúteos para animarlo a seguir cabalgando. Ella escuchaba la profundidad varonil de los jadeos de Eduardo, que iban en aumento, al igual que su sudor, que ya los bañaba a los dos. En sus contracciones y esfuerzos por darlo todo adivinaba el afán de superación de un maratoniano. Había en él resistencia para llegar a la meta sin complicaciones. «No debería ser otra de sus carreras», se dijo Blanca sin saber que, en realidad, las de Eduardo eran huidas. Lo besó para que aminorara la cadencia. El resultado no fue un orgasmo majestuoso de película. De hecho, ni siquiera llegaron al clímax al mismo tiempo, algo que, por otro lado, Blanca consideraba utópico para el primer polvo con un nuevo amante. La sincronía que ambos percibieron iba más allá del torbellino lúbrico de los cuerpos. Durante el sexo, olvidando prejuicios y sin estar sometidos a la dictadura de la razón, se sintieron y comprendieron un poco más.

Cuando Blanca despertó, observó dos puntos centelleantes al fondo de la habitación en tinieblas. Se sobresaltó, aún amodorrada, y permaneció inmóvil para averiguar de dónde procedían esas luces. Rondaban las seis de la mañana, demasiado pronto para que el amanecer se filtrase por las rendijas de las persianas. Se encontró tan desubicada que creyó que se trataba de una pesadilla. Se dio la vuelta en la almohada para disipar el susto y se topó con la espalda de Eduardo, que iba y venía lentamente al compás de sus respiraciones relajadas. Eso la tranquilizó. Los ojos de su madre también fosforecían. Además de ser de un azul cristalino, tenían unas vetas amarillas muy características de las que siempre había sacado partido. Sus vestidos, chaquetas y flores más familiares, y los pañuelos y manteles de la casa, solían compartir ese color. Bailaban al son de su mirada, del mismo modo que los lazos y la ropa que encargaba a la modista del barrio para vestir a su única hija.

—*Meu home e teu marido...* —Cambió al castellano— ... se vieron anoche en el bar un buen rato. ¿Te contó? —preguntó la costurera al tiempo que marcaba con alfileres el bajo de un vestido vichí de cuadros amarillos sobre la figura de Blanca.

—Por favor, déjalo un poco más corto —Tina simuló no escucharla y continuó con las indicaciones—. Me gusta que se le vean las rodillas. Son como las mías, ¿verdad? Y como las de su abuela.

Tina se agachó para conducir el oído de su hija lejos del comentario de la sastra. Acarició el mentón de Blanca con la intención camuflada de dirigirlo hacia sus pupilas protectoras. Quería cegarla con su iris dorado y que no oyera nada más. La modista entendió que debía cerrar el pico y le preguntó a la niña si le apretaba la cinturilla o le tiraba la sisa.

Blanca se dio la vuelta sobre el almohadón de la cama de Eduardo y confirmó que los círculos resplandecientes no se habían movido de su lugar en la penumbra. Ni siquiera pestañeaban. Se preguntó cuánto tiempo tardarían los ojos de su madre en palidecer, en quedarse vacíos de color por estar encerrada entre el cemento y la tierra. No había fulgor humano, por vigoroso que fuera, que pudiera combatir esa oscuridad. Se sintió culpable por no haber vuelto al nicho a recoger las coronas de flores que se depositaron allí durante el entierro, rosas, crisantemos, lirios y gladiolos ya marchitos, como ella. Después de unos veinte días, le pidió a Concha que, por favor, las retirase y limpiase el panteón. Recreó en su mente la maraña de tallos y pétalos secos, amarronados, que esperaban un soplido para desmoronarse. No quiso preguntar, por pavor, hasta qué punto estaban malolientes y putrefactos, incluso las *xestas*, que no por ser silvestres pueden sobrevivir sin raíces. Sería retama ocre y apagada, al igual que la mirada de Tina, radiante en vida.

Blanca se incorporó con cuidado para no molestar a Eduardo. En cuanto estuvo sentada al borde del colchón, comprobó que los dos chispazos caminaban sigilosos y se posaban a su lado. El brillo alumbró el bigote de un gato que la acechaba desafiante. Blanca, que no tenía especial afición por los felinos, consideró que lo mejor en ese contexto de silencio era mostrarse amigable. Extendió el brazo con lentitud hasta casi rozar su hocico y susurró un inseguro «Hola, pequeño». El animal, por supuesto, no respondió. Si lo hubiera hecho, a Blanca no le habría extrañado, dados los parámetros místicos de la situación. Tampoco la arañó, que era lo más consecuente, sino que se dio la vuelta, indulgente, con la cola en alto.

—Veo que no ha hecho falta que os presente —dijo la voz dormida de Eduardo, que lo contemplaba todo—. Se llama Gata. Es muy independiente.

—Solo espero que no sea celosa —apuntó Blanca.

A continuación, abrazó a Eduardo para invitarle a hacer de nuevo el amor y sentirse un poco menos sola.

El ensayo de lo que podría ser una relación duradera empezó esa mañana de mayo. Él se movía ágil en su cocina de Ikea, estrecha pero bien aprovechada, con sitio para todo lo que necesita un soltero de su edad. Tenía un pequeño molinillo para machacar en un tris los granos de café y obtener un resultado más aromático. Blanca pensó que tomarse la licencia de provocar ese ruido estridente moliendo café tan temprano era una de las ventajas de que no hubiera niños en casa.

—Aquí no hace falta que hables en voz baja —le susurró Eduardo, imitándola.

Desde que había sido madre, Blanca se había acostumbrado a manifestarse como un murmullo si Yago dormía. Al verse descubierta en su costumbre, se cubrió con gracia cómica la cara, como si sus manos fueran un abanico, para fingir un sonrojo de sainete. Durante el gesto, él soltó una carcajada y ella deseó que si llegaban a tener un hijo o una hija juntos heredase los hoyuelos conquistadores de Eduardo, ya que es un rasgo genético dominante, como la capacidad de doblar la lengua en forma de u. Él puso dos rebanadas de pan en la tostadora.

—¿Las prefieres con tomate, con aguacate o con mermelada de arándanos?

—Con aguacate está bien —respondió ella admirada por la variedad.

Eduardo, que se había apresurado a llenar la nevera la tarde anterior para impresionarla, decidió colocar el muestrario completo sobre la mesa alta a modo de bufé. Gata reposaba en el sofá del salón, visible desde la cocina de puerta acristalada y abierta. No se inmutó por el trajín. Blanca comprobó que los ojos del animal, con la luz del día, se tornaban grises. Probó el café recién molido e infusionado. Sabía delicioso, lo que significaba que llevaba años descuidando su desayuno con una bebida mediocre. Levantó la mirada de la taza y la dirigió hacia el sofá, pero Gata ya no estaba. Reapareció encaramada al regazo de Eduardo al tiempo que él se sentaba en el taburete delante de Blanca.

Según las noticias, en las grandes ciudades, la adopción de gatos se había triplicado en la última década, en detrimento de perros y niños. La natalidad caía en picado en la sociedad moderna. Las mascotas eran más económicas y, desde luego, menos dependientes. Blanca nunca había preferido tener gato a tener a Yago. Ni siquiera en el periodo más estresante del divorcio se arrepintió de haber optado por ser madre. Desde la separación guardaba, enmascarado y profundo, el anhelo de darle un hermano a su hijo. Hasta entonces, la realidad social, laboral y el bolsillo se habían impuesto. La pretensión emergió de nuevo con fuerza en esa cocina escandinava. Supuso que era producto del romanticismo y del irrefrenable impulso evolutivo de propagar la especie. Eduardo, ajeno a la disquisición, untaba tomate y aceite en su tostada de pan integral. Gata maulló en dirección a Blanca y le enseñó sus colmillos punzantes en forma de sonrisa malvada. Lo interpretó como una advertencia de que volviese a la realidad. Se estaba extralimitando en sus elucubraciones de procreación. En diciembre cumpliría cuarenta y tres años, demasiados para confiar en la fertilidad.

—¿Estás ahí? —preguntó Eduardo para sacar a Blanca de la divagación.

Ya empezaba a identificar sus ausencias. Más que importunarle, le intrigaba saber adónde la llevaban.

—Sí, claro. —Bebió café—. ¿Qué edad tiene Gata?

—Siete años. Equivale a unos cuarenta y cuatro años nuestros. Más o menos, como yo.

—Aaaah, entonces ya es mayorcita. Pensé que era más joven —apreció Blanca con chanza cariñosa hacia él mientras le echaba una ojeada vengativa a Gata, posiblemente estéril por obligación.

—Juraría que le has caído bien —dijo él con la intención de mediar entre ambas.

La felina ronroneó sobre Eduardo y luego saltó de sus piernas para regresar a su sitio en el sofá, donde se acurrucó. Blanca experimentó un destello inédito de placidez. Le agradaba esa cotidianeidad junto a él. Parecían haberse conocido veinte años atrás. A su lado sentía algo muy superior a lo que ocurre en un reencuentro con una buena amiga cuando, tras décadas sin verse y en solo cinco minutos de charla, ambas se reconocen como las niñas cómplices que fueron antaño. Eduardo llegaba por casualidad y llamaba a su coraza. No parecía importarle lo férrea que fuera. Golpeaba despacio, pero tan certero que la barrera empezaba a resquebrajarse. Blanca creyó ver que algunos pedazos se desprendían. Mientras masticaban el último mordisco de sus respectivas tostadas, ella hundió la mirada en la lectura de su poso de café. Presintió que estaba asistiendo, atónita, al comienzo de la disolución de la pena.

Eran ya las ocho de la mañana. Él se fue a la ducha y Blanca dio por iniciada su jornada laboral. Revisó en el teléfono los tropecientos mensajes acumulados desde la tarde-noche anterior, cuando comenzó a prepararse para la cita con Eduardo. Durante el proceso de acicalamiento adolescente cometió la osadía de activar el modo «tiempo libre» en el móvil. En la lista de wasaps había uno de su socia, Lara, en el que las convocaba, tanto a ella como a Esther, a una reunión en el local para valorar el proyecto de Francisco Narváez. Las ideas que las tres habían aportado ya estaban plasmadas en los planos y el dosier, pero era necesario comentar algunos aspectos antes de presentarle el presupuesto al cliente. Entre los mails urgentes, a Blanca le sorprendió uno del colegio de Yago. Era su tutora, que solía escribir para reclamar pagos relacionados con el uniforme o el material escolar, pero esa vez la convocaba para hablar de «las faltas de comportamiento de su hijo en las últimas semanas». Blanca se alarmó. La imagen introvertida de Yago no le cuadraba con la descripción que hacía su profesora, la misma que lo había animado a cultivar sus dotes por el dibujo porque lo veía como un futuro ilustrador de renombre. Según el correo, implicaba al niño en una pintada de grafitis en las paredes del polideportivo de la escuela, «una práctica indisciplinada preocupante que debe corregirse con celeridad, tanto por el bienestar del alumno como por su permanencia en el centro». La recorrió un latigazo de culpa. No sabía qué era lo que estaba haciendo mal en la educación de su hijo. El primer pensamiento que la asaltó fue el de las largas esperas desamparadas de Yago al salir del colegio que ella misma provocaba con su ritmo de trabajo. A continuación, valoró la permisividad de Damián respecto al consumo de videojuegos y su insistencia en que jugase al fútbol a toda costa para integrarse. Pensó en la revolución hormonal de la adolescencia, imparable, que había comenzado en el cuerpo largo de su hijo y que había coincidido con la pérdida de una persona que era un referente para él, su abuela. El disgusto condujo a Blanca hasta un castigo antiguo que ella misma había sufrido.

—¡No se le ocurra volver a hacerlo! ¿En qué siglo vive? ¿La directora está al tanto de esto? ¡Podría denunciarla ahora mismo en comisaría!

—El jabón no es tóxico, ¿sabe? Y solo han sido dos minutos.

La maestra de preescolar se justificaba ante Tina, encolerizada, por haber castigado a Blanca de cara a la pared con una pastilla de jabón en la boca. Tenía cinco años.

—Así se limpia la suciedad de las palabrotas —la reprendió doña Felisa, obligándola a mantener el rectángulo de Heno de Pravia entre los labios.

Blanca no era una alumna conflictiva, pero aquel día había determinado que la compañera que acababa de destrozar su construcción de plastilina era —como había oído decir a los mayores— «gilipollas».

—Quiero que cambien a mi hija de clase de inmediato o llevaré el caso hasta Inspección educativa.

Tina trasladó la crueldad del castigo a los altos mandos de la escuela. Probablemente su hija no había sido la única alumna en padecer esa vejación, pero sí la primera que decidió contárselo a su madre y que esta la tomó en serio. Blanca intentaba no mover demasiado la lengua. El jabón se descomponía con la saliva. Como no quería tragarse el mejunje, dejaba resbalar la espuma por la comisura los labios. Cuando la maestra levantó el escarmiento, su boca estaba pastosa y el cuello de su camisa, empapado. El regusto metálico-químico no la dejó disfrutar del almuerzo ni de la comida. Tina salió del despacho de la directora, con su hija bien amarrada en brazos, dando un portazo que agitó la conciencia del colegio y despidió a la profesora a los pocos días. Al llegar a casa, Blanca escuchó que su madre, en la cocina, se reponía del susto. Le preparó un vaso de leche tibia con galletas para que el sabor a jabón se debilitara y lloró bajito, como lo hacía su hija cuando se escondía de las discusiones.

Blanca también aspiraba a proteger a Yago de cualquier maldad. Desde que nació, le sobrevenían todo tipo de trances fatales que su hijo podría encontrar en la andadura de crecer: raptos, palizas, abusos, engaños, desorientación, un atropello... Pero no había contemplado la posibilidad de que quizá no fuese la víctima, sino que estuviese en el otro bando, como autor de fechorías. Ella tenía muy claro que haría todo lo que estuviera en su mano para rescatarlo y defenderlo incluso de sí mismo. De la misma manera que su madre la alejó de las torturas con jabón de doña Felisa.

Aquella mañana, la despedida de Eduardo fue un recordatorio atropellado de la pasión de la noche anterior en mitad de las prisas que le entraron a Blanca por hablar con la profesora de Yago. Eduardo la besó una y otra vez en el umbral con ganas de más, y quedaron en verse al final del día «si nada se tuerce lo suficiente», puntualizó ella, sin tener muy claro cuánto era «lo suficiente» para descartar algo que la complacía tanto como dejarse arrullar de nuevo por aquel hombre. Gata rozó con lentitud su pelaje gris marengo contra las piernas de Blanca y se metió en el piso con condescendencia. El animal, que al principio la consideró una usurpadora, parecía darle el visto bueno. «Tal vez le doy lástima», meditó Blanca mientras bajaba apresurada por las escaleras de casa de Eduardo en dirección a la calle.

11

Lara se puso las gafas para ver de cerca. Eran negras y redondas, de pasta gruesa. Esther le dijo que le daban un aire cinéfilo, a lo Woody Allen. Contrastaban con sus mechas platino sobre el cabello rubio ceniza que solía recoger en una coleta baja. La presbicia, como la grasa abdominal, había hecho su fulgurante aparición hacía dos años. Desde entonces no podía prescindir de las lentes y de, al menos, una talla más de pantalones. No se deprimió ante los cambios físicos que conllevaba la bajada de estrógenos. Se producían despacio, le daba tiempo a digerirlos y los acomodaba con dignidad. Le intrigaba la evolución incontrolable de su cuerpo: la adquisición de nuevos volúmenes en glúteos y muslos, la rendición absoluta de sus pechos a la ley de la gravedad, las irregulares idas y venidas de la menstruación. Desconocía cuál sería el siguiente paso, con qué le sorprendería su fisiología ese mes. A ese ritmo, en poco tiempo se convertiría en una persona diferente, y tal vez no se reconociese frente al espejo. No por esa incertidumbre era de las que renunciaban a mirarse y a comer pan, bizcocho y jamón. A beber un buen vino. Prefería renovar el armario con prendas de la talla cuarenta y dos y comprarse infinitos pares de gafas a juego. Admitió a

Esther que siempre le habían gustado las películas de Allen y que, de joven, imitaba los estilismos de Diane Keaton en *Annie Hall*. Con cincuenta y uno estaría ridícula vistiendo chalecos, corbatas extragrandes y pantalones masculinos. Era ya otra mujer, y a saber cuántas otras versiones vendrían después.

Lara estaba repasando un pedido importante de telas para elaborar cortinas y tapizados en casa de una de sus clientas más acaudaladas. Ni siquiera ella, que se beneficiaba de los arrebatos estéticos de la gente rica, entendía cómo alguien podía dejarse cien mil euros en telas para el hogar. «La clientela se aburre, coge manía a sus pertenencias y a cómo se distribuyen por el espacio. Les ahogan las decisiones del pasado, les pesan las moquetas y los zócalos. Acuden pidiendo reformas con la cartera abierta. Pagan para que un profesional dé otro barniz a su vida», pensaba. Al igual que Blanca y Esther, a veces se sentía culpable de que su negocio se nutriera de la desdicha humana. A través de texturas, muebles y luces vendían una promesa de renovación, aunque sabían que más pronto que tarde volvería a quedarse obsoleta y reaparecerían las ansias de cambio. Lara no se autoengañaba. En las reuniones, solía insistir en que no era consejera emocional, solo una empresaria autónoma especializada en decoración y restauración con episodios repentinos de sofocos y niebla mental.

La brusquedad de los sudores que irradiaban desde el pecho hasta los confines de su anatomía no la incomodaban tanto como los olvidos. Había sido buena para los nombres, pero en esos momentos debía tomarse unos minutos para encontrar palabras muy corrientes. Por ejemplo, «terciopelo». Lara le había explicado a un cliente dos días antes la opción de tapizar los cojines con ese material, pero su lengua estuvo buscando el vocablo sin resultado. Su mente reconocía la suavidad y calidez, también las posibilidades de color —azul, verde, burdeos...—, pero era incapaz de pronunciarlo. Probó, en su cabeza, sílabas iniciales al azar —«pen–», «der–», «tas–»—, por si acertaba y la palabra salía de carrerilla. La sensación era similar a la de un día con escasa visibilidad que da pistas borrosas del horizonte. Ante el interlocutor, Lara se esmeró en describir las cualidades del tejido para ver si daba con la denominación y no se notaba mucho la laguna. «No, no, déjelo. El terciopelo me da grima», adivinó el hombre. Al fin. Eso era. «Ter-cio-pe-lo», repitió aliviada, reencontrándose con el término que creía perdido. Aquel día, la menopausia estuvo a punto de robarle el terciopelo.

—Ya están los planos terminados, ¡imprimo! —anunció Esther frente a la pantalla, y se volvió porque alguien estaba entrando en el estudio.

Blanca hizo su aparición apresurada y con muestras de preocupación en el rostro, algo habitual desde la muerte de su madre. Lara levantó la mirada de las telas, por encima de sus gafas de pasta, e intuyó que esa vez el desasosiego de su socia nacía de un lugar diferente. Blanca, que había comenzado a revisar los planos, no solía fruncir el ceño al navegar por el duelo. Esther dejó sin cerrar la puerta de la sala de reuniones y pidió permiso para abrir la ventana de par en par. Entre su claustrofobia y los calores espontáneos de Lara, lo mejor era despejar las vías de escape. El local estaba a ras de calle y, debido a una ráfaga de viento, una culebra de hojas secas y rotas se coló dentro, como si el otoño se adelantara en el calendario. Las tres sabían que no podrían comentar el proyecto de Francisco Narváez hasta que Blanca no les explicase qué la llevaba a arrugar la frente con ahínco. Esta percibió el silencio expectante, acabó de enviar un mensaje a Damián y les contó:

—Es Yago. Han estado a punto de expulsarlo del colegio. Al final lo mantendrán castigado un mes sin recreo. Recogerá la basura que dejen los niños en el patio.

—¿Tan mal se ha portado? —preguntó Lara.

—Ha hecho un grafiti con dos amigos en uno de los muros del pabellón de deportes.

—¿Ha podido acabarlo o lo han pillado con las manos en la masa?

—No lo sé, Lara. Eso no es lo que importa.

—¿Has visto el grafiti? —quiso saber Esther.

—No, no lo he visto.

—Vaya, quizá deberías verlo —siguió Lara.

—Eso no cambia nada. Solo tiene diez años. Es vandalismo.

—Díselo a Banksy —dijo Lara levantándose para dar un sorbo a su botella de agua—. Sus obras supuestamente incorrectas se subastan ahora por miles de euros. —De repente, le brillaba el escote a causa del sudor.

—Es cierto, a lo mejor es bueno —completó Esther para sumar fuerzas y apaciguar la desazón de Blanca—. Además, ¿a quién le gusta un muro gris y vacío? —bromeó.

—Tal vez sea artista como su madre —dedujo Lara—, pero le atraiga más pintar fuera del lienzo. A esa edad, todos quieren cruzar fronteras.

Lo había vivido a diario durante la adolescencia de sus mellizos. Lo más atractivo era siempre saltarse los límites. Continuó:

—¿Te ha dicho la tutora que debes pasar tiempo de calidad con él? —Blanca asintió—. Qué falacia. ¡Pero si ellos no quieren ni vernos!

Los niños de Lara eran veinteañeros, y ella aseguraba que estaban «más o menos encarrilados», a pesar de que no tenía muy claro hacia dónde. Reivindicaba que, al menos, estudiaban e intentaban buscar trabajo de lo suyo, bajaban la tapa del váter y ya no ignoraban a su madre como a los quince, dieciséis y diecisiete años.

—La aventura acaba de empezar, no desesperes a la primera —le aconsejó Lara en tono didáctico—. Es probable que muy pronto te pida vestir de negro y que lo lleves a una barbería moderna para que le afeiten la nuca y le hagan dibujos en el pelo, como a los futbolistas.

—¿A Yago le gusta el fútbol y la pintura? No me cuadra —se extrañó Esther.

Blanca seguía callada mientras las oía desbarrar.

—También te digo que esta etapa no dura para siempre. Hay luz al final del túnel. Luego vuelven a ti como los patos que buscan la protección del ala materna. Y el pelo crece. El asunto de las novias lo dejamos para más adelante. ¡Pobres patos desorientados! —rio Lara, y volvió a beber agua mientras se quitaba la chaqueta.

Blanca negó con la cabeza y cerró los ojos en un intento de centrarse en lo profesional para disipar el nubarrón que ella misma había puesto sobre la mesa. Hablaría con Yago en cuanto su padre, que le había echado una primera y sonora bronca, lo llevase a casa después de su clase de dibujo. Tras el incidente en el colegio y hablar con la profesora, Blanca le había preguntado a Damián si le importaba que cenase con Yago para hablar del asunto, aunque esa semana no le tocaba a ella. Cuando le confirmó que se lo acercaría, avisó a Eduardo de que esa noche finalmente no podrían verse.

Superado el tema de la crianza adolescente y el grafiti, llegó el de las sillas del siglo XVII de la madre de Narváez. Lara les confesó que hacía dos días lo había llamado para insistir en que eran muebles históricos y que veía lógica y respetuosa una restauración. Francisco mantuvo su oposición frontal a conservarlas hasta que Lara le preguntó con argucia si había acabado de recoger las cenizas de su madre espolvoreadas por el parquet.

—Jugué sucio, lo sé, le hice sentirse mal por el tropezón. Imaginó a su madre esparcida a lo largo y ancho del suelo por su culpa. Se le encogió el corazón. Ha dicho que adelante con las sillas —concluyó satisfecha.

Esther criticó la artimaña. Recordó a Francisco muy apurado, incorporándose y lidiando, tembloroso, con la escoba y el recogedor. Rememoró la asfixia durante la visita a esa casa. Aunque era la más joven de las tres, llevaba muchos proyectos, y siempre recordaba las habitaciones que la agobiaban. Eran los «espacios sin aliento» —así los llamaba y recopilaba en una lista maldita— a los que nunca querría volver. Miró hacia la puerta de la sala. Permanecía entreabierta, y por la ventana entraba suficiente aire.

Durante la puesta en común del proyecto, debatieron si eso debería permanecer así o si aquello podría ir allí. Si lo mejor sería unir cocina y salón para darle un aspecto de *loft* diáfano. Solían emplear anglicismos, como por ejemplo *utility room* para referirse al cuarto de la lavadora, el escondite preferido de Blanca durante las peleas paternas. Las tres coincidieron en que sería muy práctico ampliar la *utility* por si, en el futuro, Narváez vendía la casa a una familia con hijos. «Muchos hijos», insistió Lara, aunque era una posibilidad irreal. Urgía un doble techo en el dormitorio principal para ocultar una antigua humedad que se resistía a la pintura. En cuanto al nuevo mobiliario, Lara había seleccionado un puñado de proveedores de cabecera y, juntas, discutieron la viabilidad de las posibles piezas. Analizaron por qué la pared de la entrada tenía una curvatura tan incómoda que no permitía encajar una consola y un espejo convencional. Blanca sugirió que lucharan contra el imperativo anguloso del minimalismo y, en general, de las directrices de la arquitectura de interiores. Era una buena oportunidad para dejar de temer a las curvas. Todo un reto.

—Si la potenciamos y hacemos más sinuosa, quedará refinada, pulcra —explicó Blanca dibujando a lápiz sobre el papel con la efusividad de quien expone una idea valiente.

Habían alcanzado el punto álgido de la reunión. El intercambio de propuestas comenzó despacio y fue adquiriendo celeridad hasta llegar al momento en que las aportaciones eran cada vez más arriesgadas. Les quemaban tanto en la boca que no podían dejar de soltarlas:

—Tiremos esa pared —proponía Lara.

—Abramos un ventanal hacia el jardín —sugería Esther.

—Cerremos la mitad de la azotea para crear un invernadero —planteaba Blanca.

Cada una opinaba sin remilgos y dejaba su sugerencia flotando en el ambiente de la sala. Algunas propuestas evolucionaban y crecían hasta que las convencían a todas. Otras, tras varias vueltas, se descartaban. La tormenta creativa que generaban era atrevida y alegre. Para Blanca, reconocible. La conectaba con el ánimo de cambiar el orden establecido que, desde niña, había observado en su madre, sus ganas periódicas de alterar la casa de un modo enloquecido, como quien busca un objeto perdido básico para continuar una tarea.

Y clamar por todo aquello que le quedaba por hacer. Al final, lo que Tina encontraba era un lugar distinto para cada cosa vieja. Blanca se pasaba una semana entera preguntándole cuál era el nuevo cajón de los calcetines.

A las siete de la tarde, cuando Blanca se sentó frente a sus terrarios, Yago aún no había llegado. Pensaba ser severa con él, como Damián, y al mismo tiempo investigar con qué amigos se había aliado para saltarse las normas del colegio. Su hijo era diestro con los pinceles, pero nunca le había mencionado las latas de espray. Comprendía la atracción que produce colorear una pared prohibida. Sin embargo, pesaba más la amenaza de expulsión del centro y unos antecedentes escolares que lo marcarían para siempre. Visualizó con espanto a un Yago descarriado y violento, como los hijos conflictivos que salen en los *reality* por televisión. Le atemorizaba que se convirtiese en un adolescente problemático en un futuro muy próximo. Mientras se imaginaba lo peor, reconoció que no sabía definir el alcance del concepto «problemático». Crecer era un continuo enfrentarse y asumir problemas. La muerte de su abuela era uno de ellos. Apenas habían hablado del tema desde el tanatorio. Ambos, porque les dolía mucho, habían apartado la mirada y dejado discurrir el tiempo y las preguntas.

Blanca sintió en el índice el pinchazo provocado por una de las plantas. Los guantes no eran infalibles, y a veces las espinas de los cactus los traspasaban en un intento de autodefensa. Miró el punto rojo de sangre en la yema del dedo y se quedó pensando en qué le aconsejaría la abuela Tina ante la tropelía de su nieto. Lo más probable era que la empujase a relativizar el tema, como habían hecho sus socias hacía unas horas. La escucharía, le quitaría hierro al asunto y cambiaría a un tema trivial, como el fracaso de la tomatera que había plantado en el jardín. No duró demasiado, solo unos meses de lucimiento. Su madre estaba empeñada en recuperarla. Lo que más apreciaba Tina de ella no era su fruto, sino sus hojas. Antes de dormir, arrancaba un par y las frotaba entre las manos. De ese modo, el aroma herbal que adoraba —más cítrico que el romero y menos intenso que la albahaca— perfumaba sus palmas y la almohada. Marilyn Monroe se iba a la cama desnuda con gotas de Chanel n.º 5, y su madre se acostaba en camisón y oliendo a tomate.

Ya no había sangre en el dedo de Blanca. Se puso el guante. Se detuvo con sigilo en cada zona del jardín que estaba a medio camino de encapsular en una esfera de cristal agujereada por la parte frontal. Todavía no había logrado la armonía deseada, algo no cuadraba. Tres pequeños cactus ya instalados, dos piedras blancas y, al fondo, una bola de musgo que parecía cruzar el desierto. Quizá esa era la nota discordante. Debía moverla de la parte posterior sin tocar los otros elementos y sin volver a pincharse. El hueco para maniobrar era estrecho. Elaboraba una decena de terrarios similares cada semana y a veces tenía que retroceder por un error de cálculo. No era fácil cambiar la ubicación del musgo sin dañar la posición de las plantas contiguas, pero era necesario para lograr el equilibrio. Consistía en dar un paso atrás, arriesgarse a hacerse daño y así poder dar un nuevo paso adelante. Con ese, serían siete terrarios, y antes del viernes tenía que acabar otros tres para el pedido de un nuevo hotel *boutique* muy *cool* situado en el centro de Madrid.

—¡Joder! —soltó rabiosa, y tiró el guante al suelo al volver a pincharse con el mismo cactus.

El quejido iba un poco por todo. Maribel, la recepcionista del tanatorio, no la había llamado, y los interrogantes sobre su madre se acumulaban. También las gestiones administrativas, al compás de la pérdida.

Blanca desistió de la faena del terrario, se quitó el otro guante y abrió el portátil. Escribió en el navegador, tal cual: «¿Qué hay que hacer cuando fallece una madre?». La respuesta de Google fue, como casi siempre, rápida. Pinchó en «Diez trámites imprescindibles tras la muerte de un familiar» y comenzó a repasar el listado de tareas que ya había hecho y las que no. El último punto aludía a la cancelación de los recibos de agua y luz que Blanca no había realizado en esos dos meses tras la pérdida. Sospechó que, tras dar de baja el móvil e iniciar las gestiones de la herencia, tal vez no había sido un olvido casual. Su subconsciente la conducía a dosificar el papeleo que zanjaba la vida de su madre. Su cabeza la protegía y aplazaba la ratificación de que Tina ya no estaba, que ya no necesitaba encender las luces ni abrir el grifo. Estaba ausente de su casa, aunque dentro cualquier rincón oliese a ella. Blanca activó el piloto automático de la burocracia y dedujo que la solución sería sencilla, enviar un mail o hacer una llamada. Eso sí, necesitaría el número de contrato que aparece en el recibo de la compañía de suministro. Hacía años que Tina los recibía por correo electrónico. Ella misma le había creado una cuenta para que le llegasen ahí esas y otras notificaciones y pudiera controlar sus gastos. Un quehacer le llevó a otro: no había eliminado el mail de su madre de la faz de internet. Y, por supuesto, no se sabía su contraseña.

Damián dejó a Yago en la puerta de la urbanización sin llamar al portero automático. Después de la reprimenda por lo ocurrido en el colegio y de una larga conversación, los ánimos entre padre e hijo se habían calmado. Se despidieron con un abrazo hasta el día siguiente. Miguel, tras el cristal de la garita, accionó el botón de apertura y el niño entró sin darle las buenas tardes. Tan solo levantó la barbilla hacia él en señal de saludo desganado. En lugar de dirigirse de inmediato al portal de su madre, hizo una parada en el patio. Sentados al borde de un parterre, comiendo pipas y palomitas, estaban sus colegas Guille, Adrián y Leo junto al pequeño Íñigo. Parecía más integrado en la pandilla que otros días. Sonreía contento. Esa vez no degustaba gominolas recalentadas, sino que se había bajado al jardín con su propia bolsa de palomitas dulces de colores y las compartía con los demás. Yago se unió al grupo y obvió avisar a su madre de que había llegado.

Blanca, mientras tanto, estaba probando una nueva combinación de cifras. Era su tercer intento para acceder al correo de su madre. No concebía que la contraseña fuera tan complicada de adivinar. Comenzó con 123456, la más usada en el mundo y que puede hackearse en menos de un segundo. No funcionó. Tina no era amante de la tecnología, pero tampoco ingenua. Continuó con su año de nacimiento, la fecha del cumpleaños de su hija y de su nieto, el año de aprobación de su oposición para auxiliar administrativo del ayuntamiento. Les dio la vuelta, añadió letras, mayúsculas, asteriscos y guiones, aunque no confiaba en que fuera una clave tan elaborada. Estaba segura de que era numérica, porque así se lo había indicado Blanca cuando le creó la cuenta. Tecleó la fecha de la boda con su padre. Tampoco. El correo se bloqueaba una y otra vez con la pregunta obvia de «¿Ha olvidado su contraseña?». Pensó en si el divorcio de sus padres también respondería a una fecha determinada o si había sido un proceso largo y destructivo cuyo inicio era imposible concretar en mes y año y así plasmarla en un *password*. Ella tampoco recordaba la fecha de la firma de su separación con Damián. Podían haber sido muchos días diferentes, según las decepciones. Desechó la idea. Concluyó que lo normal era escoger contraseñas que recuerdan momentos bonitos, y no martirizarnos cada vez que entramos en el correo con la fecha en la que la historia se frustró.

—Pásame la bola —le pidió Íñigo a su hermano sin dejar de masticar palomitas azucaradas.

Guille se la chutó mientras se reía de la rapidez con la que Adrián era capaz de comerse las pipas. El chasquido de la apertura con los dientes se producía cada tres segundos. A sus pies, crecía el montón de cáscaras. Yago les pidió algunas e intentó olvidar que debía subir cuanto antes a casa porque le esperaba una reprimenda por el incidente en el colegio. Leo decidió levantarse para acompañar a Íñigo en su monólogo con la pelota.

—Quiero solo, ¿vale? —le dijo Íñigo con la boca llena.

—Luego no llores porque no te hacemos caso, ¿eh? —le reprochó Leo dándole la espalda y volviendo al grupo.

En cuestión de segundos, la escena cambió de forma drástica. Entre las anécdotas a carcajadas sobre la última partida de videojuegos en línea, los cuatro mayores no se dieron cuenta de que, de pronto, algo iba mal. Íñigo consiguió dar tres pasos lentos en dirección a ellos y se señaló el cuello. Estaba rígido e intentaba, muy nervioso, toser sin conseguirlo. Su hermano se percató de la alarma y dio un salto para acercarse a él y entender qué le ocurría. El pequeño agitaba los brazos nervioso y luego agarró su garganta. La bolsa de palomitas estaba desparramada por el suelo. Yago apreció que el pequeño palidecía y que sus labios adquirían, poco a poco, un tono azulado.

—¡Se está ahogando! —gritó al tiempo que su corazón daba un vuelco de angustia.

El auxilio fue tan inmediato y veloz que Yago, más tarde, juraría que el portero llevaba un buen rato espiándoles. Apareció a la carrera y enganchó a Íñigo por la espalda. Las palomitas y cáscaras crujían y se desmenuzaban bajo las botas del conserje, que colocó los puños entre el ombligo y el pecho del niño, y presionó la zona con un golpe seco ante la pandilla inmóvil y en pánico. Guille rompió a llorar. Miguel volvió a comprimir con más ahínco el abdomen de Íñigo, que ya no emitía sonido alguno. La cara del portero era de concentración extrema. No había tiempo que perder. Yago temió que el conserje partiese en dos a su amigo, pero no fue así. La segunda maniobra, más potente, hizo efecto. A raíz del empujón, el aire acumulado en los pulmones expulsó con propulsión el trozo de maíz que se le había quedado atravesado en la laringe. Íñigo cayó exhausto, de rodillas. Su hermano lo cubrió con un abrazo. Temblaban. El conserje se agachó, sudoroso, para consolarlos con un par de palmaditas en la espalda del hermano mayor. Yago, Adrián y Leo se acercaron conmocionados sin saber qué decir y arroparon al pequeño, que seguía tiritando por el miedo a no respirar más.

—¡No le quitéis el aire! —ordenó Miguel con su tosquedad habitual.

Ante la sorpresa de los chicos, el conserje no se pavoneó de la hazaña, sino que la dio por terminada y se dirigió hacia su siguiente objetivo: sacar los contenedores hasta la puerta principal de la urbanización. Le llevaba un buen rato; eran muchos portales, cada uno con sus depósitos de desperdicio orgánico e inorgánico. Debía dejarlos dispuestos para el paso del camión de la basura. Yago, estupefacto, vio alejarse con tranquilidad al, hasta hacía poco, villano que acababa de salvar la vida de su amigo. La pandilla permaneció recogida en un silencio inusual. Luego se despidieron hasta el día siguiente en la jerga juvenil acostumbrada, como si la trascendencia del momento compartido no les fuera a marcar a todos para siempre.

Ajena a la conmoción que su hijo acababa de vivir en el patio, Blanca no había mirado el reloj; continuaba enfrascada en la búsqueda de números para abrir el correo electrónico de su madre. Intuía que no estaba lejos de dar con ello. En su repaso por las fechas memorables de la historia de sus progenitores, decidió consultar las viejas fotografías de la caja de su madre. Supuso que estarían datadas y que tal vez uno de esos años despejaría la incógnita. Cogió aquella en la que se veía a su madre feliz junto a sus padres, delante de la casa que ardería años más tarde. En el reverso leyó 1971 y tecleó esos números. No funcionó. Volvió a escribirlo, pero a continuación añadió su propio año de nacimiento, 1983, cuando Tina se convirtió en madre. Sí. Era correcto. Blanca se levantó de la silla y exclamó un «¡Bien!» extasiado en voz alta. Se sintió satisfecha. Dos años felices en la vida de su madre eran la clave. El correo electrónico se desplegó con la bandeja de entrada a punto de colapsar. Había un aviso en rojo sobre la necesidad de vaciarlo. Se acumulaba *spam* a borbotones junto a algún mensaje de citas médicas obsoletas. Pinchó el icono con forma de lupa para escribir el nombre de la compañía eléctrica y aparecieron los recibos más recientes. Copió la referencia del contrato. Hizo lo mismo con el agua. Iba a abrir el documento adjunto cuando sus ojos se desviaron a otro mensaje. En el asunto ponía FACTURA FEBRERO, un mes antes del fallecimiento de Tina, pero el remitente era una tal María Hermida. Blanca desconocía ese nombre y que su madre tuviese alguna otra relación mercantil mensual. El mail no incluía texto, solo un recibo mensual de ciento cincuenta euros y una firma reveladora:

> GABINETE PSICOLÓGICO MARÍA HERMIDA
> Psicóloga colegiada n.º 12.357
> Tel.: 982 863 6800
> Rúa Primavera, 20, 3.º B
> 27002, Lugo

A Blanca le recorrió el malestar que se desencadena cuando nos sentimos ignorados por los acontecimientos que atañen a personas queridas, una mezcla de tristeza, despecho e irritación. No sabía que su madre necesitaba visitar a una psicóloga dos veces al mes a razón de setenta y cinco euros la sesión, como especificaba la factura. Lo más extraño era que, para ello, decidiese desplazarse a otra ciudad. Blanca supuso que acababa de aclarar el porqué del billete de autobús a Lugo que encontró en la papelera de la cocina de su madre. Dos horas y media de viaje, de ida y de vuelta, para acudir a terapia. Debía haber una buena razón para permitirse el trasiego y, sobre todo, para no contarlo. Sin pausa, Blanca confirmó en Google la existencia de una psicóloga que respondía a ese nombre en el centro de Lugo. No encontró ninguna fotografía suya. Pinchó en Google Maps y vio el portal del edificio de su gabinete. Buscó si tenía cuenta en Instagram. No la había. En el buscador del correo, escribió María Hermida y surgieron decenas de facturas asociadas. La primera era de hacía dos años. Tina acudía a Lugo para ir a terapia desde hacía dos años y Blanca no se había enterado. No tenía ni idea. No entendía nada. Estaba cabreada. No le dio tiempo a pensar mucho más porque Yago llamó a la puerta.

—¿Acabas de llegar? —preguntó contrariada al comprobar la hora que era.

—No, estaba abajo.

—¿Por qué no me has avisado por el telefonillo?

Yago se abalanzó sobre ella para cobijarse. Blanca pensó que quería librarse de la monserga y el consiguiente castigo por su indisciplina en el colegio. Aun así, respondió con ternura y comprensión a la petición de afecto y lo abrazó. El niño rodeaba el torso de Blanca y se hundía bajo su pecho. Agitado, buscaba un consuelo que Blanca supo que iba más allá del asunto del grafiti. Tras un minuto de refugio, su hijo se relajó y, con los ojos vidriosos, separó la cara del estómago y de las caderas de su madre antes de decirle:

—Mamá, Íñigo casi se muere. No me lo voy a poder quitar de la cabeza.

12

Cuando Blanca abrió los ojos, no recordaba que había soñado con su madre. Fue solo una más de las tantas veces en que, tras la muerte de Tina, se levantaba con la duda de si había vuelto a verla por un atajo onírico. A punto de dormirse, anhelaba ese reencuentro con todas sus fuerzas. Lo invocaba al acariciar el anillo de plata y coral que le había pertenecido. Después del improbable descanso nocturno, lo que fuera que había ocurrido en su cabeza parecía haberse borrado. Solo se filtraban retazos difusos. No tenía la certeza de si esas imágenes correspondían a memorias o eran, en efecto, impresiones de un sueño reciente. Ante la imposibilidad de asegurarlo, optaba por convencerse de que era verdad, que la había abrazado en otra dimensión. Amanecía cansada, pero con la sensación de un abrigo cálido que la reconfortaba a pesar de la ausencia.

Faltaban treinta minutos para las siete de la mañana. Yago no había hecho ruido en el cuarto. La responsable de despertar a Blanca tan temprano un jueves fue la vibración del móvil. Desde el día de la funesta noticia, temía las llamadas prematuras o tardías. Revisó el teléfono y encontró una perdida de un número fijo con el prefijo 986, de la provincia de

Pontevedra. Imaginó que procedía de su Vigo natal. Titubeó si responder en ese momento, y sopesó si estaría preparada para otra novedad trágica. Una comunicación tan madrugadora transmitía urgencia. Devolvió la llamada y, tras dos tonos, la voz era la que esperaba Blanca desde hacía días:

—Tanatorio Vigo Memorial, buenos días —dijo una mujer al otro lado.

—¿Maribel, es usted? —La distinguió al instante.

—Sí. ¿Con quién tengo el gusto de hablar?

—Soy Blanca Vidal. Soy... —No lo supo explicar—. Dejé un recado para usted la semana pasada. Acaba de llamarme.

—¡Blanca! Sí, disculpa las horas, que llevo una noche ajetreada... Había mucho papeleo acumulado de estas semanas pasadas y, sinceramente, ¡creí que ya eran las siete de la mañana!

—No importa, suelo madrugar.

—Lo imaginaba. Tampoco yo duermo demasiado. Blanca, ¿cómo te va la vida?

Le agradó la pregunta de Maribel. Ese «cómo te va la vida» no era un lugar común. Contenía interés y hondura viniendo de una persona que trabajaba, jornada tras jornada, de cara a la muerte. Tras un intercambio breve de saludos, igual que le sucedió cuando se cruzó con ella en el baño, la reconoció como una igual en el duelo. Solo escuchaba su voz, pero presentía sus rasgos de huérfana y los signos del dolor atravesado. Aunque la recepcionista estaba en otro punto del camino. Ya había asumido las cicatrices por la pérdida, convivía con heridas domesticadas. Blanca dedujo que trabajar en pompas fúnebres ayudaría a asumir el surco que deja una madre cuando se va demasiado pronto.

—¿En qué te puedo ayudar, Blanca? —continuó Maribel, a la expectativa.

—Algunas de las flores que llegaron al velatorio de mi madre fueron anónimas, y me gustaría encontrar a la persona que las envió para agradecérselo —le confesó Blanca.

Por muy cercana que sintiese a Maribel, consideró excesivo transmitirle el pálpito que albergaba: aquellas flores silvestres —tan apreciadas y siempre dibujadas por su madre— que alguien arrancó del monte para despedirla podrían ayudarla a despejar incógnitas. Blanca estaba convencida de que tirar de ese hilo le permitiría entender el porqué de las visitas a escondidas de su madre a la psicóloga de Lugo, y quizá también arrojaría algo de luz respecto a otro secreto, el de la caja bajo llave repleta de fotos familiares rasgadas que su madre jamás le mencionó.

—El óbito fue hace unos dos meses, si no me traiciona la memoria —dijo Maribel sin pedir más explicaciones al tiempo que tecleaba en el ordenador buscando en sus hojas de Excel.

Blanca recuperó la imagen de su madre, enérgica y activa, cuando apuntaba el listado de cosas por hacer que algún día cambiarían el rumbo de su vida monótona y lo arreglarían todo. Deseó haber sido más perspicaz de niña, haber pausado el juego entre muebles descolocados, para asomarse a esas letras donde presentía que ella dejaba constancia de sus aspiraciones.

—El velatorio tuvo lugar el día 31 de marzo. Sala número tres, aquí está. Constantina Seoane. Y las flores… Estoy entrando en el registro de las flores, un segundo —iba relatando la recepcionista.

A su madre nunca le había gustado que la llamasen Constantina, le sonaba demasiado formal, como un castigo. Le encantaba ser tocaya de Tina Turner, sobre todo que comparasen sus piernas con las de la cantante por lo atléticas, incansables y bonitas que eran. «Como las de una estrella del rock», decía ella mientras deslizaba unas finas medias de cristal por sus rodillas.

—Lo tengo. Como dices, a última hora de la tarde del 31 de marzo llegó un ramo. Lo recuerdo bien porque, en mis doce años de profesión aquí, nunca habíamos recibido flores campestres como homenaje a un difunto. Era un fajo de *xestas*, ¿verdad? Fue extraño.

Blanca lo corroboró y apreció que el pasaje del velatorio, así como el del funeral, fueran cobrando nitidez en su memoria a medida que pasaba el tiempo. En aquel momento, el dolor en el estómago, los pésames, los susurros, las lágrimas, los abrazos, el mármol de la lápida y la humedad de la tierra eclipsaron su vivencia. En el presente, sin embargo, la escena era más clara que entonces.

—¿Es posible saber quién las entregó? —preguntó Blanca sin miramientos.

—Es posible. Yo misma las recogí. Los mensajeros suelen ser caras habituales de las floristerías de la zona. Siempre son los mismos. Sin embargo, este llamó mi atención porque no era uno de ellos. Ni tampoco tan joven, rondaría los sesenta y pico. Me desconcertó eso, aparte del tipo de flor que traía. Le pedí su nombre y su procedencia, lo tengo anotado. —Buscó en la pantalla y leyó—: Mira, venía de Vilagarcía y se llamaba, toma nota, por favor, Tomás Castiñeira. Ahora bien, también podría haber mentido. La única verdad constatable es la retama que traía bajo el brazo.

El nombre no le sonaba. Anotó la preciada información en su teléfono y le agradeció a Maribel su comprensión y cercanía. La recepcionista no pudo resistirse a otro intento de sondearla:

—¿Cómo lo llevas? Sigue estando, ¿verdad? —quiso saber con empatía.

—Sí —contestó—. Tenías razón. Mi madre está por todos lados.

—¿Por qué, entonces, remover el pasado? —incidió con agudeza Maribel después de que quedase demostrada la curiosidad de Blanca por conocer el origen de las *xestas*.

—No lo sé... —Blanca se vio descubierta y se sintió algo avergonzada—. No... no puedo evitarlo —vaciló al hablar.

—Ya. ¿Sabes? A veces hay cosas que es mejor que se queden donde están —sentenció la recepcionista en un tono que no sonó a amonestación, sino a consejo de veterana de guerra.

Terminó la conversación con otro agradecimiento, y Maribel se disculpó de nuevo por haberla llamado tan temprano. Después, la recepcionista, como si intuyera que no volverían a cruzarse, admitió que no se olvidaría de Tina y de sus *xestas* que perfumaron de amarillo dulzón la sala tres del tanatorio.

Blanca se sintió conmovida al colgar, tanto por el reencuentro con la inspiradora mujer del baño como por la pista que acababa de conseguir para, en palabras de la propia Maribel, «remover el pasado». No lo entendió como un reproche; si lo era, le daba igual. Necesitaba resolver el enigma, obtener respuestas que, según preveía, la llevarían a conocer mejor a su madre. Era el modo definitivo de ponerse en la piel de la mujer que la había parido, criado y cuidado. La última oportunidad para trazar un retrato acertado de lo que fueron sus deseos y miedos inconfesables durante sus sesenta y cinco años de viaje.

Levantó la persiana, ya era completamente de día. Yago seguía durmiendo. Faltaban quince minutos para las ocho. Damián pasaría a buscarlo en poco menos de cuarenta y cinco minutos para llevarlo al colegio y retomar su semana con él. Antes de despertarlo, prefirió acercarse a la terraza-taller en la que se encontraba su mesa de trabajo artesanal y los utensilios para dibujar de su hijo. Levantó la mirada hacia el cielo. A través del techo acristalado, observó cómo se iba alzando la luz matutina. Anunciaba el principio del mes de junio, apuntaba un verano distinto. El brillo la cegó y volvió los ojos a la estancia. Tras una conversación larga, la noche anterior Yago había estado dibujando durante un buen rato antes de irse a la cama. No era un paisaje, sino un rostro humano a carboncillo, el de un niño que, eso sí que era evidente, se sujetaba el cuello con la mano. Había decidido desquitarse del trauma por el casi atragantamiento de su amigo Íñigo a través de la pintura. Blanca celebró el exorcismo artístico; sin duda, era una forma relajada de que asimilase lo vulnerables que podemos llegar a ser. Arrancó una hoja en blanco del bloc de dibujo de Yago. La puso sobre la mesa y comenzó a garabatear un tallo de retama, tal como su madre solía hacerlo. Blanca no era especialmente hábil con el lápiz, lo justo para el diseño de interiores. En los últimos años, echaba mano de los motores de inteligencia artificial para recrear ambientes en el ordenador. De todos modos, se esmeró en esbozar la flor hasta que apareció su hijo. Yago tenía el pelo revuelto y los párpados hinchados. Blanca supuso que había estado llorando. Después de un «Buenos días» con un beso sesgado en la mejilla, le extrañó ver a su madre dibujando. Sin preguntar, cogió el carboncillo y ayudó a Blanca a definir el tallo y las flores sobre el papel sin saber de qué planta se trataba. Fueron tan solo unos minutos de conexión en silencio entre madre e hijo. A cada trazo, cada uno mitigaba un poco su pena. Blanca se vio obligada a romper el paréntesis de quietud reconfortante para que Yago tomase el desayuno raudo y se preparase de cara a la inminente recogida de su padre. Después de abrazarlo y despedirse en el ascensor, cerró la puerta de casa y, a solas, sintió que todavía la acompañaba el sonido sedoso del carboncillo deslizándose sobre el papel.

A media mañana, tras varios mails y diversas llamadas con sus socias y proveedores, Blanca hizo un parón para avanzar en otro de los trámites que acarreaba el limbo del duelo: cargar la batería del teléfono de Tina. Había mantenido el dispositivo en el cajón de la mesita de noche desde que su amiga Uxía, tras el entierro, lo encontrase inane en la cocina de su madre. A partir de ese momento, Blanca esperó el instante de reposo adecuado para acceder a sus mensajes personales. Creyó que, esa vez sí, conseguiría hacerlo sin llorar, y pensó que los móviles eran las nuevas cajas de secretos. Si lo encendía, rescataría muestras inesperadas de la mirada de su madre, como la foto de un objeto que ella consideró preciado o de un paisaje que contempló con agrado y decidió inmortalizar. Su visión del mundo no se perdería del todo, que es otra de las aflicciones irremediables cuando fallece un ser querido. Nos quedamos sin su particular forma de observar el entorno y a los demás. Sus ojos no volverán a fijarse en nosotros como solo ellos lo hacían. Esa perspectiva se desvanece con la persona muerta.

Blanca, que se había prometido no llorar más, se arrepintió enormemente de no haberle hecho muchísimas más preguntas a su madre. Y, sobre todo, de no haber escuchado sus respuestas acerca de cualquier cosa. Sería sencillo acceder al móvil: ya lo había encendido en muchas ocasiones y se sabía la contraseña. Lo enchufó y al instante oyó proveniente del exterior el carrito de la compra de su vecino Pedro. Salía, como cada día, a hacer recados y, a la altura del piso de Blanca, también como de costumbre, se detuvo para levantar la mirada hacia la terraza y saludar con ímpetu:

—¡Buenos días, querida! —gritó ajeno a los oídos cotillas.

—¡Hola, Pedro! —respondió ella, asomando la cabeza por la ventana—. ¿Cómo estás? ¿Cómo va todo?

—Pues mira... —dijo mientras señalaba las ruedas del carro—. ¡Rodando!

Se miraron cómplices: esa era la contestación más ingeniosa posible en una conversación cordial entre vecinos, que suele estar plagada de tópicos. Lo que dejó pasmada a Blanca fue lo que este soltó a continuación:

—Y tú, ¿qué? —Hizo un gesto rápido alzando la barbilla—. ¿Lo has encontrado?

—¿Encontrar el qué, Pedro? —preguntó ella con curiosidad.

—¡Yo qué sé! ¡Lo que andas buscando!

Blanca hizo una mueca entre la sonrisa amable y el desconcierto ante la apreciación de su vecino, con el que no había hablado de la muerte de su madre ni de otros temas que le preocupaban como el comportamiento de Yago en el colegio. Pedro se quedó mirando a Blanca dos segundos más, que parecieron diez, a la espera de reacción. Como no la obtuvo, se despidió con un «Hasta luego» descreído con la mano y siguió su camino tirando del carro hacia la puerta de salida de la urbanización. Blanca cerró la ventana con suavidad al tiempo que valoraba si el comentario de su vecino había sido un farol —¿quién no busca algo en cualquier momento?— o si Pedro, viejo y astuto, había leído en su actitud, a unos metros de altura y distancia, lo que de verdad le recorría por dentro.

Continuó con las indagaciones por las que el anciano —desde entonces medio brujo, según ella— acababa de preguntarle a viva voz desde el patio. En el navegador, escribió el nombre del mensajero de las flores y el del pueblo: TOMÁS CASTIÑEIRA + VILAGARCÍA DE AROUSA. Tras un rato investigando, saltando de un enlace a otro y valorando pistas, no apareció ningún dato sobre él. Exploró en las distintas redes sociales, pero tampoco. Dio con tres Tomás Castiñeira y Castiñeiras, con y sin «ese» al final del apellido. Aunque eran gallegos, ninguno parecía vivir en Vilagarcía. Por otro lado, todos los perfiles correspondían a hombres más jóvenes que no coincidían con la descripción facilitada por Maribel. Blanca respiró hondo. Sentía la urgencia de encontrarlo, pero no progresaba y, por otra parte, se le acumulaba el trabajo. Decidió contener las pesquisas e iniciar otra maniobra más sencilla que tenía pendiente desde la semana anterior. Abrió un correo en blanco para escribir a la supuesta terapeuta de su madre. El Gabinete psicológico María Hermida de Lugo tenía una web en la que figuraba el mail de la propia María. El centro era unipersonal, no aparecían otros nombres en la página. Ella era la única administradora de la terapia, e intentaba atraer pacientes con el eslogan: NO PROCRASTINES, ACTÚA HOY. TOMA EL CONTROL DE TU VIDA. «Procrastinar» le pareció una palabra compleja de entender y pronunciar. «Actuar» significaba llamar al teléfono del gabinete y concertar una cita con María. Escribir un correo le pareció menos invasivo, y pensó que la respuesta llegaría pronto al tratarse de un requerimiento especial. Se presentó, le dijo quién era Tina y le habló de su fallecimiento. A continuación, mencionó el descubrimiento de la factura que provenía de su consulta. Lo siguiente fue pedirle una conversación para comprender los motivos por los que su madre acudía a ella, es decir, desde cuándo y por qué había elegido ir a Lugo y no pagar una terapia en su ciudad, Vigo. Envió la misiva digital y se reconoció nerviosa y un tanto díscola al hacerlo, como si hubiera puesto un pie en el césped recién abonado donde han clavado un gran cartel de PROHIBIDO PISAR.

Después se sucedieron dos llamadas con Lara y Esther porque estaban con las últimas gestiones para cuadrar un nuevo encuentro con Francisco Narváez en la casa que había heredado de su progenitora. La reforma seguía su curso y querían comentarla *in situ*, además de mostrarle el mobiliario restaurado con su beneplácito, aunque a regañadientes. Esther insistía en que no sería capaz de permanecer en el interior de las habitaciones más de diez minutos, que tendría que salir para tomar bocanadas de aire a cada poco y así no caer en la ansiedad. Blanca le dijo que no había problema, que, como siempre, podrían adaptarse a su fobia, y les pidió que no faltasen a la cita. No se veía capaz, en ese momento, de ser la única guía de un cliente con tanto por resolver. Lara le dijo que no se preocupara, que allí estarían las tres para lidiar con los traumas infantiles de Narváez.

Blanca, como una matemática abducida por demostrar un complejísimo teorema, volvió a la carga. Preguntó de nuevo a Google por Tomás Castiñeira y Vilagarcía de Arousa. Aunque no la había pisado nunca, la localidad no le resultaba ajena. Su costa, vinculada al narcotráfico, había sido noticia decenas de veces cuando era niña. El municipio, que intentaba dejar atrás ese pasado, tenía cerca de treinta y ocho mil habitantes. Gran parte de ellos aún se dedicaban al negocio de la pesca y el marisqueo. Había un muelle comercial, un puerto deportivo y un par de cofradías de pescadores, una de ellas centenaria. Blanca amplió imágenes de sus barcas amarradas, de sus mariscadoras en marea baja a la caza de almejas y de sus playas de arena blanca, en las que no recordaba haber estado. La dependencia económica del mar era evidente, así que, tras varias hipótesis, supuso que, por probabilidad y edad, quizá la profesión de aquel hombre tenía que ver con ese sector. Escribió Tomás Castiñeira + cofradía pescadores + Vilagarcía de Arousa y, tras rebuscar en noticias y sitios web, dio con el nombre. Estaba en un listado de asociados, trabajadores del mar vinculados a la cofradía de Vilaxoán, una pequeña aldea del municipio de Vilagarcía. Blanca se animó por el hallazgo. Estaba a punto de marcar el teléfono de la cofradía para averiguar más sobre él cuando el sonido de un nuevo mail en la bandeja de entrada anunció que acababa de llegar la respuesta de María Hermida. Para su decepción, la psicóloga fue escueta:

> Buenos días, doña Blanca Vidal:
>
> Encantada de saludarla. Siento enormemente la pérdida de su madre. En cualquier caso, como psicóloga colegiada y conforme al código deontológico, no puedo facilitar información de los pacientes con los que trabajo. Es una obligación profesional y legal.

Espero que lo entienda y, de nuevo, mi más sentido pésame.

Atentamente,

GABINETE PSICOLÓGICO MARÍA HERMIDA
Psicóloga colegiada n.º 12.357
Tel.: 982 863 6800
Rúa Primavera, 20, 3.º B
27002, Lugo

El secreto profesional no le permitía hablar, Blanca lo comprendía. No obstante, más allá de la ética laboral que promulgaba la psicóloga, se sintió molesta por la respuesta categórica. Consideró que el lema que promocionaba la web del gabinete, ese «no procrastines, actúa hoy» tan épico, era una patraña que ni la propia terapeuta se aplicaba. María Hermida se había decantado por la inacción y acababa de cerrarle la puerta. Blanca tendría que proponerse tumbar el código deontológico si quería conocer las razones por las que su madre visitaba esa consulta. Oyó un leve pitido. Procedía del móvil de su madre, que ya había llegado al nivel óptimo de batería. Soltó el teclado del ordenador y corrió hacia el teléfono para introducir la clave. Hizo el saludo táctil en forma de zeta que Tina —como otros millones de usuarios— había configurado e introdujo el pin 3579 que recordaba bien. El repaso por el contenido del teléfono fue meticuloso, duraría varios días. Esa mañana tocaba comprobar si algo desentonaba a primera vista. En la galería de imágenes se acumulaban fotografías de Yago desde, prácticamente, su nacimiento. Gran parte de ellas se las había hecho llegar Blanca por WhatsApp. De forma esporádica, aparecían instantáneas de las flores de su jardín, pero eran las menos. Le conmovió ver primeros planos desenfocados de las hortensias azules, señal de que Tina había intentado retratarlas con dedicación. Su nieto era el protagonista de la tarjeta de ese teléfono. Su nieto y su hija, que abrazaba al niño, que lo aupaba, que lo besaba sonriente. Entre todas las imágenes, Tina había seleccionado una para dibujar con el dedo encima de ella, de forma simple y precaria, empleando el lápiz del editor. Blanca acababa de salir del hospital, todavía con las señales del parto en la cara. En su regazo se recostaba el bebé, al que la nariz de Blanca se acercaba para acariciarlo e inspirar el aroma de su piel nueva. Una silueta roja irregular que se acercaba a la de un corazón rodeaba sus caras. Debajo había escrito un «Os quiero» más o menos legible. Su madre nunca le había enviado esa fotografía personalizada con torpeza. Dos lágrimas rodaron por los pómulos de Blanca, pero no se dio cuenta hasta que una salpicó la pantalla del teléfono.

Buscó en los chats del móvil. Solo aparecían el que siempre mantenía abierto con ella, otro con Concha, su vecina, en el que quedaban para una caminata al día siguiente y un tercer intento de diálogo con una tienda de restauración de muebles. Su madre les preguntaba por tratamientos y coste en el caso de madera afectada por carcoma. La respuesta era automática: «Muchas gracias, en breve nos pondremos en contacto con usted». Blanca vio que Tina había vuelto a preguntárselo con palabras similares, y la máquina, por supuesto, había contestado lo mismo. Su madre había enviado un emoticono enfadado y, a continuación, aparecía idéntico dictamen por parte de la tienda. Aún sentía remordimientos por no haberla ayudado a resolver el tema de la carcoma en aquella última llamada previa a su fallecimiento. Y, por encima de eso, persistía el enorme lastre de la culpa por no haber estado dispuesta a oír la confesión que quiso hacerle. Más de dos meses después de su muerte, Blanca todavía perseguía con angustia las palabras perdidas. Se secó los ojos y confirmó lo obcecada que era su madre cuando no recibía una respuesta satisfactoria. Ese chat podría haber dado lugar a un bucle infinito de Tina frente al contestador de la tienda que la habría mosqueado cada vez más.

De los chats pasó a ver los mensajes de texto, donde encontró avisos de llamadas perdidas y reclamos comerciales. Blanca se dispuso a eliminar cada uno de esos SMS que prometían descuentos, hasta que, a mitad de la retahíla de vendedores, se detuvo. Uno de ellos llamó su atención. Se trataba de una petición para calificar su estancia en un hotel puntuando con estrellas los servicios disfrutados. En Lugo. Aludía a principios del mes de marzo, de modo que coincidía con la época del billete de autobús que había encontrado en la cocina. Fue a buscarlo al cajón de la cómoda y lo puso al lado de la pantalla del móvil de su madre. En efecto, era la misma fecha: 12 de marzo. No había duda. Esa noche durmió en el hotel La Muralla de Lugo, con toda probabilidad también la siguiente, porque el billete fijaba el regreso a Vigo el día 14. Blanca se tumbó boca arriba en la cama con un golpe liberador. El movimiento contundente desplazó el colchón, pero no dejó de sostener el móvil de su madre y el billete de autobús, uno en cada mano. Se perdía entre los porqués de ese viaje, de ese hotel y de la terapia en otra ciudad. La desorientaba la idea de que un pescador desconocido hubiera llevado *xestas* al tanatorio. Entre esa amalgama de interrogantes, lo único que supo fue que había llegado el momento de volver a Galicia. A pesar de tantas incógnitas, sospechaba que había encontrado un rastro más o menos seguro, y que perseguirlo pasaba, de forma ineludible, por dirigirse al noroeste. El tren de vuelta la conduciría a desenmarañar la historia.

13

El mensaje de Eduardo llegó justo cuando Blanca estaba arrancando el coche. No se habían visto en los dos últimos días, tiempo suficiente para echarse en falta. Desde hacía años, no sentía que nadie estuviera tan pendiente de ella. Salió del garaje de la urbanización, miró a izquierda y derecha y, a la par que se ponía en ruta, hizo un balance utilitario del tema sin detener la marcha ni recapacitar demasiado para no asustarse. Había recibido la novedad ilusionada, aunque débil por todo lo acontecido. No era el momento más adecuado para enamorarse. Sin embargo, él insistía en recortar distancias y abrirse espacio. Así que ella, que al principio se reconocía abrumada por la exigencia de una relación sentimental en medio del duelo, comenzó a notar que, igual que quien vuelve a caminar tras una lesión grave, sus articulaciones despertaban, poco a poco, ante las atenciones de Eduardo, se integraban en su rutina diaria como si siempre hubieran estado ahí, aunque no fuera verdad. Al volante, intentando camuflar pensamientos hondos con una tarea mecánica, sopesó el poder curativo que él le brindaba. Se preguntó si sería consciente del efecto que tenía en ella y le preocupó que existiera cierto artificio romántico en todo aquello. A pesar de la duda, la inundó una ráfaga de felicidad por haber dado con él gracias al rasguño en un antiguo chifonier. Porque su amor, tan imprevisto como la muerte de su madre, la salvaba, casi sin darse cuenta, del miedo.

Se incorporó a la M-30 en dirección norte. Había tráfico, siempre lo había, aunque a las diez no se encontraba la misma congestión estresante que a las siete u ocho de la mañana, cuando los conductores se dirigen en estampida al trabajo. Las veces en que se veía inmersa en esa vorágine de prisas y neumáticos ratificaba que en la ciudad solo hay dos lugares en los que la gente madruga para aglomerarse: uno, las carreteras de circunvalación; otro, los gimnasios. Allí, con el sol todavía por salir y antes de entrar en la oficina, los empleados cuelgan el traje para levantar pesas que luego hacen más liviana su jornada.

El trayecto fue rápido, como también la búsqueda de aparcamiento delante de la casa de Francisco Narváez. Antes de salir del coche, llamó a Eduardo para demostrarle las ganas que tenía de verle. Una cucharada de devoción y otra de realidad, porque le explicó que esa noche Yago estaría en casa y que no podría dejarlo solo. Tendrían que aplazar la ansiada nueva cita. Por primera vez, Blanca percibió molestia en el tono de Eduardo, y acabó la llamada convenciéndose de que él no era infalible y que eso no tenía por qué decepcionarla. Al contrario, le gustó darse cuenta de que tal vez era como todos los seres humanos y tenía más de un talón de Aquiles. Él, que en ese instante estaba cotejando daños en un inmueble, decidió, ligeramente agraviado por haberle cancelado los planes, que al rematar la jornada no se afeitaría y que saldría, como siempre, a correr. Se dijo que era idiota por haber rechazado la timba mensual de póker con sus amigos, en previsión de quedar con ella. Recordó el despechado «¡Típico de los hombres!» que le había dedicado su terapeuta y reconoció que quizá esa etiqueta se considerase tan estereotipada como, con frecuencia, real.

Cuando Blanca cerró la puerta del coche y miró a través de las rendijas de la verja, se dio cuenta de que la zona verde del chalet ya no estaba tan asalvajada. Habían cortado el césped y podado los arbustos. Seguro que no había sido tarea de los obreros que ellas habían contratado, porque solo se encargaban de la reforma del interior. Supuso que el cliente habría empleado a jardineros para que adecentasen las hierbas. Blanca interpretó el detalle como un avance significativo en la reconciliación con el pasado por parte de Francisco.

Sus socias llegaron en la furgoneta de Lara, una Mercedes familiar que usaba tanto para prestársela a sus hijos veinteañeros como para el traslado de muebles. La detuvo un instante delante de la casa para sacar del maletero las seis sillas restauradas. A continuación, dio una vuelta para aparcar y bendijo y maldijo a la vez esos barrios elitistas que tanto negocio les aportaban, pero donde todo está a desmano. Ni metro ni autobuses pasaban por ahí. Incluso para hacer pequeños recados, como comprar el pan, había que coger el coche.

—Gafas nuevas —observó Blanca cuando esta llegó a su altura.

—Sí, hoy va un poco más Audrey Hepburn —analizó divertida Esther, sin dar tiempo a Lara a abrir la boca.

—Me faltan el desayuno y los diamantes —puntualizó Lara con sorna. En un movimiento rápido, se quitó las gafas de sol que imitaban, en versión barata, al modelo Manhattan de la firma Oliver Goldsmith que la actriz lucía en la famosa película—. ¿Dónde está mi cruasán? ¡Qué poca decencia, la vuestra! —exclamó fingiéndose indignada mientras cogía una de las sillas para meterla en la casa.

En el interior del chalet de la difunta señora Eugenia, madre de Francisco Narváez, trabajaban cinco obreros desde hacía dos semanas. Su interior iba adquiriendo un aspecto diferente que estaba a medio camino entre la destrucción y los indicios lejanos de un horizonte renovado. Apenas había mobiliario viejo, y los principales tabiques «opresores», tal como Esther los definió, ya se habían derribado. Se trataba de otra visita rutinaria para comprobar, en esa ocasión junto al pagador, que todo iba según lo acordado. Además, querían enseñarle las sillas tapizadas, lijadas y barnizadas que Francisco, en un primer momento, había optado por quemar en la hoguera junto al resto de los vestigios relacionados con su madre. Lara, ceremoniosa, situó las seis sillas en el centro del salón y pidió a los empleados que tuvieran especial mimo con ellas. Nada de roces o empujones producto del descuido. Iban envueltas en tela. Estaba orgullosa del trabajo de restauración de lo que calificaba como objetos históricos. Tenían valor en sí mismos, con independencia de la calidad humana de su expropietaria. Habría sido un sacrilegio no conservarlos y venderlos con desprecio en el mercado de segunda mano. La puerta de entrada estaba de par en par por expreso deseo de Esther, que estaba abriendo las ventanas para evitar el ambiente sofocante que solo ella sentía. Algunos de los obreros ya la conocían, y su fobia también. Intercambiaron miradas. Blanca la dejaba desahogarse mientras charlaba con ellos sobre el desarrollo de la reforma. Narváez entró apresurado mirando el móvil. Les dio la impresión de que no tenía tiempo para escuchar cómo iba su plan para desmantelar el pasado.

—Esto ya es otra cosa —apreció con ánimo optimista tras saludarlas tendiéndoles la mano.

Las tres miraron a su alrededor con una sonrisa complaciente para confirmar que, en ese caso, el cliente no tenía razón. El cambio apenas se había iniciado. A Francisco le gustó ver que los muebles viejos de su madre habían desaparecido y, con ellos, la sombra de los recuerdos. Blanca procedió a exponer los avances de la obra. Los operarios seguían a lo suyo. Narváez no ponía objeciones más allá del «que todo quede vacío». Su prioridad era esa, el olvido. Por otro lado, le confesó a Blanca que, en dos días, los muebles que los obreros habían hacinado en el patio trasero serían recogidos por una organización benéfica que les daría un nuevo uso.

—La otra opción era que fuesen a parar al punto limpio municipal, pero habiendo pertenecido a mi madre me parecía..., no sé, irreverente, ¿no creéis? —les consultó Narváez.

Esther asintió y recordó a Francisco, sudando y atorado, tras el tropiezo que le hizo desparramar las cenizas de doña Eugenia por el salón. Los michelines se traslucían bajo la camisa del hombre y desbordaban su cinturón, incluso más que durante el incidente de la urna fúnebre. Ella lo atribuyó al resentimiento. Cada día que Narváez pasaba sin perdonar a su madre, sumaba grasa en el abdomen. Lara consideró que era buen momento para dirigir la conversación hacia sus criaturas, las sillas.

—Francisco, mire, aquí están las sillas restauradas que le prometimos. Las hemos actualizado para que encajen con el cariz moderno de la reforma. ¿Quiere verlas? —preguntó sin disimular la emoción que le producía el destape.

Narváez observó los bultos con escepticismo. Tosió e hizo finalmente un gesto con la cabeza que interpretaron como un

«Adelante». Una a una, Lara fue retirando las sábanas que las protegían. El cliente contemplaba el proceso con seriedad, lejos de la expectación, en la distancia y en silencio. A medida que las telas comenzaron a caer, las tres esperaron algún ápice de reacción que él ni siquiera insinuaba. El resultado del trabajo era exquisito. Lara había cambiado la gruesa y ajada tapicería burdeos por una mucho más fina en color siena, había sacado brillo a las tachuelas doradas y la madera, además de recibir un barnizado mate protector, la había lijado para eliminar la burda capa de pintura marrón que alguna vez alguien aplicó y que ocultaba el tono natural de los muebles. Las seis sillas se veían impecables y relucientes en el centro de la estancia, a la espera de que el heredero se manifestara. Como Francisco continuaba sin inmutarse, Lara aguantó un par de segundos más y se lanzó a pedirle su opinión. El cliente tragó saliva. Se había jurado borrar las trazas de su madre del chalet. Las sillas habían sido su única cesión, tras la insistencia de Lara, que apelaba —según él con exageración— a su valor incalculable.

Solo Francisco sabía que la presión de la restauradora no había sido el único motivo para librar las sillas de la quema. Anduvo los tres pasos que lo separaban de los muebles. Frente a una, recorrió con la mano rechoncha la curva de la madera del respaldo. A sus más de sesenta años, la memoria le condujo hasta su madre, inflexible, ordenándole que tomara asiento. Ante el asombro de las interioristas, se dio la vuelta sin decir nada y acató el mandato. Se sentó y testó el cojín almohadillado como lo había hecho decenas de veces cuando era niño. Doña Eugenia, implacable, arrastraba la silla con él encima hasta ponerlo de cara a la pared. La primera hora era llevadera. La quietud y el gotelé frente a los ojos no suponían una gran molestia. Podía adormecerse. Al término de la tarde, tras escuchar el juego inaccesible de los niños vecinos, y con las tripas rugiéndole por la ausencia de merienda, la espera, vigilada por las normas férreas de su madre, se volvía tortuosa. En el presente, con su trasero sobre la silla remodelada y acechado por la intriga de Blanca y sus socias, Francisco sintió el castigo igual de vivo que en el pasado. Como si una barrera se hubiese venido abajo, se llevó las manos a la cara y arqueó la espalda hasta donde la tripa se lo permitió para clavar los codos en el regazo. Lloró como si volviese a los seis años y estuviese hastiado de rabia e inseguridad. Las tres intercambiaron miradas de preocupación. Blanca se acercó a él con cierto sigilo para escuchar, más que para comprender. Le tocó un hombro y él alzó los ojos empañados.

—Ella se sentiría... satisfecha. —Se sonó el moqueo—. Enhorabuena por el trabajo, de verdad. Me las quedo, por supuesto. Son perfectas y son mías.

Lara estaba poco acostumbrada a que los clientes se conmoviesen hasta ese punto por la belleza de su trabajo. No estaba segura de si debía interpretar la llantina como una especie de síndrome de Stendhal o más bien como lo que realmente era: una reacción imprevisible y vehemente ante un objeto que ha significado muchas cosas para alguien, buenas y malas. En esos casos, por experiencias anteriores, era preferible relativizar y no indagar demasiado. Hacerlo supondría un intercambio emocional que iba más allá de lo saludable de acuerdo con su labor de restauradora. Le bastaba con saber que, cuando curaba las lesiones de los enseres, ayudaba a cicatrizar las de sus dueños. Esther, junto a una ventana, temió que la silla cediese ante los noventa kilos de Narváez, pero no fue así. La madera era robusta, incluso más que él. El sonido estridente e insistente de un claxon rompió, por suerte para todas, la escena dramática. Francisco se incorporó:

—¡Creo que me reclaman! Perdonadme un momento —dijo, y agradeció la interrupción de la bocina, porque le obligaba a cambiar de registro.

El SUV de Narváez, con su carrocería elevada, imponente, y sus ruedas preparadas para terrenos abruptos, estaba mal estacionado e impedía la entrada de un coche en la finca de al lado. El mando a distancia del garaje de su madre no funcionaba, y él aún no había encontrado la llave para abrir a mano. Con las prisas por llegar al encuentro con las interioristas, y a falta de huecos disponibles, aparcó con torpeza y resolución sobre el bordillo de la acera, frente a la puerta del chalet, sin darse cuenta de que bloqueaba el acceso de sus vecinos. Sabía que no necesitaba dar muchas explicaciones, sino actuar con rapidez, porque la carretera era de un solo carril y otros automóviles esperaban tras la conductora ansiosa. Francisco la reconoció, a pesar del tiempo y los retoques. Ella, rubia teñida y de coleta tan tirante como su piel de bótox, no despegaba la mano del claxon. Hubo una última pitada prolongada cuando vio a Narváez y luego cesó. La mujer, que rondaría también los sesenta y pocos años, asomó la cabeza por la ventanilla y exclamó:

—¡Anda! ¡Pero si eres tú, Fran!

Él sonrió avergonzado ante el reencuentro con la que había sido su vecina de toda la vida, Beatriz. Bea. De niños habían compartido travesuras y algún beso inexperto a escondidas. Siempre se había sentido atraído por ella, pero sus vidas se separaron pronto, cuando su madre lo envió a estudiar como interno a un colegio en el extranjero. Francisco la saludó, pero no acertó a decir nada productivo, así que se encaminó hacia el coche para solucionar el atasco. Un taxista, harto de la espera, chasqueó los dedos con furia para que acelerase. Con las manos ya sobre el volante, Narváez escuchó a Bea exclamar con retintín:

—¡De tal palo, tal astilla!

Durante años había sido, en efecto, bastante habitual que la madre de Francisco aparcara en la acera sin prestar atención a las molestias que podría ocasionar. Ni siquiera la construcción de una doble plaza de garaje que pagó su marido la convenció de no dejar el coche como le viniera en gana según la ansiedad del momento. Lo mismo ocurría con las bolsas de basura: cuando el servicio no las sacaba, lo hacía su madre, pero siempre las dejaba fuera del contenedor. «Las alimañas las aprovecharán», decía. Esas anécdotas habían provocado conflictos entre doña Eugenia y las casas circundantes, pero con tal de mantener la paz y el estatus de un vecindario exclusivo, terminaron por hacer la vista gorda ante sus faltas de civismo. Su marido intentaba disimular la dejadez y las extravagancias de su esposa. Ella consideraba envidiosos a sus vecinos.

Tras el comentario de Beatriz, y a causa del reencuentro con las «sillas del castigo» convertidas en muebles luminosos, Francisco aprovechó para cambiar de rumbo. Advirtió la obligación de dignificar sus raíces. Dio marcha atrás a su vehículo para dejar paso al coche de Bea —otro todoterreno en el que ella parecía más chiquitita de lo que era— y aparcó bien. Ella detuvo su vehículo porque vio por el retrovisor que Francisco se acercaba a su ventanilla.

—Tienes toda la razón. Soy exactamente igual que ella. La misma astilla —le espetó con afán de honrar a su madre muerta.

Beatriz lo repasó de arriba abajo, comprobó que la edad adulta había hecho mella en su examigo y soltó un «Bah» cargado de desdén. Después, como si nada, metió primera y continuó hacia el garaje de la casa familiar en la que residía desde hacía meses para cuidar de su padre enfermo. Aunque habían pasado fantásticas temporadas de trastadas y recreo en la infancia, las décadas sin contacto habían convertido a Fran y Bea en dos desconocidos que guardaban viejos rencores. El taxista dio tres pitadas rápidas para incordiar y se largó. La calle quedó liberada del atasco, y Narváez, de algún modo, también. Entró en el chalet, donde Blanca y sus socias lo esperaban para acabar de definir los detalles de la obra. Al poner un pie de nuevo en lo que había sido el salón, percibió por primera vez que las turbulencias se habían quedado fuera. Dentro solo había paredes vacías, estancias despojadas de las marcas de una madre neurótica que no era tan diferente a él, como Francisco siempre había presentido.

14

Blanca apenas metió ropa en la maleta de mano. Nunca le había gustado preparar el equipaje. El hecho de comprimir el vestuario de cada día en un lugar reducido no le resultaba placentero. Además, disponer de poca variedad de prendas significaba menos posibilidades de solucionar un contratiempo. «¿Qué pasa si pierdo el abrigo o me mancho el pantalón?», se preguntaba, como si el destino fuera una conferencia en la ONU y se encontrase desasistida un minuto antes de pronunciar su discurso. No solía viajar a lugares inhóspitos por ese motivo. Adoraba la civilización, por mínima que fuera. Quizá no llegasen internet ni Amazon, pero siempre había un bazar cerca en el que comprar unos calcetines de mala calidad que solventarían las necesidades inmediatas. Esa vez, sin embargo, asumió un pequeño descontrol. Solo metió dos vaqueros, tres camisetas y una chaqueta ligera. A mediados de junio, si llovía en Galicia, no le importaría mojarse. Por otro lado, tenía el pálpito de que la maleta debía ir medio vacía por lo que pudiera encontrar. Era probable que trajera algo de regreso, aunque desconocía el espacio que ocuparía el descubrimiento en cuestión. Tal vez no cabría ni en su pecho.

Calculaba que no estaría más de dos o tres días ausente de Madrid y de la rutina de Yago. La noche anterior, después de ceder a la petición de comida rápida que le hizo su hijo, lo acercó a casa de Damián para dar paso a una nueva semana de crianza paterna. Antes de subir, le explicó que se iba a Galicia para solucionar asuntos de la abuela Tina.

—¿Es por esas fotos viejas? —preguntó Yago con curiosidad.

—Sí, tiene que ver con ellas —confirmó Blanca sin darle más detalles—. Guárdame el secreto, por favor.

Blanca lo abrazó y besó, y él respondió igual. A continuación, pulsó el botón del piso de su padre en el telefonillo. Cuando la puerta se abrió, Yago entró y, nada más hacerlo, con velocidad, se dio la vuelta para ver si su madre seguía ahí. Ella aún lo observaba, sin cruzar la calle. Su hijo asomó la cabeza antes de que la puerta se cerrase del todo y exclamó:

—¡Que no te pase nada!

En dos segundos intercambiaron expresiones de preocupación y ternura. Después, el portón se cerró con un golpe fuerte y Blanca, a través del cristal, vio que las luces se encendían al paso de Yago en dirección al ascensor. Fue al único al que le reveló parte de los motivos de su plan. A Eduardo le explicó que quería estar con su padre y seguir organizando la casa de su madre. A sus socias, más de lo mismo. Él comprendió que se trataba de una necesidad urgente y, esa vez, lejos de permitir que aflorase su inseguridad y considerarse segundo plato, se ofreció a acompañarla. Blanca se quedó callada unos instantes porque no se esperaba esa propuesta, pero después dijo que prefería ocuparse sola, y él adivinó, en su contestación vacilante, un relato que aún no debía ser narrado.

—Está bien. ¡Ya me contarás! —exclamó para relativizar la negativa y abrir la puerta a una futura escucha.

—Lo haré —le aseguró ella con una solidez comprometida que consideró que le debía.

Solo Blanca y su hijo —este, de manera somera— conocían qué impulsaba el viaje. Prefirió no avisar a su padre para no alarmarlo. También por vergüenza. Había momentos en que Blanca creía que sus pesquisas eran infundadas, que no la llevarían a explicar nada o que no había nada más que explicar. «Adónde conducen unas flores y un billete de autobús de alguien que ya no está... Las cosas que dejan los muertos no tienen por qué ocultar misterios», se decía para aterrizar en lo verosímil. Enseguida una corazonada la sacaba de ahí y le hacía saber que no era una invención suya. Que era lícito averiguar lo que su madre había callado. Podría ser el salvoconducto para acercarse a ella y comprender sus extraños silencios.

A la mañana siguiente, muy temprano, no fue Pedro el que despertó al vecindario con el ruido de su carro de la compra por el patio de la urbanización, sino la maleta de Blanca. Sonaba más de lo normal, o eso le pareció. Aún no eran las siete de la mañana de un jueves y las persianas estaban enmudecidas. Se dirigió hacia la puerta de salida del recinto para esperar al taxi que la llevaría a la estación. En la garita acristalada, Miguel estaba dando una cabezada en su silla ergonómica, y se despertó cuando Blanca pulsó el interruptor de apertura. Al vigilante no le importó que lo pillasen *in fraganti*, abandonado al sueño y a la pereza. Su heroicidad con Íñigo había corrido con rapidez por el vecindario. Los residentes lo felicitaban cuando entraban y salían. Salvar la vida a un niño compensaba con creces cualquiera de las malas artes en su oficio. Blanca lo asumió e incluso esbozó una sonrisa al darle los buenos días. El portero se frotó los ojos y, al ver la maleta, salió a abrirle la puerta. Ella le agradeció el gesto y Miguel respondió con un «De nada, señora». Blanca miró al frente y eligió no ahondar en ese «señora» que tanto la crispaba.

El tren desde Madrid hacía parada directa en la estación de Vilagarcía de Arousa. Era mediodía, y en ese municipio de costa no había nubes. Blanca pensó que el cielo exhibía un azul demasiado perfecto para ser gallego. El sol invitaba a caminar hasta el hostal donde pasaría la noche. Google Maps indicaba que estaba a diez minutos andando. Se cruzó con trabajadores que descargaban palés en el aparcamiento de un supermercado y, para aligerar el esfuerzo, se iban contando chistes malos. Dos jubilados estaban sentados en el banco de una plazuela. Al pasar frente a ellos, se dio cuenta de que la miraban extrañados. Supuso que elucubraban sobre quién era y hacia dónde se dirigía, y que ese podría ser su pasatiempo el resto de la mañana en el parque. Una anciana se acercaba por la acera del brazo de su cuidadora. Cuando estuvieron a su altura, Blanca captó en su conversación el nombre de Clint Eastwood mal pronunciado.

Parecía una localidad apacible. Se sorprendió de no haberla visitado en la infancia. A lo mejor lo había hecho, pero no lo recordaba. Minutos después llegó al hostal, un tres estrellas modesto y reformado hacía no mucho, sin ostentación y sin contar grandes historias en sus pasillos, asepsia que Blanca agradeció. Cuando le dieron su habitación, dejó la maleta, fue al baño y se aplicó dos brochazos de colorete anaranjado en los pómulos. Se veía pálida para una época del año que ya presagiaba verano. Salió del hostal con la dirección de la cofradía de pescadores en el móvil. Hacía unos días había logrado hablar por teléfono con el patrón mayor. Sus respuestas fueron esquivas. Admitió que Tomás Castiñeira pertenecía a la agrupación de trabajadores, pero no cedió ante su petición de datos personales. Por eso ella estaba allí, en persona, sin nada que perder.

La sede de la cofradía era un antiguo caserón de piedra húmeda y teja junto al puerto deportivo. La escalinata principal y el portón de entrada de madera artesonada recordaban los tiempos de pesca abundante en la zona. El resto del edificio, sobrio, viejo y con tendencia al liquen, contrastaba con las lanchas y los veleros estilizados que esperaban a sus dueños en la zona náutica. La casa de reuniones de los pescadores era historia del pueblo, y Blanca pensó que tal vez por eso no había sido demolida ante el avance de las motos de agua, las clases de *paddle surf* y la escasez de marisco.

Cuando entró, enseguida vio frente a ella un pequeño cartel que indicaba, con una flecha hacia la derecha, dónde estaba la secretaría. Se trataba de una oficina austera y anticuada. No había nadie. Sobre el escritorio, un teléfono fijo —también de otra época— comenzó a sonar. Cinco, seis, diez timbrazos. Blanca esperó un par de minutos por si el interlocutor desistía, pero volvieron a llamar. Miró a ambos lados antes de cogerlo.

—¿Rita? *Onde andabas, muller? Levo chamando unha hora!* —Una voz rasgada de mujer se quejaba, en gallego, por la espera.

—No, perdone, no soy Rita.

—*E logo quen é?*

La tal Rita llegó en ese instante y arrancó el auricular de la oreja de Blanca. La miró con recelo y ella retrocedió unos pasos. La mujer despachó con rapidez la conversación telefónica, colgó con fuerza y enfiló a la desconocida:

—¿Quién es usted y por qué responde al teléfono? —preguntó mosqueada.

—Disculpe, es que no paraba de sonar y aquí... aquí no había nadie.

Blanca se detuvo en el aspecto de Rita. Era baja, gruesa, llevaba botas de agua y, a pesar del ambiente cálido, un buzo de neopreno que marcaba su figura recia. Rita relajó el tono y le explicó:

—Es que me estaba preparando para mariscar. Esto no es un ministerio, ¿entiende? —le soltó.

Blanca se fijó en sus manos rudas, como toda ella.

—Entiendo —acertó a decir sin saber muy bien cómo salir del aprieto.

—*¡Pois parece que ninguén o entende!* —exclamó Rita, y se dejó caer en la silla del despacho. A continuación se recompuso para cumplir con su tarea de secretaria—. ¿Y qué quería usted?

Blanca no titubeó. La misión sobre el terreno acababa de comenzar.

—Me llamo Blanca Vidal. Hace unos días hablé con el patrón mayor para preguntarle por uno de los miembros de la cofradía, Tomás Castiñeira, pero la verdad es que no me contó mucho. ¿Sería tan amable de darme un teléfono o una dirección donde pueda encontrarle?

—Mire, ¿y por qué quiere localizar a Tomás precisamente?

—Deduzco que lo conoce.

—*Home*, ¡claro! —manifestó Rita socarrona—. ¡Nos conocemos todos! ¿Por qué necesita dar con Castiñeira?

—Por un asunto personal —quiso zanjar Blanca.

La secretaria arqueó las cejas y su rostro se arrugó con la malicia de quien va a proponer un trato.

—Así no funcionan las cosas aquí. Usted me dice qué asunto personal le conviene *falar* con Tomás y yo le digo dónde encontrarlo.

Le pareció justo. Estaba en Vilagarcía para dar con el desconocido portador de las *xestas*, y la mariscadora solo le pedía una explicación coherente a cambio de facilitarle los datos. Además, no tenía por qué contarle la historia al milímetro. Blanca le narró lo necesario, que su madre había fallecido hacía apenas tres meses y suponía, por lo que le habían dicho en el tanatorio, que Tomás Castiñeira le había llevado unas bonitas flores al velatorio. Quería agradecerle el detalle.

—¿Castiñeira llevando flores a una difunta? —se sorprendió la mariscadora mientras esbozaba el gesto de especular una historia—. *Y cómo vai esto?* ¿*Vas dar* las gracias en persona a todos los que mandaron flores a *túa nai*?

Blanca no contestó. Levantó y bajó los hombros connotando ingenuidad. No le importaba lo que Rita se imaginase si le daba información.

—Bueno, también te digo que cosas más raras se vieron... —resolvió la mariscadora. Se levantó y miró un reloj de pared redondo y analógico con el marco oxidado—. A estas horas —calculó—, *coido que podes* encontrar a Castiñeira en el muelle viejo. Al lado de la playa. ¡Yo marcho, que queda poca marea baja y mucho que faenar!

Rita salió de la oficina tal como había entrado, sin ninguna muestra de amabilidad, pero acababa de ofrecerle una buena pista a Blanca. El teléfono volvió a sonar cuando la mariscadora cruzaba el umbral en dirección al portón de la cofradía.

—¡No responda! —le ordenó sin molestarse en volver la cabeza.

Blanca esperó unos minutos para tomar distancia de los pasos de la secretaria vestida de neopreno.

«Muelle viejo» no era un nombre oficial. Mientras caminaba por el paseo marítimo, Blanca le pidió a un autóctono indicaciones del lugar donde podría encontrar a Castiñeira. El paisano le explicó que el llamado «muelle viejo» estaba formado por los restos del puerto primigenio y que le quedaban unos diez minutos más para llegar. Le dio la gracias, él sonrió contento de ayudar, y, tras un pequeño tramo de caminata, localizó el sitio al final de la primera playa. Era poco más que un embarcadero en el que algunos veteranos amarraban sus botes de tercera clase. Una rampa de piedra resbaladiza por las algas llevaba hasta ellos. Dos bolardos corroídos por los golpes de sal señalaban la zona donde el mercadeo pesquero del pueblo había comenzado hacía dos siglos. Al contrario que las lanchas del puerto náutico, las barcas, unas seis, parecían olvidadas, añosas y con grietas remendadas con clavos y pintura una y otra vez. Sorprendía imaginar que siguieran siendo útiles. Pero así era, entendió Blanca, porque no flotaban desorientadas, sino que estaban ancladas a la costa con gruesas cuerdas. Ningún marinero las reclamó en el rato que Blanca estuvo allí, a la espera. Tras veinte minutos solitarios en el muelle, nadie apareció. Vislumbró el siguiente arenal al fondo del paseo marítimo, donde acababan las vallas. Era una playa estrecha y corta, de esas que aparecen y desaparecen al ritmo de las mareas. Allí había movimiento humano. Conforme se acercaba, distinguió un corro de hombres. No iban en bañador, aunque a esas alturas del año podrían haberlo estado. La congregación despedía humo de tabaco negro. Uno permanecía agachado y los demás hablaban a su alrededor. Cuando estaba ya a pocos metros, superadas unas rocas que hasta ese instante le habían impedido completar la escena, Blanca se dio cuenta de que el hombre en torno al que giraba la conversación estaba en cuclillas frente a una barca. Sin temor, descendió a la arena hasta casi situarse a la altura del corro masculino. La piel cuarteada, seca, de todos ellos y las arrugas hondas denotaban una vida dedicada a la pesca. Por la edad y la actitud, barajó que ya estarían jubilados del mar. Dio un paso más y entonces a ellos les molestó su presencia. Constató que el marinero agachado, brocha en mano, pintaba de verde pálido la embarcación que habría arrastrado hasta la playa. Blanca no se amilanó y, sintiendo que no tenía nada que perder, preguntó por Tomás Castiñeira.

—¿Quién lo demanda? —respondió el hombre que pintaba la barca sin dejar de hacerlo.

—Soy Blanca Vidal.

Los pescadores se hicieron a un lado en señal de despedida y se dispersaron por la playa. No huyeron al escuchar el apellido, como ella creyó en un primer momento, sino más bien porque sabían que no les incumbía el diálogo que se iba a iniciar. Blanca acababa de encontrar a Castiñeira, aunque él hizo ver que no conocía a su interlocutora.

—Castiñeira soy yo. Pero no sé quién eres tú —continuó él dando brochazos que nunca parecían suficientes.

Eran las dos de la tarde, el sol incidía de lleno en sus cabezas. Castiñeira llevaba una gorra publicitaria de las islas Cíes.

—¿Le queda mucho? —quiso saber Blanca antes de empezar con el interrogatorio.

—*Non.* —Tomás cesó en su tarea y dejó el pincel grueso dentro de una lata casi vacía—. Ahora tengo que esperar a que seque.

Como no se levantó, ella se atrevió a sentarse sin invitación. La arena aún no ardía como ocurriría en julio y agosto. El tacto a través de los vaqueros era confortable. Estaba a un metro de Castiñeira, que no mostraba indicios de fuga. Tenía unos setenta años, barba gris de una semana y la cara marrón de tantas veces curtida a la intemperie. Blanca interpretó su parquedad como la oportunidad esperada desde hacía semanas para plantearle sus dudas. Al igual que había hecho con la secretaria de la cofradía, le dijo quién era y de dónde venía. Después, concretó:

—Sé que le llevó flores a mi madre el día de su velatorio. Ella nunca me había hablado de usted. Estoy aquí para entenderlo.

Desde el primer momento, Castiñeira supo quién era Blanca. Su rostro semejaba una copia imperfecta del de Tina. Más delgada y con los ojos más grandes que su madre, pero sin duda con idéntica energía. En ambas latía la misma impulsividad que ellas luchaban por controlar pero que, por suerte, se escapaba como un torrente de reivindicaciones y alboroto. Blanca esperaba respuestas sobre el pasado, y a Tomás no le resultó raro que Alonso se las hubiera callado. No iba a ser él el delator.

—Fue un encargo —le dijo a Blanca.

—¿De quién? —preguntó ella.

—De un hombre —zanjó Castiñeira, y se incorporó para seguir hablando.

Empezaba a sentirse incómodo por lo inquisidor del tono de Blanca.

—A ver si me aclaro: ¿le llamó un desconocido y le pagó por arrancar unas flores silvestres para el velatorio de mi madre? —Blanca también se puso en pie y se acercó a él.

—Más o menos. Era... un viejo amigo —admitió él, y exhaló con hartazgo.

A un palmo del marinero, Blanca percibió que el aliento despedía alcohol. Intenso, aunque no reciente, como el olor que impregna de manera inevitable una garganta tras décadas de bebida. Él, como si se hubiera sentido descubierto, sacó del bolsillo una cajetilla y encendió un cigarro. Continuó:

—No siempre hemos vivido aquí —explicó mientras echaba el humo hacia el horizonte y daba un paso atrás.

Blanca se mareó levemente. El poso rancio a alcohol del aire expelido por Castiñeira activó memorias que ella creía mejor escondidas. A los seis años —recordó, entre tinieblas—, muchas veces abría la puerta del piso familiar en Vigo y se encontraba a su padre vomitando sobre el felpudo. Su madre la apartaba de allí y arrastraba a su marido ebrio hacia dentro. Cada semana, Tina vaciaba las botellas de licor por el retrete y el fregadero. En ocasiones, la dejaba dormida de madrugada para salir a buscar a Alonso al bar. Al amanecer, la pesadilla de la ducha fría y los alaridos descompuestos había terminado. Su madre preparaba el desayuno, su padre descansaba en la cama con el pelo mojado y Blanca se acercaba para comprobar si respiraba. Captaba un hálito similar al que desprendía Castiñeira. Como una revelación, preguntó:

—¿Entonces fue él? ¿Mi padre?

—No he dicho eso —negó Tomás mientras se daba la vuelta para responder a la llamada a gritos de una voz femenina desde el paseo—. Mi mujer me espera para *ir comer*, lo siento.

Encalló todavía más en la arena su barca recién pintada. Admitió que le quedaban dos horas de secado, lo justo para que comenzase a subir la marea. Volvería antes. No temía el robo de su reliquia. Confiaba en los tiempos del mar. Se dijeron adiós. Blanca se fijó en la señora, que dejó de chillar un prolongado «Tomááás» en cuanto él se encaminó a su encuentro. La mujer también la escudriñaba desde la distancia. A pesar de las décadas transcurridas, ambas se identificaron. No se atrevieron a acercarse. Blanca la reconoció por sus gafas de cristal de aumento que compensaban al menos ocho dioptrías. De niña, se había preguntado cómo podía manejarse tan bien con la aguja si tenía tan mal la vista. Durante las visitas junto a su madre para tomarle las medidas de otro vestido, la intimidaban los ojos como lupas de la modista. «*Meu home e teu marido* se vieron anoche en el bar un buen rato» fue la afirmación resignada de la costurera que regresó, como un *flashback*, a la cabeza de Blanca. Acababa de encajarla en el puzle.

Una náusea incontenible la hizo inclinarse hacia la orilla. Empezó a vomitar. No había mucho que devolver al mar desde el café rápido de esa mañana en el tren. Las olas se llevaron los restos de su estómago y le mojaron las deportivas. Cuando sintió que había terminado, ya estaba sola en ese trozo de playa. Se sentó de nuevo, se abrazó las rodillas y se hizo una bola para llorar. Se preguntó por qué su padre no había admitido ser el responsable del encargo de las *xestas.* Supuso que le avergonzaba haber hecho el pedido a un amigo con el que había gastado noches de borracheras mientras su mujer e hija dormían. La evocación de Alonso inconsciente por el alcohol y Tina afanada en meterlo en casa cuanto antes para no alertar a los vecinos le provocó otra arcada. Ya no le quedaba nada en la tripa. Se tumbó boca arriba en la arena. Pensó en llamar a su padre, contarle que estaba allí vomitando como él solía hacer y pedirle explicaciones. Desechó la idea. No quería humillarlo. Ni siquiera hacerle saber que tampoco ella había olvidado sus tiempos de beodo y el daño que le había provocado. Blanca presintió que el significado de la flor favorita de su madre se tornaba tan oscuro como aquella playa, en la que estaba dolida y tumbada. A plena luz, el cielo se volvió negro al igual que el arenal que había recorrido, enloquecida, su bisabuela Teresa. El sol la cegó, tuvo que cerrar los ojos. Se concentró en el ritmo del oleaje y, despacio, la repulsión en su barriga se desvaneció. El autobús hacia Lugo salía a media mañana del día siguiente.

15

Cuando Blanca localizó su asiento, metió la mano en el bolso para cerciorarse de que el billete de su madre la acompañaba. En realidad, estaba segura de que seguía allí, pero necesitaba una confirmación rápida del mismo modo que, con frecuencia, al salir de casa, volvía para comprobar si había cerrado con doble vuelta de llave. Sintió el trozo de papel doblado y desgastado. Era su pista principal y también un talismán en el trayecto hacia Lugo y hacia el pasado de su progenitora que era, en parte, el suyo.

El día anterior, su estómago había tardado en recomponerse tras el encuentro con el pescador. Blanca había caminado dos horas hasta que el cuerpo le exigió que fuera a descansar al hostal. Se despertó brillante, con las mejillas y la frente enrojecidas por el sol. Su cara relucía y ganaba redondez. Contrastaba con sus brazos delgados y níveos. Recostada en el asiento del autobús, se abrazó los codos aunque el aire acondicionado no le provocaba frío. Entre los dedos, notó el roce del anillo recuperado del joyero de su madre. No se lo había quitado desde entonces en señal de nostalgia, conexión con ella e interés profundo por descubrir lo que necesitaba decirle. Lo que le había ocultado. Fue incapaz de dormir durante un viaje de más de tres horas.

El principio del verano no había llegado a Lugo. El aire era tibio, pero lloviznaba. Al bajar las escaleras del autobús, Blanca decidió ponerse la chaqueta que guardaba en la maleta. Se sentó en un banco de la estación para arreglarse. Pensó que su madre había estado en ese lugar hacía solo unos meses, en ese mismo andén o en cualquier otro rincón cercano. Miró alrededor para imaginársela y respiró hondo. Seguramente ella no se detuvo ni un segundo. Tina caminaba rápido. También durante los paseos sin rumbo. Siempre parecía llegar tarde a una cita. Blanca recordó cómo la cogía de la mano y tiraba con suavidad de ella para que acelerase el ritmo:

—¿Por qué corres, mamá? —le preguntó con siete años de vuelta del colegio.

Miró a su hija y ralentizó el paso.

—No quiero perder más tiempo —le explicó sin pretender que la comprendiera.

Blanca, mientras se dirigía a la salida de la estación de autobuses de Lugo, reparó en que seguía el ritmo de los pasos de su madre con más coordinación que nunca. Se sentía a pocos milímetros de alcanzar su zancada y entender el porqué de su habitual celeridad. Ella también tenía prisa por estar en los espacios que su madre había habitado en secreto. Miró el reloj y, aunque la distancia no era mucha, prefirió tomar un taxi. El cuero del asiento de atrás estaba blando y manoseado. Le dio al conductor la dirección del Gabinete psicológico María Hermida. Olía a la condensación de todas las historias urgentes que habían pasado por allí. Blanca sintió una leve náusea y le pidió al taxista si podía abrir la ventana a pesar de la lluvia. Tras la respuesta sucinta de la terapeuta a su correo electrónico, había decidido explorar otras vías para obtener información: pidió una cita con un nombre falso, como si fuera una nueva paciente que requería ayuda. Para tranquilizarse en su mentira, se convenció de que, en efecto, podría serlo.

El conductor percibió que la clienta no tenía ganas de charlar. En siete minutos, la dejó delante del número veinte de la *rúa* Primavera. Quedaba un cuarto de hora para la consulta. El portal estaba abierto. Blanca, maleta en mano, subió en ascensor hasta el tercer piso. Llamó al timbre de la letra B y la puerta se abrió automáticamente. No había recibidor, solo una sala de espera amplia y solitaria con cuatro sillas blancas y dos mesitas auxiliares de pino con jarrones de flores secas que no parecían haberse cambiado en años. La luz era amarilla, procurando inspirar la calidez que la estancia no ofrecía. Colgados en la pared, a la misma altura, un retrato de Sigmund Freud y otro de Franz Kafka. «Las cejas inquisitivas del primero y las orejas puntiagudas del segundo no anticipan nada bueno», pensó. Sobre una estantería, un transistor encendido. Al estilo de los obsoletos hilos musicales, llenaba el ambiente con piezas de Bach. El locutor, con voz aburrida y susurrante, presentó la famosa *Aria para la cuerda de sol*, interpretada, según dijo, por la Royal Philharmonic Orchestra de Londres. Blanca no era una experta, pero reconoció la composición. Sin duda, era lo más hermoso que flotaba en aquella sala, y le infundió tranquilidad para afrontar el momento insólito que se avecinaba.

Con puntualidad, a los quince minutos se abrió una de las tres puertas que daban a la sala de espera. De allí salió un hombre que, al verse descubierto por Blanca, bajó la cabeza, farfulló un «Buenos días» tímido y pasó de largo. Tras él se asomó una mujer alta y delgada de pelo corto: María Hermida. En cuanto la vio, le pidió un par de minutos para airear la consulta. A continuación la invitó a entrar y le dijo que tomase asiento en un desgastado butacón de color mostaza.

—Maribel, ¿verdad? —la interpeló con amabilidad la terapeuta.

Ella asintió ante el nombre falso. La abochornaba habérselo robado para la ocasión a la recepcionista del tanatorio. La psicóloga percibió el nerviosismo de la paciente, pero estaba dentro de lo normal en una primera sesión. Blanca observó que la habitación seguía la línea decorativa sin gusto definido de la sala de espera, pero estaba bastante más desaliñada. Los diplomas que corroboraban su formación oficial se distribuían en una de las paredes, tras la cabeza de la terapeuta, como si coronaran su trayectoria. Alguno colgaba torcido. Una aparatosa biblioteca repleta de manuales sobre distintas corrientes psicológicas ocupaba otro de los tabiques. En cada balda, los libros se intercalaban con figuritas de artesanía, desde cerámica tradicional toledana hasta africana, además de una minirréplica de la torre Eiffel y una escultura de Sargadelos de un anciano con bastón. El mueble acumulaba objetos inútiles como un trastero desordenado. Una ventana y una de esas láminas que muestran una pirámide de piedras en equilibrio aliviaban un poco el agobio que le generaba el interior de la consulta.

—¿Por qué has decidido venir? —quiso saber la psicóloga.

Blanca determinó que era la pregunta adecuada para olvidarse del simulacro y, desde el principio, relatar la verdad. Proseguir con la farsa era innecesario y, en breve, sería insostenible.

—En realidad, soy Blanca Vidal, la hija de Constantina Seoane, su antigua paciente. Siento mucho haberle mentido.

María Hermida frunció la nariz. Era aguileña y sus ojos, grandes y prominentes. A pesar de ello, había un equilibrio atractivo en su físico. La rotundidad de sus rasgos inspiraba atención. Se rascó la barbilla y afirmó:

—Eres la del correo electrónico. —Descruzó las piernas—. Lo comprendo. El problema es que, como te dije en el mail, no puedo facilitar información de mis pacientes.

—Al menos ya sé que mi madre fue paciente suya... ¿Durante cuánto tiempo? —se arriesgó a preguntar Blanca.

—Tampoco sería ético darte ese dato. ¿Qué te parecería que le contase a cualquiera que alguien se ha hecho pasar por paciente para sonsacarme información sobre la privacidad de otra persona? No lo haría. Lo que sucede en la consulta, se queda en la consulta.

—Ya, pero es mi madre. Era mi madre, quiero decir... Está muerta.

María Hermida dirigió la mirada hacia arriba para disipar tensiones. Se levantó de la silla para indicarle que daba por terminada la conversación. Blanca aprovechó el momento para sacar el móvil del bolso y, en un gesto veloz e inesperado, se lo puso delante de la cara a la terapeuta. En la pantalla aparecía una foto de su madre con Yago.

—Es ella, ¿verdad? ¿Estaba muy triste? —inquirió Blanca, drástica y turbada, acogiéndose a la oportunidad fugaz de entender algo más.

La psicóloga ni siquiera asintió. Desvió entonces sus ojos saltones hacia el suelo y le señaló la puerta. Blanca no pretendía crear una situación violenta, así que guardó el teléfono y le dio las gracias por nada.

—Son setenta euros —soltó la terapeuta en tono educado, sin olvidar cuál era su negocio—. Teniendo en cuenta la brevedad y singularidad del encuentro, sesenta. Acepto bízum.

Aún sin haber sacado información sobre las razones de su madre para acudir allí, asumió que debía pagar por la intromisión. Desde el punto de vista empresarial, había hecho perder el tiempo a María, que solo protegía el derecho a la intimidad de sus pacientes. La terapeuta había cumplido con su trabajo, y era especialista en no sucumbir a ningún tipo de soborno emocional. Durante la despedida, la psicóloga disimuló la compasión que le inspiraba su orfandad, pero tenía claro que no era la persona indicada para ayudarla en su investigación familiar. Blanca, arrepentida de su estrategia, le hizo el bízum de setenta euros. Sin descuento.

El inconveniente no la hizo cejar en su empeño. Salió a la calle. Lo tenía todo preparado. Le escribió un mensaje a Eduardo para decirle que había llegado bien a Lugo y que lo llamaría al final del día. Cruzó la ciudad arrastrando la maleta. Había reservado habitación en el mismo hotel en el que, según los SMS recuperados del teléfono de su madre, ella habría dormido al menos un par de noches hacía meses.

Llegó allí convencida de que, dada la relación mercantil entre clientes y trabajadores, no se aferrarían al secreto profesional. Cruzó el umbral de La Muralla y descubrió un *lobby* antiguo pero acogedor de madera de cerezo y alfombras turcas, como el salón de una mansión que tuvo una época de esplendor. Un hombre con uniforme azul desgastado estaba aspirando el suelo. Había dos sillones repletos de cojines de color ocre en torno a una mesa en la que se acumulaba la prensa del día. A la derecha, un mostrador en el que, tras una pantalla de ordenador, esperaba un empleado aburrido. Detrás de él, los clásicos cajetines donde reposan grandes llaveros con el número de habitación. El ambiente era tan vetusto como auténtico. «Hubiera sido contraproducente cambiar su naturaleza —pensó Blanca—. Podría restaurarse, recibir un nuevo barniz, pero sin modificar la esencia de un vestíbulo en el que, durante décadas, se han cruzado cientos de personas anónimas con sus historias a cuestas». La huella de ese trasiego humano seguía allí y hablaba de peripecias sugerentes. El empleado, con camisa y corbata, lucía un bigote antediluviano que se enroscaba en los extremos. Ambos elevaron el volumen de voz para entenderse por encima del estruendo que introducía en la escena el aspirador industrial.

—Hola, tengo una reserva —comenzó Blanca.

—Claro, dígame su nombre. Necesitaré su DNI, gracias.

El trámite fue rápido; las ganas de preguntar de Blanca eran incontenibles. Cuando el hombre le dijo el horario del desayuno y le dio la llave de su habitación, ella aprovechó para presentarse como la hija de una clienta.

—¿Ah, sí? ¿Quién es su madre? —mostró curiosidad el recepcionista.

—Tina Seoane.

—A bote pronto, no me viene a la cabeza —respondió con el rostro pensativo—. ¿Y dice que suele alojarse con nosotros?

—Sí. No sé si habría alguna manera de saber cuántas veces estuvo aquí... ¿Lo ve factible? Falleció en marzo. Es una cuestión sentimental —recalcó ella para resultar efectiva.

—Vaya, lo siento muchísimo.

La aspiradora dejó de funcionar. El recepcionista le dio sus condolencias a Blanca, que aprovechó para observar de reojo al limpiador. Por su aspecto fuerte y vestimenta obrera, además de dedicarse a mantener impolutas las alfombras del recibidor, parecía el encargado de realizar todo tipo de reparaciones. Él no evitó cruzarse con su mirada, como si tuviera la intención de comentar algo a la recién llegada.

—Entonces, si no es mucha molestia, ¿podría decirme cuándo durmió aquí mi madre, por favor? Me sería de gran ayuda para... para superar el duelo, ¿sabe? —enfatizó Blanca, y se dio cuenta de que no mentía al hacer esa afirmación sobre el momento que estaba viviendo.

—Por supuesto, no hay ningún problema en comprobarlo —admitió el trabajador con amabilidad—. Aunque ya le adelanto que nuestro sistema de registro informático es lento y solo está operativo desde hace unos años. Somos muy *old school*.

Blanca sonrió por el anglicismo que no esperaba de aquel hombre. En efecto, todo era retro en aquel lugar. Empezó a comprender por qué su madre lo había elegido para hospedarse. Tenía un encanto viejo a la vez que familiar y genuino.

—Estaré aquí la tarde entera. Y mañana. Puedo esperar.

El recepcionista sonrió con cortesía forzada ante un encargo que añadía más tarea a la acostumbrada. Las puntas de su bigote apenas se modificaron durante la conversación. Blanca supuso que estaban tiesas porque habrían sido moldeadas con una cera especial. Le dio repelús.

—La avisaré en cuanto sepa si dispongo de esa información, señorita Vidal.

—Muchas gracias, muy amable —respondió ella.

A continuación se dirigió al ascensor. El limpiador, que rondaría los cuarenta, ladeó la cabeza para acompañar con los ojos el movimiento de Blanca, sin atreverse a abordarla. Ella se percató e intuyó la posibilidad de que tuviera algo que decirle, más allá de querer ligar con una huésped. La puerta del ascensor se abrió, pero se quedó rezagada un minuto más, haciendo ver que buscaba un objeto perdido en el bolso. El elevador se cerró y subió a la tercera planta. De forma absurda, siguió haciendo tiempo por si se decidía a acercarse. Miró el móvil y se sonó con un pañuelo de papel recién desplegado. El timbre del ascensor volvió a sonar y salieron de él dos personas. No era razonable esperar más. El hombre volvía a estar a lo suyo con la aspiradora, y el ruido que provocaba encubriría cualquier atisbo de palabras. Aunque era robusto y atlético, por sus líneas de expresión ya bastante marcadas y las canas esporádicas, Blanca dedujo que no era tan joven como había pensado. O quizá sí, pero el trabajo físico le había pasado factura.

Ya en su cuarto, se dio una ducha y llamó al servicio de habitaciones para que le subieran una ensalada. Respondió a unos mails de sus socias sobre peticiones de clientes, vio la televisión en modo autómata y aguardó. Como si estuviera en un entorno mágico, creía que, si salía del hotel, se desvanecerían los indicios de la que fue la vida de su madre. El colchón era grueso y mullido. Al final, su voluntad cedió al cansancio y se sumió en una siesta intensa de casi tres horas. Se despertó agitada, con María Hermida en la cabeza. Había hablado con ella durante el sueño. Le insistía en que, por favor, le revelase los motivos de Tina para acudir a su consulta. Tal como había ocurrido, la terapeuta callaba. Después señalaba un jarrón lleno de retama amarilla sobre una de las baldas de su librería desordenada. Cuando Blanca volvía a enfocar la cara de la psicóloga, esta se había convertido en Tina, que le proponía que la ayudara a podar las hortensias. «Si no, no florecerán —le decía con urgencia—, queda poco tiempo».

Blanca despertó justo cuando iba a preguntarle a su madre qué era lo que nunca llegó a contarle. Hacía años que no echaba una cabezada tan larga y profunda. Sus músculos, aletargados, no eran capaces de obedecer órdenes a la primera. Pasaban de las ocho de la tarde. La llamada de recepción todavía no se había producido. Nada nuevo donde hallar respuestas. Al cabo de media hora, se vistió para bajar al bar del hotel.

Cuando salió del ascensor en dirección a la cafetería, se dio cuenta de que una mujer había relevado al recepcionista del bigote. Blanca pensó en pedirle si podía darle algún dato sobre las estancias de su madre, pero, un tanto cohibida por la experiencia con la terapeuta, desechó la idea. Cruzó un pasillo corto que conectaba el vestíbulo con el bar. Había cuatro personas más en el local, que tenía una puerta hacia la calle y otra que conducía a una terraza interior de piedra pintada de blanco con un pequeño parterre central en el que helechos y otras plantas resistentes crecían alocados por la humedad del ambiente. La zona le gustó. Le recordaba a sus terrarios. Optó por lo más eficiente para saciar el apetito: sentarse en la barra en la que no había nadie. Un camarero de chaleco negro y pajarita estaba agitando una coctelera.

—Tenemos fama de preparar unos cócteles buenísimos —le dijo él mientras señalaba un cartel de la pared que los condecoraba con el tercer puesto en la competición de bármanes de Lugo—. ¿Qué le pongo? ¿Un gin-tonic?

—Antes me atrevía a estas horas, pero ya no —admitió Blanca.

—¿Por qué? Es la hora perfecta —la animó él mientras servía el mejunje en una copa para otro cliente.

—Ya no me gusta el gin-tonic.

El barman rio y le ofreció la carta de cócteles con diferentes opciones, además de la de tapas. Blanca pidió una ración de pulpo y una cerveza. Mientras en cocina preparaban la comanda, se levantó para pasear por el patio interior con mesas y sillas de metal, en el que aún lloviznaba.

—A ella también le gustaba. Solía desayunar ahí —confesó el camarero levantando la voz, para perplejidad de Blanca.

—¿Se refiere a mi madre? —Blanca se acercó a él para prestarle una atención máxima.

—Somos pocos en el hotel. Además, eres clavada a Tina.

Al igual que cuando alguien enciende la luz en un cuarto oscuro, escuchar su nombre en boca de un desconocido le resultó alentador. Su madre no había pasado desapercibida durante su estancia en el hotel, y lo más probable era que se hubiera relacionado con el personal. Ese testimonio podría ser decisivo para comprender el objetivo de sus visitas a Lugo, así que inició su interrogatorio al camarero.

—¿Mi madre venía mucho? —preguntó ávida.

—Esporádicamente. ¿No lo sabías?

—No —admitió ella con cierta molestia.

—No querría que lo supieras —dedujo el barman tirando de un grifo la caña de Blanca y limando la espuma.

—Ya. Por eso estoy aquí. Para enterarme de algo.

—Te acompaño en el sentimiento —dijo en tono protocolario mientras colocaba un posavasos deteriorado en la barra y la cerveza encima.

—Gracias. ¿Lleva mucho tiempo usted en este hotel? —Blanca dio un trago.

—Toda la vida —admitió complacido, y cambió, con el mando a distancia, el canal en el televisor que colgaba de una pared.

—¿Cuándo conoció a mi madre? —Necesitaba una perspectiva temporal.

—Pues... —Se quedó pensativo unos segundos—. Hará unos diez años.

—¡Diez años! —exclamó estupefacta.

A Blanca le indignó acumular tanto desconocimiento. Se remontó una década atrás, justo cuando nació Yago. Ubicó a su madre en aquel momento, emocionada con la llegada de su único nieto, preocupada por el parto de su hija y viajando a Madrid para acompañarla en el trance. Inmensamente feliz cuando le tocó acunar a Yago y convertirse en abuela. En aquella época, cuando se suponía que habían empezado sus escapadas secretas a Lugo para ir a la psicóloga, Tina resplandecía ante la mirada de cualquiera. El camarero, al que todavía no le había preguntado su nombre, percibió su malestar y optó por no retomar el diálogo. Aunque intentaba disimular, sus ojeras denotaban que estaba agotado. Le sirvió la ración de pulpo con cachelos que acababan de sacar de la cocina y se sentó en un taburete tras la barra. Blanca miró el plato rebosante de aceite, sal y pimentón. Se envalentonó para continuar y tuteó al hombre:

—¿La conocías bien?

Necesitaba indagar en el grado de proximidad, porque barajaba la posibilidad de que se tratase de una cuestión de amoríos que su madre no le hubiera confesado por pudor.

—Sabía que tenía una hija, que había trabajado como funcionaria, que estaba separada... —Paró de recapitular y detuvo la mirada en el vaso vacío de Blanca—. Y nunca pedía cerveza —añadió.

Debido a la tensión, se había acabado la caña en dos tragos. El comentario la hizo sentirse culpable, pero no podía reprocharle nada al barman. Él no sabía que estaba ante la heredera de un padre exalcohólico. O quizá sí.

—¿Tienes alguna idea de a quién veía mi madre aquí en Lugo? —le preguntó después de pedirle un agua mineral y pinchar otro trozo de pulpo.

—Siempre entraba y salía del hotel sola. Venía una noche, a lo sumo dos. No hablaba de sus planes.

—¿Y no le preguntaste nada en diez años? —le espetó desconcertada.

—Cada uno llega y cuenta lo que quiere. Les sirvo comida y bebida, punto.

Blanca concluyó que el estatus del secreto profesional del barman no era comparable al que enarbolaba la psicóloga para no abrir el pico. Los camareros no están sujetos a un código deontológico, así que, sin cortarse lo más mínimo, le ofreció cincuenta euros a cambio de algo más de precisión en su relato. Él, lejos de abochornarse, confirmó de un vistazo que nadie era testigo de la maniobra y cogió el dinero. Lo metió rápidamente en uno de los bolsillos del pantalón. Blanca esperó a que moviese ficha.

—Después de desayunar, tu madre solía pedir un taxi para que la trasladase a un lugar. Allí pasaba el día.

Dicho eso, el camarero consultó el móvil, cogió una servilleta de papel y escribió algo en ella. Al acabar, la deslizó por la barra hasta el plato de pulpo.

—Llámale. También es de fiar —afirmó dando por hecho que él lo era.

Blanca agradeció la información obtenida a cambio de una ración de pulpo, una cerveza, un agua y un billete de cincuenta. Para lo crucial que podía llegar a ser, no le había salido cara. Se disponía a preguntar al barman cuál era su nombre, pero él ya se había acercado a un nuevo cliente que acababa de acodarse en la barra y exigía atención. A modo de «Hasta luego», muy profesional, le dijo por encima del hombro que cargaría las consumiciones a su habitación.

Salió de la cafetería y recorrió a toda velocidad el pasillo hacia el ascensor con la servilleta en la mano. Dentro, leyó las cifras de un teléfono móvil justo debajo de la impresión del clásico «Gracias por su visita». Junto al número, un nombre: Jose Juan. En dos minutos, Blanca estaba sentada en la cama de la habitación del hotel de Lugo en el que se acababa de enterar de que su madre se había alojado con frecuencia durante la última década. E iba a marcar el mismo número que ella usaba para viajar a un destino que siempre le había ocultado. Le tembló el pulso y el pulpo le revolvió las tripas. Se concentró en el anillo de coral y plata vieja de su madre que siempre llevaba. Eran casi las diez de la noche, muy tarde para pedir el servicio de un taxi en una ciudad de provincias. Pero, tal como le había oído confesar a su madre en lo onírico de la siesta, el reloj no se detenía. Adonde fuera que debiese llegar, intuía que el tiempo se le echaba encima. Marcó el número. Al cuarto tono respondió una voz masculina que no sonó demasiado veterana.

—Buenas noches, dígame.

—Buenas noches, pregunto por Jose Juan.

—Soy yo. ¿Qué desea?

—Mire, soy Blanca Vidal.

—¿Blanca Vidal?

—La hija de Tina... Tina Seoane.

Se produjo un silencio por ambas partes hasta que ella lo rompió para explicarse:

—Me han dicho que mi madre lo contrataba para sus desplazamientos.

—Bueno, un par de veces últimamente.

—Sé que es tarde, pero ¿podría llevarme mañana temprano al destino que la llevaba a ella?

Jose Juan no respondió a la primera. Ante los segundos de incertidumbre, Blanca se inquietó y reforzó la oferta:

—Le pagaré lo que sea necesario.

—De acuerdo, no se preocupe. La recojo mañana a las nueve en el hotel. Que descanse.

Jose Juan colgó, y ella cayó en la cuenta de que no le había dado la dirección. Supuso que intuía que se hospedaba donde su madre lo había hecho en varias ocasiones. En aquella ciudad parecía estar produciéndose una gran confabulación, y todos conocían a Tina mejor que ella. Aunque la asustaba su ignorancia, se sentía impulsada a confiar en las personas que habían estado cerca de su madre. Blanca pasó la noche despierta por temor a quedarse dormida.

No desayunó. Cuando faltaban quince minutos para la hora acordada, salió de la habitación. En el vestíbulo había una pareja extranjera con grandes maletas que se interesaba por las explicaciones que el recepcionista bigotudo les estaba ofreciendo en un inglés tosco. Él la vio salir del ascensor y detuvo un segundo su charla con los turistas para darle los buenos días sin aludir a la información que le había solicitado el día anterior. Cuando ella estaba a punto de entrar en la puerta giratoria que llevaba a la calle, el empleado añadió «¡Buen viaje!» y se mesó uno de los extremos del bigote. Fue suficiente para que Blanca ratificase que los trabajadores de ese hotel parecían hablar de ella a sus espaldas. No sentía que fuera un complot malvado, pero sí tan sigiloso que a cualquiera lo hubiera desasosegado.

Junto a la entrada del hotel, una mujer demasiado pintada con un maletín en la mano estaba fumando deprisa. Blanca hacía siglos que no lo hacía, pero los nervios la impulsaron a pedirle un cigarro. Dio dos caladas, el tabaco entró en sus pulmones y la hizo toser. Su paladar respondió con repugnancia al sabor de la nicotina. Caminó hasta una papelera para tirar el pitillo. La mujer esbozó una sonrisa al ver su cara de disgusto, arrojó la colilla al suelo y se fue.

Blanca se volvió al oír un claxon. No era un taxi, sino un vehículo de transporte privado. Ella se acercó y el chófer salió para abrirle la puerta con cortesía. Lo reconoció enseguida: el limpiador de las alfombras del hotel, el mismo que, el día anterior, la había seguido con la mirada, quizá con la intención de sugerirle algo. Le quedaba mejor la camisa blanca que el mono de trabajo, pero lo notó igual de tímido que por teléfono. Ya en el coche, Jose Juan admitió que no lo hacía por dinero, sino porque Tina le caía bien. «Una clienta muy educada», añadió, aunque sonó a que el pago por los servicios prestados había sido excelente.

—¿Adónde vamos? ¿Cuánto tardaremos? —preguntó ella, intentando controlar la ansiedad.

Los ojos pardos de Jose Juan la observaron por el retrovisor.

—Ahora le indico. Tenemos una hora de trayecto —respondió.

Arrancó sin decir nada más, igual que cuando la madre de Blanca lo contrató.

16

El coche abandonó la carretera principal. Faltaba muy poco para llegar, pero, tal como el chófer le había adelantado durante el viaje, la aldea estaba emplazada a orillas del río, en pleno valle, y el acceso, debido a lo abrupto de la zona, era más lento de lo esperable. El descenso hasta allí suponía una sucesión de curvas serpenteantes y vegetación frondosa a lo largo de más de tres kilómetros que a Blanca le parecieron veinte. Advirtió a Jose Juan que tenía ganas de vomitar, y él redujo la velocidad, a pesar de que era experto en el terreno. Cuanto más bajaban, la perspectiva verde y en contrapicado del paisaje se acentuaba. Las montañas estaban formadas por terrazas de viñedos, casi precipicios. Los campos de uva que aún debía crecer durante el verano incipiente horadaban la ladera, en líneas paralelas, desde lo más alto. Sintió vértigo pero también admiración por la exuberancia del panorama, y le asombró que su madre nunca le hubiera hecho ninguna alusión al respecto. Localizó el móvil en el bolso y abrió la ventana para hacer un vídeo que captase el paraje. Le hubiera gustado enviárselo a Eduardo, pero, al no haberle sido sincera en cuanto al propósito de su viaje a Galicia, seguro que la haría desembuchar, y no lo veía oportuno. Un bache la hizo saltar en el asiento. Jose Juan le aconsejó que era mejor que dejase el teléfono porque podría marearse más. Tras el zigzag montaña abajo, al final de la espesa pendiente de vides apareció el pueblo, una decena de casas de piedra antigua y teja construidas en torno a los viñedos y las márgenes del río Miño. El conductor aparcó junto a un embarcadero.

—Aquí es donde su madre me pedía que la dejase —le explicó mientras echaba el freno de mano.

—¿Alguien la esperaba? —quiso saber Blanca.

—No —respondió Jose Juan contundente, al tiempo que salía del coche con la intención de abrirle la puerta.

Blanca se adelantó a la cortesía y bajó sola.

—¿Está seguro de que no se encontraba con nadie? —insistió ella.

Lanzó una visual al entorno, algo inhóspito pese a que parecía una localidad de postal. Solo distinguió a un posible habitante sentado delante de la puerta de una de las casas.

—Que yo sepa, no —admitió de nuevo con sinceridad—. ¿Cuánto tiempo calcula que estará por aquí? Voy a acercarme a una gasolinera.

—No me trates de usted, por favor —le pidió Blanca, y confirmó el atractivo de Jose Juan sin tener claro si su aspereza lo favorecía o no—. ¿Hace mucho calor o soy yo? —añadió mientras se remangaba la camisa y se desabrochaba un botón con afán de despejar el cuello.

Al instante, reconoció que el ademán podría malinterpretarse. El chófer sonrió con la apreciación.

—Hace calor. Es el sol que la uva necesita a estas alturas del año. ¿A qué hora vuelvo, Blanca?

—No parece que haya mucho que hacer por aquí —barajó dubitativa—. Daré una vuelta.

—Te recojo, si te parece, a la hora de comer. Sobre las dos —decidió él calculando el tiempo que necesitaría para ver el lugar.

Tras aceptar, el coche se fue, y ella se quedó un rato contemplando las lanchas modernas de asientos acolchados que había en el embarcadero. Serían unas cinco, poco menos que el número de casas del pueblo, y lucían el nombre de la empresa turística que se dedicaba a organizar recorridos por el río, una infraestructura flamante que contrastaba con lo agreste de la aldea.

—¿Vienes a navegar? —le espetó, sin más introducción de cortesía, un joven que apareció tras ella.

Por fin alguien la tuteaba de primeras y no la hacía sentir mayor. Notó un golpe de brisa fluvial en el pelo que agradeció.

—No, solo estaba mirando —le aclaró.

Él asintió y siguió en dirección a una de las lanchas con una garrafa de combustible en la mano.

—Los paseos no empiezan hasta mediodía —dijo él alzando la voz, gesticulando para señalar la amplitud del río. Ella detectó sus modos y su acento italiano—. Hoy no esperamos demasiados clientes, habrá hueco en la lancha. ¡Estás a tiempo de apuntarte!

Tras verter el gasoil, el hombre se dispuso a adecentar su barca. En la barandilla, Blanca vio un cartel medio roto y descolorido que anunciaba la Fiesta de la Cereza que había tenido lugar allí mismo, en Belesar, durante el mes de mayo. Otro anuncio, ese plastificado, ofrecía teléfonos y correos electrónicos desde los que contratar con antelación la travesía por el Miño. También detallaba el precio, cuarenta y cinco euros por persona, e incluía vino o cerveza a bordo. Blanca se acercó al joven, intrigada por su acento.

—¿De qué parte de Italia eres? —Él sonrió.

—De Florencia.

—¿Y qué hace un florentino en este rincón perdido?

—Fue directa porque le resultaba curioso.

—Me vine a Galicia por amor. Sí, cambié el *David* de Miguel Ángel por la Ribeira Sacra. El Arno por el Miño. Hay quien dice que estoy loco. De momento, solo enamorado.

El joven relataba sus andanzas con soltura y simpatía entrenadas, como si fuese la anécdota que explicaba con frecuencia a los turistas que llevaba en la lancha. La entonación italiana se mezclaba con dejes gallegos recién adquiridos y hacía entretenido el discurso.

—No echo de menos Florencia, si me lo ibas a preguntar. Aquí también veo belleza a mi alrededor a diario —afirmó levantando de nuevo los brazos hacia el río con énfasis, como quien anuncia la entrada del siguiente artista en la pista del circo.

Blanca siguió el movimiento teatral y oteó el horizonte del Miño. Desde la plataforma que se adentraba en el agua, casi tenían una perspectiva en fuga que le permitía apreciar la inmensidad del cauce. Era ancho, largo, y su transcurso parecía interminable. También oscuro y enigmático, perfecto para ocultar historias. El italiano notó que ella divagaba en la profundidad del caudal y le explicó:

—En épocas de sequía, suelen aflorar piedras, restos de construcciones que han ido quedando sumergidas a lo largo de los siglos. Casas, iglesias. Cuando el agua desciende, el pasado termina por salir a flote. —Se fijó en que Blanca estaba atenta al relato—. ¡Pero eso te lo explicaré mejor cuando pagues tu entrada!

El patrón de la lancha soltó una risotada comercial que la despertó de su ensoñación. Estaba a gusto allí, cerca del agua. El aire corría, se notaba.

—¿Y tú qué haces en Belesar? —le preguntó él con su fascinante español aprendido por amor.

—Pues mira, yo no te cobraré nada por la información —bromeó ella—. Voy tras la pista de un familiar lejano.

Metió la mano en el bolso para coger el móvil y enseñarle una fotografía de su madre. No era descabellado pensar que quizá hubiera tomado aquella lancha o alguna otra en uno de sus viajes secretos a ese lugar. A lo mejor al italiano, dicharachero y con don de gentes, le sonaba su cara. Buscó y rebuscó el teléfono, pero no lo encontró. Comprobó los bolsillos del pantalón. Tampoco. Con fastidio, se dio cuenta de que, en un movimiento automático, lo había dejado en el asiento trasero del coche de Jose Juan, después de grabar el paisaje. Aun así, no quiso perder la oportunidad de investigar.

—¿A cuántas personas llevas cada día? —le planteó, con intención de calcular las probabilidades de que hubiese coincidido con su madre.

—Ahora que comienza la temporada alta, decenas. Ya verás en un rato. El embarcadero se llena de visitantes.

Blanca valoró que era imposible que, con una simple descripción de su madre, el florentino la identificase entre todos los veraneantes.

—Voy a echarme antes del próximo recorrido. Aquí la llaman «siesta del carnero»..., ¿sabes por qué? —le preguntó el joven con curiosidad mientras se recostaba en uno de los asientos de la embarcación.

—La verdad es que no. Te dejo descansar. Luego me acerco —prometió, aunque no tenía esa certeza.

Blanca se fue a pasear por la aldea. El anciano que hacía unos minutos había visto en la puerta de una de las casas ya no estaba. Pasó por delante y, pese a lo solitario del ambiente, oyó el murmullo de una conversación animada. El pueblo estaba formado por edificaciones tradicionales, y no todas se situaban justo en la orilla. Algunas habían sido erigidas en las bancadas más bajas de la montaña, junto a las vides más accesibles. Dio por hecho que gran parte de ellas albergarían bodegas en las que almacenar la uva e incluso elaborar el vino a pequeña escala. Dobló una esquina y cruzó hasta el que debía ser el otro punto del pueblo en el que se producían transacciones monetarias. En un callejón, había una tienda de artesanía local desangelada de cuya puerta colgaba el letrero de CERRADO y un colmado de ultramarinos en el que servían café. Al menos eso indicaba una pizarra colgada a modo de reclamo. Junto al HAY CAFÉ, se leía QUEDAN CEREZAS y una flecha pintada con tiza que señalaba en dirección a una canasta de mimbre repleta de esa fruta.

Decidió entrar con ganas de relacionarse con algún paisano, y porque sus tripas no paraban de rugir debido a la falta de desayuno. Tras el mostrador no había nadie. Blanca husmeó entre las estanterías en las que se exponían productos de alimentación básica junto a cepillos de dientes y tiritas. Supuso que el colmado tenía de todo un poco ante la ausencia, en el pueblo, de supermercado y farmacia. Un hombre orondo salió de la trastienda, le dio los buenos días en gallego y se dispuso a cortar queso de barra en una máquina charcutera que estaba en el mostrador. Blanca cogió un paquete de galletas de almendra elaboradas en la zona y le pidió un café con leche. Sin tener en cuenta la temperatura exterior, se lo puso muy caliente. Cuando ella dio un sorbo rápido, notó una quemazón por la laringe que la hizo enrojecer y tomar aire con fuerza. El tendero se dio cuenta del trance y le acercó con prontitud un vaso de agua.

—Disculpe, ¡es que aquí somos de hervir la leche! —se justificó—. Siempre me olvido de consultarlo. ¿Usted de dónde viene? ¿De Madrid? —preguntó al tiempo que volvía a cortar, en ese instante, lonchas de chorizo en la máquina.

Blanca se acabó el vaso de un trago y calmó la garganta. Luego, respondió:

—Sí. Pero soy gallega. Mi padre es gallego. Mi madre era gallega. De hecho, a ella le gustaba el café con leche ardiendo, como este —recordó, y aprovechó el diálogo iniciado tras el percance para probar suerte—: ¿Le dice algo el nombre de Tina Seoane? Solía venir por Belesar.

El hombre detuvo en seco su tarea charcutera como si lo hubieran pillado *in fraganti*. Blanca se puso en alerta. Pensó que había tocado una tecla que le permitiría sacar algo en limpio.

—Pues me quiere sonar... —respondió mostrando una divagación exagerada en su cara redonda.

Se rascó el mentón, consistente como un bollo de pan de corteza dura. Meditó unos segundos más, Blanca percibió su impaciencia y él retomó, como si nada, el loncheado de embutido.

—No, qué va..., debo de estar confundido, ¿sabe? No la conozco.

Blanca no quería mostrar desconfianza, pero fue incapaz de evitarlo. Con intimidación, se dirigió al rostro del tendero para descubrir la verdad en sus ojos, tan abultados como su anatomía. Igual que en el hotel de Lugo conocían de sobra a Tina Seoane, consideró que él mostraba indicios de saber a quién correspondía ese nombre. Este comenzó a envolver el fiambre recién cortado y, acto seguido, le hizo un ofrecimiento amable para romper una atmósfera de tensión que le incomodaba:

—Mire —dijo señalando la cesta de fruta situada en la entrada de su negocio—, todavía nos quedan cerezas. Algunas están bastante maduras, llévese las que guste. Son de la tierra. *Non vai probar outras iguais na vida!* —exclamó con orgullo.

Blanca se mostró indecisa. Hubiera preferido seguir sondeando al hombre en vez de acabar en el papel de una foránea convencida de que se estaba tejiendo una conjura a su alrededor, una *omertà* respecto a lo que su madre hacía, cada año, en esa aldea remota. Se acercó a la montaña de cerezas y probó una. Su carne era blanda y suave, dulce sin empalagar, con un punto lejano de acidez. Estaba deliciosa. Sucumbió a la oferta del tendero y le pidió una bolsita de papel para llenarla. Justo entonces, una vecina nonagenaria entró y, con mirada lenta y miope, repasó a Blanca de arriba abajo. Para no ahondar en sus pensamientos conspiranoicos, se convenció de que no era más que la curiosidad descarada del autóctono por el extranjero.

—Avelino, ponme *outras poucas a min,* anda —pidió la anciana al tendero, señalando las cerezas con la cabeza—. *Vai unha calor do demo...* —continuó ella, y se dispuso a rebuscar productos con calma entre las estanterías de la tienda.

Blanca pagó el café y las galletas, y salió de la tienda con las cerezas gratis y más dudas de las que tenía al entrar. En cuanto puso un pie en la calle, vio a un perro delgado que estaba meando en uno de los muros de la casa de enfrente. Allí se paró para decidir hacia dónde tirar. El can acabó, la olfateó y se marchó por un sendero de tierra empinado. Ella optó por seguir al animal sin collar que también estaba vagabundeando.

La cuesta desembocaba en un grupo de casas todavía más viejas. El perro volvió la cabeza, observó que Blanca le iba detrás y continuó avanzando sin inmutarse. Cuando llegó a la altura de una de las puertas, se echó al suelo en posición de descanso y se rascó con profusión detrás de la oreja. Blanca avanzó un tramo más por el camino que separaba las viviendas. Cada una estaba remodelada a su aire, sin prestar atención a los materiales originales, pero compartían un punto de feísmo práctico. Un somier de hierro oxidado se había reciclado como verja. Habían elegido hormigón para dar una segunda planta a un bajo de piedra recia. Ella, obsesionada por el equilibrio estético, lamentó aquel batiburrillo arquitectónico, pero de repente se detuvo en seco para analizar, fascinada, la imagen que tenía delante.

Apartada del resto, y aún más desvencijada que las otras edificaciones, la última vivienda de la aldea estaba arropada por una nube amarilla que, a esa distancia, parecía un óleo impresionista. Conforme se aproximaba, la mancha de color se definía como la maraña de los arbustos en flor que su madre conocía tan bien. El olor dulzón transmitía un mensaje de atracción. Se acercó aún más y detectó el aroma de la retama que la había acompañado en el velatorio, pero en esa ocasión con una intensidad abrumadora. Se emocionó y se le empañó la mirada. La naturaleza salvaje de las *xestas* marcaba la personalidad del lugar. Aunque se entremezclaba con otras especies silvestres, su color predominaba. La retama crecía libre alrededor de la construcción de piedra, teja y madera que no había sido reformada en décadas. La flor parecía brotar sin ley para disimular el desgaste de aquella casa que tenía la puerta y una de las ventanas abiertas de par en par. La corriente movió unas cortinas de gasa que se desplazaron hacia el exterior y después se enredaron sobre sí mismas. La misma ráfaga hizo sonar un carrillón que colgaba en el umbral de la entrada, compuesto por pequeños trozos de cristal y madera hueca que chocaban con suavidad impulsados por el viento, dando paso a una armonía caleidoscópica. El interior de la vivienda estaba en penumbra. Desde fuera, Blanca no detectó más ruido ni movimientos que los que suscitaba la brisa al entrar. Se inclinó hacia una de las matas de retama y hundió la nariz en ella para que su perfume, como el aire, penetrara en su cerebro y se quedase allí para siempre. Inhaló con fuerza y cerró los ojos.

—Bonitas, ¿verdad? —manifestó un timbre femenino desde la entrada de la casa.

Blanca se volvió ruborizada hacia la mujer que acababa de pillarla olfateando en su propiedad. Al verla, la vergüenza se convirtió en un escalofrío de estupor que la paralizó. Soltó la bolsa de cerezas, que cayó al suelo y las frutas se desparramaron sin que le importase a nadie. Producto del desconcierto, un frío helador traspasó sus músculos para congelarle el habla. Era incapaz de responder, solo podía detenerse en cada milímetro del rostro de esa mujer desde el silencio y el pánico que genera lo inverosímil. Porque era tan imposible como extrañamente cierto que ella estaba allí. Eran sus ojos azules, quizá menos rutilantes. Era su piel tersa, casi sin arrugas, aunque morena. Eran sus labios finos, aunque más deshidratados. Era su cabello sin tinte, espolvoreado de canas que, como las *xestas*, campaban a sus anchas. Tras el intento vano de adherirse a la incredulidad, a la razón, y rechazar la evidencia física, Blanca sucumbió. Todavía inmóvil, rompió a llorar angustiada. El paisaje que las rodeaba se disolvía; era innecesario. Estaban solas, de nuevo juntas, en una esfera de cristal empañado, iluminadas por un foco de luz caliente. El resto, fuera de ese terrario humano que las dos protagonizaban, era oscuridad y miedo. Antes de acercarse, la imagen de su madre le sonrió con una ternura diferente a la que recordaba. A continuación, expresó con compasión:

—Soy Begoña. Sabía que vendrías. De lo contrario, hubiese tenido que ir a buscarte.

17

Begoña se movía despacio pero firme. Sus manos agrietadas no titubeaban. Sostenían un viejo sobre de papel.

—Mamá siempre nos vestía igual —explicó con añoranza mientras se sentaba.

Con dificultad, Blanca comenzó a recuperarse del *shock*. Exhausta y atónita por la avalancha de emociones, intentaba dominar la percepción de irrealidad y confirmar que no tenía delante a un fantasma. Estaban una frente a la otra, alrededor de la mesa redonda que ocupaba gran parte del salón. El interior de la casa era menos viejo que el exterior, pero del mismo pretérito desgastado. De la lámpara de araña principal, de hierro forjado, colgaba otro carrillón hecho de plumas, conchas y palos que también bailaban con suavidad al son del aire que se colaba por la ventana. De las esquinas de un aparador descolorido que albergaba una cristalería en desuso pendían manojos de retama seca. Otro, verde y fresco, estaba apoyado sobre una estantería junto a dos cirios a medio consumir. Las *xestas*, como objeto de culto, bendecían la estancia. Un espejo ovalado con una gran fractura en una esquina le devolvía a Blanca su reflejo distorsionado.

—Marga, ¿nos dejas solas un momento? —le sugirió Begoña a una mujer robusta y campechana que se afanaba en quitar el polvo con un paño.

Ante la petición, esta frunció el ceño con escepticismo, pero se marchó. Begoña abrió el sobre y le enseñó una de las fotografías que guardaba. Blanca todavía no contaba con el aplomo necesario para exigirle explicaciones. Vagaba insegura por el territorio de la verdad insólita que acababa de hallar. El mundo se había detenido, su brújula no lograba determinar dónde estaba ni cómo había llegado hasta allí. La confusión, a borbotones, fue lo primero que la mareó. La rabia por el secreto de su madre llegó después. Estaba trastornada por la evidencia, y no podía recrearse en los detalles de la imagen que mostraba, con claridad, a dos niñas idénticas. Era incapaz de distinguir cuál era su madre. Miró a la mujer y profundizó en su iris. Era también azul, pero carecía de las vetas amarillas que hacían singulares los ojos de Tina. A medida que Begoña intentaba explicarse, Blanca discriminaba su voz y aislaba su gestualidad. Comparaba. Concentrada en su expresión, fue descubriendo que las hermanas no eran copias exactas. Ni siquiera hacían las mismas inflexiones al hablar. Sus manos tampoco tenían mucho que ver: las de Begoña estaban maltratadas, el sol le había oscurecido los nudillos. Blanca flotaba, desorientada, entre el recuerdo de su madre y la visión casi sobrenatural de su gemela. Jamás habría pensado que, cuando llegase el momento de destapar las razones del silencio de Tina, sería tan difícil pronunciar una palabra. La tía parecía conforme con el enmudecimiento de su sobrina. Volcó en la mesa el resto de las fotos que había en el sobre y dijo, señalando a la niña protagonista:

—Soy yo.

Todas estaban rasgadas. Alguien las había roto a conciencia. Tras mirarlas con atención durante un rato largo, Blanca se dio cuenta de que eran las mitades que completaban las que había encontrado en la caja de su madre. Se detuvo en la que Begoña, con unos diez años, aparecía junto a medio cuerpo de una mujer adulta. «El de Delia, su madre, enlutada», dedujo Blanca. Era el trozo que faltaba en una de las instantáneas que guardaba en Madrid, aquella en la que la familia posaba en la finca, con la casa al fondo. Sacando fuerzas de flaqueza ante la necesidad de arrojar luz sobre las sombras, por dolorosas que fueran, consiguió recuperar el hilo de voz que hacía un segundo daba por perdido y preguntó:

—¿Por qué están rotas?

—Fue cosa de Tina —zanjó, y se levantó—. Voy a preparar café.

Marga, pendiente de los movimientos de Begoña, se ofreció a hacerlo, pero ella se negó. Blanca la siguió a la cocina. De espaldas, la figura de su tía, su complexión, estatura y peso, era tan similar a la de su madre que se estremeció. La invadió el impulso de asirla, de abrazarla y sentir su cuerpo palpitante. Vivo. De inmediato, la realidad detuvo el instinto. Pese al vínculo de sangre y el parecido, estaba con una desconocida. Begoña metió el café en grano en un molinillo eléctrico viejo que hizo un ruido estridente en cuanto pulsó el botón. Luego fue a por leche fresca a la nevera, tan añosa como el resto de aquella cocina de azulejos descascarillados. Sin ser interpelada, reanudó su discurso como si relatara un cuento aprendido:

—El incendio nos separó. Cuando mamá y papá murieron, todo cambió. Tina se fue a estudiar a Vigo, con sus padrinos. A mí, los míos, me mandaron a un internado en Lugo.

Y no me he movido de aquí —dijo lacónica mientras cogía un cazo para calentar la leche.

Begoña no consiguió encender el hornillo a la primera. Marga, en una alerta constante que a Blanca le pareció desproporcionada, aprovechó para ayudarla y comprobar que la bombona estuviera correctamente dispuesta. La mujer la miró inflexible y Marga se fue para dejarla continuar por su cuenta.

—Nos divertíamos con las flores —dijo Begoña rescatando memorias—. Solo que a tu madre le gustaba plantarlas, como los tomates. Yo prefería que crecieran libres y desordenadas. A Tina le daban pánico las espinas del rosal. En primavera, cuando las rosas estaban en su mejor momento, arrancaba una y se la daba. Siempre me pinchaba, pero el dolor era soportable. Ella la ponía en un vaso con agua en su habitación, aunque papá me reñía por dañar el rosal... Tina recogía retama amarilla y me hacía diademas perfectas, era su especialidad. Retiraba con esmero la mayoría de las hojas verdes para que las flores destacaran en mi cabeza. Un domingo, muy contenta, fui a misa con una puesta y mi madre me la quitó de un manotazo. La corona cayó al suelo y se estropeó. Las flores se desperdigaron. Tina lloró y nuestro padre le dijo que no era para tanto.

Begoña estaba ensoñada con la recreación del episodio. Llevaba puesta ropa cómoda y un tanto desteñida: camiseta y pantalón de lino holgado que iban en consonancia con su melena avejentada y su casa color sepia. Cuando al fin prendió el fuego, Blanca explotó. La pregunta debía formularse cuanto antes para acabar con las hipótesis y cualquier tinte de ficción. Merecía respuestas inmediatas, contundentes y categóricas, tanto por justicia hacia la historia de su madre como por respeto a su rol de huérfana. Elevando el tono, conmovido y exasperado, exclamó:

—¡¿Por qué nunca me habló de ti?! ¡¿Por qué?!

Blanca retuvo las lágrimas que luchaban por caer en cascada. Le hería con hondura que su madre se hubiera guardado un secreto tan descomunal, que se lo hubiese callado y soportado siempre, incluso ante su hija. Pero lo que más le estrujaba la conciencia y las tripas era que había sido ella, en la última conversación telefónica que mantuvieron, la que le había negado la oportunidad de contárselo. En un primer momento, tuvo claro que aquella tarde su madre estuvo a punto de hablarle de la existencia de su tía.

El corazón de Blanca latía agitado, y sus piernas cedieron a la tensión. Se sentó de golpe y sin ánimo en un banco de madera. Necesitó una respiración profunda, un mínimo resuello para continuar. La pausa le hizo cambiar de parecer. Estaba equivocada. ¿Por qué rompería un silencio tan largo y hermético durante una llamada ordinaria? Lo más probable era que Tina buscase hablarle de nuevo de sus muebles por reparar, de las flores que cuidaba con fervor, de recetas mejoradas con ingredientes sorpresa o de cualquier otro detalle que conformaba su día a día. Reconoció que ninguna de esas opciones la consolaba ni disipaba sus dudas. Begoña percibió la lividez de su sobrina y le sirvió un vaso de agua.

—Tardó una vida en perdonarme —admitió, y volvió la cara hacia las llamas de gas butano que ya brotaban con vigor.

—¿Perdonarte por qué? —le exigió Blanca, con el presentimiento de que podría dar un paso más a raíz de esa revelación.

La leche comenzó a hervir. Begoña apagó el fuego azul con detenimiento antes de que la espuma desbordase el cazo.

No contestó. Cambió de tema de forma abrupta, como si estuviera en su derecho de aplazar justificaciones.

—Algún día reabriré la tienda. Lo tengo pendiente. ¿Has pasado por delante? Junto al colmado —le indicó.

Blanca dedujo que se refería al pequeño establecimiento de artesanía cerrado. Pese a la negativa de su tía a responder, asintió con ternura. Identificó en sus palabras el lema existencial de su madre. Todo lo que habían dejado pendiente conectaba a las hermanas entre la vida y la muerte.

—Ven conmigo —le propuso, abandonando, a pesar del empeño inicial, la idea del café con leche.

Blanca sucedía la cadencia de Begoña por el pasillo. Se percató de que en esa casa apenas había puertas. A excepción del baño, de la que colgaba un letrero con el dibujo de un retrete —imaginó que por privacidad y por si alguna de las inquilinas dudaba—, el resto eran umbrales con marcos y molduras, pero sin puerta. Su tía se detuvo. Volvió medio cuerpo hacia atrás y contempló la esperada extrañeza de Blanca.

—Las hice desmontar. Me gusta que circulen el aire y las ideas. Marga te dirá que así llega más rápido a ayudarme, pero no es la única razón.

Blanca mostró entendimiento. De algún modo, esa explicación encajaba en el universo de la gemela de su madre en el que se estaba adentrando intranquila y de puntillas. Begoña se detuvo en la siguiente habitación. Entró sin mirar a su sobrina, como si estuviese accediendo a otra dimensión. La estancia acentuaba el ambiente esotérico que desprendía la casa. Las ventanas estaban forradas con una fina tela de color melocotón que tamizaba la luz. De un extremo a otro del techo habían instalado dos cuerdas de rafia de las que colgaban varios móviles diferentes en cuanto a tamaño y diseño, desde carrillones de plumas, madera y cristal como los que adornaban la entrada y el salón hasta campanas de viento y atrapasueños en formas y combinaciones distintas. Estaban abandonados, como el resto de las piezas que albergaba el cuarto. Sobre una mesa rectangular roída se acumulaba la huella de los materiales con los que había trabajado: azulejos, alambres, vidrios de colores, piezas de corcho, conchas y piedras. Un torno de alfarería tradicional dormía sucio en una esquina. Al lado, vasijas de distintas proporciones descansaban cubiertas de polvo. Y una columna de cestas de mimbre encajadas unas sobre otras, idénticas a la que Blanca había visto repleta de cerezas en la tienda de ultramarinos del pueblo.

—Este es mi sitio —determinó Begoña dando un ligero golpe de tacón sobre el suelo de madera.

Después encendió una vela gruesa olvidada y la situó sobre un viejo mueble de taller con múltiples cajones. Bastaron unos segundos de mutismo por su parte, absorta en la llama, para que Blanca notase que ocurría algo aún más raro que aquel encuentro. La mirada de su tía buscaba otro horizonte más allá de su sobrina y de los muros de aquella estancia convertida en santuario.

—Nadie tiene la culpa —confesó Begoña, taxativa, con los ojos fijos en un espacio remoto—. ¿Has hablado con Alonso?

Blanca no comprendió la referencia repentina a su padre. Su tía incidió en el reclamo, más inquieta:

—¿Has estado con él?

—No —le aclaró Blanca al tiempo que intentaba seguir, con la mayor coherencia posible, la conversación al detectar la actitud extraviada de Begoña.

Su tía sopló la vela y, con una delicadeza distante, le acarició la mejilla y el cabello, y le preguntó afligida:

—¿Qué le diremos a papá?

Begoña se la quedó mirando, a la espera de una respuesta que nunca llegaría. Justo en ese trance que Blanca ya se veía incapaz de manejar, Marga entró como una exhalación y conminó a Begoña a que la acompañase al dormitorio. Pidió disculpas.

—Está lejos. En otro lugar —describió—. Para eso me tiene aquí, ¿entiendes? Conviene que descanse —resolvió sin dar pie a otra posibilidad.

Blanca, asustada y perpleja, se encaminó despacio hacia la puerta. Asumió que Marga cuidaba de Begoña. A medida que se alejaba de ellas, oyó que la mujer hablaba a su tía con cariño. Intentaba apearla de la confusión y reconducirla al presente. A Blanca se le erizó la piel y comenzó a sentir temblores por todo el cuerpo. El descubrimiento de Begoña era tan crucial como perturbador. Su existencia había traído de regreso a su madre de un modo físico arrebatador. Solo por ese influjo le hubiera gustado permanecer más tiempo junto a Begoña, aunque febril y desconectada de la realidad. Únicamente para engañarse con el espejismo de su madre y retar al destino, a la muerte que le había impuesto la sentencia de no volver a verla. A pesar de la incomprensión rabiosa que le generaba que Tina no hubiera tenido suficiente confianza con ella para hablarle de su gemela oculta, por fin sabía quién era la persona que la ayudaría a unir todos los flecos del misterio. Begoña, en su delirio, le había preguntado con familiaridad e insistencia por Alonso.

Blanca salió de allí deprisa, aunque supo que volvería. El olor de la retama amarilla que envolvía la vivienda la persiguió en su trayecto precipitado, cuesta abajo, en dirección al embarcadero. El perro que por azar la había guiado hasta su tía lamía la tierra enrojecida por las cerezas pisoteadas. Blanca había aplastado la mayoría de la fruta cuando dio pasos trémulos hacia Begoña. El can las había devorado, y no se alteró por la carrera de Blanca que, sin reloj ni noción del tiempo, creía que había pasado un día entero en aquella casa.

En su interior, Marga, antes de conducir a Begoña al dormitorio para que se echase una siesta, la dejó un rato más en su almacén de artesanía. La notó de nuevo serena y decidió observar desde el umbral. Begoña la ignoraba. Se entretenía abriendo y cerrando la decena de cajones estrechos del mueble que parecía sacado de una ferretería. Cerraba unos, abría otros. Abría otros, cerraba unos. Al hacerlo, y por azar, del roce surgía ritmo. Tras varios intentos, Begoña dio con lo que buscaba. Eran unos papeles viejos. Comenzó a leer en voz baja. Hacía mucho que no repasaba el contenido de aquellas cartas. Solía llevarlas en el estuche cuando era adolescente. Desde su posición, Marga no lograba oír qué recitaba Begoña con la emoción de una poesía. Cuando consideró que ya era suficiente desvarío, entró para cogerla del brazo. Con talante conciliador, pero sin olvidar la urgencia del asunto, le propuso que guardase su tesoro porque le convenía descansar. Begoña dobló las cartas cuatro veces sobre sí mismas con precisión. Cuando las devolvió a uno de los cajones, pretendió memorizar el emplazamiento y se dijo que, a la próxima, las encontraría a la primera. Abandonaron la habitación.

—Se asustó la chica... —le susurró Marga, conciliadora, de camino al dormitorio.

—Que no se vaya sin despedirse —le pidió Begoña con una sobriedad blanda, sin saber que Blanca acababa de dejar la casa.

Marga se dio cuenta de que a Begoña, aunque comedida, le apenaba la posibilidad de que su sobrina se marchara sin un último gesto de aprecio ajeno a confusiones.

Cuando Blanca llegó al punto donde el conductor la había dejado, vio que él estaba fumando y riéndose con unos turistas que habían terminado su ruta por el Miño. En cuanto se percató del aspecto agitado de la mujer, Jose Juan abandonó el grupo y la saludó:

—¡Qué tal! ¿Todo en orden? —preguntó con intención de sacarle información.

Blanca asintió sin esmerarse por resultar convincente.

—Me he dejado el teléfono en el coche —advirtió apurada.

—Han llamado un par de veces —le confirmó.

Ella entró y encontró el móvil en el asiento trasero, justo donde lo había olvidado. Comprobó que las perdidas eran de Eduardo y lamentó más que nunca no haberle contado el objetivo de ese viaje. Pensó que solo él, que había llegado para auparla del bloqueo, sería capaz de decir alguna palabra conveniente para relativizar lo que acababa de descubrir. Callada, se esmeró en serenarse y controlar sus sentimientos de desconcierto, congoja y enfado. Jose Juan percibió que necesitaba estar sola, así que remató su pitillo fuera sin interrumpirla. Al poco, ella dejó de sudar debido a la ofuscación y se sintió desahogada. Marcó el número de su padre. Desde esa aldea ignota, la conexión tardaba en establecerse. Confirmó que solo tenía una raya de cobertura. Con el teléfono en la oreja, mientras esperaba el primer tono, desvió la mirada a través de la ventana lateral del coche, hacia el embarcadero. Recordó las explicaciones del italiano sobre los restos del pueblo sumergidos en el río: «El pasado termina por salir a flote». Jose Juan, ya al volante, la miraba por el retrovisor. El padre de Blanca no contestó, y el intento de llamada finalizó sin éxito.

—¿A Lugo? —supuso el conductor.

—Sí, pasaré por el hotel a por la maleta. Después, ¿podrías llevarme a Vigo?

Al chófer no le molestó el cambio de planes, pero quiso dejar claro el aspecto económico.

—La tarifa sube.

—Por supuesto —dio ella por hecho.

El coche ascendió de regreso, curva a curva, la montaña de viñedos. Blanca estaba pendiente de recuperar la cobertura. En cuanto alcanzaron la carretera principal, el teléfono reaccionó y ella, con rapidez, envió una nota de voz breve pero suficiente:

—Papá, voy de camino. He estado en Belesar.

18

Alonso no se estremeció al escuchar el mensaje de su hija. Al contrario. Le sorprendió la tranquilidad con la que se enfrentaba al momento de decirle la verdad. Hacía más de una década hubiese temido tanto la dureza del golpe que, con toda seguridad, se hubiera abierto una botella para descongestionar el miedo en las venas. Sin embargo, en ese instante en que las preguntas de Blanca eran inminentes, las esperó con entereza. Estaba viendo el fútbol por televisión y ni se inmutó. Su hija no le había dicho que pensaba volver a Galicia, pero, dos días antes, Castiñeira le habló del encuentro en la playa. De que su hija estaba indagando en las deudas del pasado y de que —«por suerte», dijo con retranca— se parecía a su madre.

Se levantó del sofá y fue a recoger la cocina. Había dejado los platos en el fregadero. Tiró las sobras del arroz caldoso y puso el lavavajillas. Estaba convencido de que había mejorado el resultado de la receta gracias a los consejos de un vídeo de YouTube. El tutorial recomendaba hervir las cabezas de los langostinos con anterioridad para preparar un caldo en el que hervir el arroz. La receta también llevaba vino blanco, pero había eliminado ese ingrediente. No era fácil cocinar para un solo comensal. La merma de cantidades provocaba que el plato fuera menos sabroso. También más triste. En veinte años de soltería, ya se había acostumbrado a la melancolía de comer junto al televisor, la radio o el móvil. De hecho, tras la jubilación anticipada de su plaza de maestro, había descubierto la compañía que le ofrecían las redes sociales. El algoritmo siempre estaba pendiente de sus gustos. Cada día le sugería dos maneras diferentes de guisar un pollo y preparar una tortilla. Además, le mostraba situaciones cómicas ajenas con las que pasar el rato y no pensar demasiado. Cuando estaba con Yago, ambos se partían de risa viendo una y otra vez esos vídeos tontos. Era un *voyeur* de setenta años agradecido a la tecnología. Calculó cuánto tardaría Blanca en llegar y decidió dar, mientras tanto, un paseo.

Jose Juan aparcó en la entrada de Moaña, como Blanca le había pedido. Necesitaba despejarse caminando sola hasta casa de su padre y recolocar lo vivido antes de exigirle explicaciones. Hizo un bízum al chófer con el dinero acordado por el transporte. Él se despidió intrigado, con la satisfacción de haber cumplido una tarea bien pagada. Cuando le abrió la puerta trasera con su amabilidad habitual, Jose Juan repasó con cautela el cuerpo de Blanca y confirmó que le gustaba. No obstante, la consideró demasiado sofisticada para estar a su alcance. Lejos del uniforme de manitas del hotel, se esmeraba en afinar la galantería, pero sentía que su clase obrera acababa por relucir y eso lo acomplejaba. Blanca percibió la discreta ojeada de deseo por parte del conductor, pero no entró en valoraciones. Tenía asuntos más urgentes en los que pensar.

—Ya tienes mi teléfono, por si vuelves a necesitarme —dijo él a modo de despedida.

Blanca le agradeció su ayuda. Le subió la autoestima que, pese a ser más joven que ella, no la tratara como a una «señora». Se alejó con prisa y sin mirar atrás.

El piso de su padre estaba en el casco urbano. Al ser domingo por la tarde, la localidad se mostraba tranquila. Llamó un par de veces al portero automático, pero nadie contestó. Marcó su número de teléfono; tampoco. Supuso que la noticia de su paso por Belesar y el más que posible encuentro con Begoña lo habrían descolocado. Todavía le costaba hacerse a la idea de la existencia acallada de una gemela de su madre. Aún no entendía nada y le enfurecía todo. En su cabeza retumbaba cómo Begoña, en otra dimensión, preguntaba por su padre. Le dolía que él tampoco le hubiera confesado nada. Aunque llevaba años sin probar el alcohol, a Blanca le asustó la posibilidad de que, tras su llamada, hubiera decidido refugiarse en el bar. Marcó de nuevo su número. Esa vez Alonso cortó la comunicación al segundo tono porque estaba muy cerca de ella. Llevaba un rato observando a su hija a unos metros de distancia, sin que se percatara. Era patente cómo el paso del tiempo había acentuado en Blanca el parecido con Tina. Los ademanes nerviosos, nunca burdos. Las medidas finas, estrechas, que, lejos de transmitir fragilidad, irradiaban ímpetu por realizarse y superar metas. Dio tres pasos más y le puso una mano en el hombro. Tras sobresaltarse, Blanca, al verlo, dijo emocionada:

—Me ha confundido con mamá.

Alonso le dio un abrazo largo con ánimo de consolar tanto a su hija como a sí mismo. Abrió el portal, perturbado, pero con el aguante de quien ha jugado a adivinar cientos de veces cómo sería ese trance.

—Hablaremos en casa. Aunque ya sabes que no tengo cuarto de la lavadora.

Ella sonrió entre lágrimas y ambos entraron. El recibidor del edificio era oscuro. Una de las dos lámparas fluorescentes estaba fundida. Las baldosas de granito gris tenían pequeñas motas negras. Había una planta artificial y un espejo enorme en el que Blanca se reflejó desnortada, y aprovechó para reflexionar sobre lo inoportuno de un lugar de transición tan feo en un brete de alto voltaje existencial. «Una no siempre puede escoger el mejor escenario para llorar», masticó desde su alma de decoradora y niña en busca de los escondrijos más adecuados para hacerlo con tranquilidad. Le preguntó a su padre si podía subir por las escaleras; solo era un tercer piso. Necesitaba controlar su respiración antes de mantener la conversación que le esperaba.

El piso de su padre aún olía al caldo de langostinos que había cocinado hacía unas horas. Alonso plegó las cortinas del salón. Aunque el día se encaminaba hacia el atardecer, Blanca confirmó que era una estancia más soleada de lo que recordaba. En un rápido vistazo al cuarto, comprobó que seguían allí los mismos muebles, pero no la vitrina destinada a los licores que él acostumbraba a venerar. Se sintió aliviada. La biblioteca se imponía sobre el resto del mobiliario. Había anexionado una nueva estantería que no pegaba con la anterior. Se entremezclaban tomos de historia con novelas clásicas y contemporáneas. Blanca curioseó entre los libros para dar tiempo a su padre. Cuando él decidió hablar, ella, con escapismo, se quedó unos segundos embelesada en las partículas flotantes que se distinguían a través de un haz de luz.

—Tu madre quería contártelo, pero cada día lo retrasaba y era más complicado —la justificó Alonso.

—¿Y tú qué? —le reprochó.

—No me correspondía —admitió mientras tomaba asiento en su butaca de piel marrón.

—¿Por qué me lo ocultó? —preguntó desesperada.

—Siempre culpó a Begoña del incendio —respondió Alonso con determinación.

La gravedad del silencio invadió el salón. Blanca tragó saliva y pudo oír el zumbido tenue del frigorífico. A su memoria regresaron las fotografías rotas y el relato de su madre en torno al fuego que había acabado con la casa de su infancia y la vida de sus padres. En el desconcierto, las piezas comenzaban a ensamblarse. No quería juzgar la actitud de Tina, pero necesitaba comprenderla. Alonso continuó con la mirada perdida en un recuerdo que le dolía rescatar.

—Mis problemas con la bebida acabaron el día que localicé a Begoña en ese pueblo. Tenía una pequeña tienda de artesanía. Yo solo quería ayudar. Encontrarla me costó, finalmente, el matrimonio.

—¿A qué te refieres? —preguntó ella, y vio a su padre más viejo que nunca.

Su pelo era escaso y blanco. Su rictus, afligido. Y había perdido peso.

—Tú eras ya una adolescente. Después de años de soportar mi adicción, tu madre se enfadó por haber retomado el contacto con tu tía. Hizo conmigo lo mismo que con ella: decidió separarse. No se lo reprocho. Era una carga. Tina siguió renegando de su hermana hasta hace unos diez años. Entonces dio con la manera de perdonarla y de perdonarse. Escogió cuidar de Begoña.

—¿Por eso iba a Lugo? ¿A visitarla una y otra vez? —Blanca necesitaba confirmar cada movimiento imaginado.

—Sí. Le buscó ayuda a domicilio. Ha ido cambiando de

personal. Como habrás comprobado, tu tía no es una mujer fácil de llevar. También le pagó una psicóloga. La ayudó con los costes de la terapia y el tratamiento. Tina solía acompañarla a la consulta.

Blanca meditó sobre la discreción de la terapeuta al no abrir la boca respecto a su paciente. Su padre prosiguió sin pausa:

—Cuando se enteró de la muerte de Tina, Begoña me llamó descompuesta. Me pidió inundar su tumba de retama amarilla. De su parte. Pedí a un amigo que me ayudara a arrancar un buen manojo en un monte cercano. No quería que supieras quién las mandaba.

—He conocido a Tomás —confesó Blanca un tanto avergonzada.

—Lo sé —afirmó Alonso, y se levantó de la butaca para acercarse a su hija y acariciarle el pelo—. No hay nada más, Blanca. No hay nada más que encontrar —dijo con el propósito de zanjar el asunto, aunque estaba seguro de que los interrogantes de su hija se sucederían en bucle durante días hasta que encajase todo el rompecabezas familiar.

En torno a las nueve, Blanca hizo una videollamada a Damián para hablar con Yago. Le enseñó a su hijo que estaba en casa del abuelo y que no le había pasado nada, como él le había pedido antes de irse. Acababa de comprar un billete para volver a Madrid al día siguiente. El abuelo la acercaría a la estación. El niño examinó su expresión rota y agotada. Desde su cuarto en casa de su padre, bajó el tono con prudencia y, preocupado, le susurró a su madre si todo había ido, de verdad, bien. Ella, de primeras, no supo qué contestar. Meditó las palabras un segundo y le explicó:

—Me he llevado un buen susto.

Yago asintió con la cabeza, como si la respuesta fuera previsible.

—No me gustan las noches, mamá —apuntó él sin más explicación.

—A mí tampoco —añadió Blanca.

Ambos sabían a qué se referían. Las palabras más trágicas habían llegado a horas tardías. Blanca no creía que la nocturnidad atrajese lo malo, pero sí lo propagaba a más velocidad, como un manto oscuro que se expande.

Tras la conversación con Yago, Blanca avisó a Eduardo de su vuelta y le anunció la charla que tenían pendiente con un «Mañana, si quieres, te lo explicaré todo con calma». Se estremeció al enviarle el mensaje y reconocer que estaba decidida a desnudarse ante él. Era un depósito de confianza merecido. Él leyó el wasap de Blanca justo cuando volvía de correr por el parque para ahuyentar sus tinieblas. Las palabras de ella, escuetas pero entregadas, eran el punto de luz que necesitaba. Por fin tenía la intención de mostrarse sin reservas. E incluso le pedía permiso para hacerlo con detenimiento. Los hoyuelos de Eduardo se marcaron en su rostro sudoroso, como el atleta que, extenuado y con los músculos aún contraídos por el esfuerzo, consigue dominar la respiración y sonreír con amplitud para disfrutar, jadeante, de la victoria.

En el piso de su padre, aunque él insistió, Blanca no cenó por inapetencia. Cayó rendida en el sofá. Como en una especie de oración final, se durmió con la mejilla posada sobre la mano en la que llevaba puesto el anillo que había pertenecido a su madre. Alonso la cubrió con una manta ligera. Aunque era junio, a esas horas la temperatura descendía, y refrescaba. Estuvo velando el sueño de su hija y leyendo sin rumbo en su butaca, hasta la madrugada, bajo el foco de una lámpara de pie. El aire entraba por una rendija de la ventana. Se incorporó para cerrarla y, de paso, contempló las farolas, los faros de los coches, los letreros y otras luces de la calle. Algunas emitían un temblor ligero, como el de una estrella lejana titilante, como el de la llama que crepita. Enfocó, absorto, los ojos en el parpadeo. Después, se los frotó. A pesar del desahogo que había supuesto hablar con Blanca, presintió que el sosiego nunca sería completo. Le seguían avergonzando los recuerdos de su inconsciencia adolescente, el juego al descuido y a la vanidad que dominan en esa etapa. Hubiera sido imposible presagiar consecuencias aciagas a pasatiempos de niños. Pero, transcurrida más de media vida, le dolía admitir que, en parte, la culpa del fuego que lo cambió todo también fue suya.

19

6 de agosto de 1971

Tina y Begoña no alzaron la cabeza cuando su padre terminó de hablar. Les costaba digerir lo que acababan de escuchar. Él las había reunido en su despacho. Apenas entraban allí, a no ser que se tratase de una conversación seria. Ambas seguían sentadas con la espalda recta, una junto a la otra. Sus cuerpos, delgados y simétricos, no llegaban a rozarse. Los brazos y las rodillas de ambas estaban al descubierto. Era agosto, vestían ropa ligera y habían planeado una tarde de playa. El único gesto que rompió la atmósfera densa e inexpresiva fue cuando Begoña, nerviosa, se rascó el cuello.

—Mañana me daréis una respuesta —afirmó él, en vez de preguntar, para cerrar el encuentro.

Ellas asintieron y volvieron a contemplar el rostro solemne de su padre. Les pidió que salieran; debía continuar con el papeleo pendiente antes de comer. Sus hijas lo hicieron de inmediato. En el largo pasillo hacia sus dormitorios, Tina no resistió más la angustia del silencio entre ella y su hermana. Se volvió hacia Begoña y la asió por los hombros para comprobar, una vez más, ese espejo reconfortante que encontraba en ella. Rasgos idénticos, distribución y dimensiones similares de nariz, ojos, boca y pómulos. Era así desde que nacieron. Aunque la pubertad había comenzado a señalar pequeñas singularidades, a los dieciséis años seguían siendo como dos gotas de agua. A eso se sumaba que su madre no había dejado de calcetar y coser los mismos modelos para sus dos hijas. Ellas, ya adolescentes, intentaban intercalar puestas y no coincidir para buscar las diferencias que, a primer golpe de vista, no existían. Tina afirmó con convicción:

—Ve tú. Yo me apañaré por aquí.

Begoña mostró escepticismo y respondió:

—Sabes de sobra que la decisión está tomada. Papá siempre ha pensado que eres la más lista de las dos —dijo despechada.

Aunque aislados, los ramalazos de envidia por parte de su hermana no le resultaban desconocidos a Tina. La novedad fue un destello perdido en las pupilas de Begoña que nunca había detectado con tanta claridad. Un fulgor furibundo había hecho aparición en su mirada desde hacía unos meses, y la atemorizaba cada vez más. Lo intuía profundo y complejo de descifrar incluso para ella, gemela y compañera de cuna, casa y pupitre:

—¿Qué pasa? ¿Por qué me miras así? —se atrevió a preguntarle.

Begoña se escabulló de los brazos de su hermana y se dirigió al comedor.

Nadie entendió por qué a Ofelia, la cocinera, se le ocurrió preparar una olla gigante de caldo un día de agosto. Hacía mucho calor para llenarse con un plato caliente. Colocó con cuidado la sopera repleta hasta los bordes en el centro de la mesa rectangular que distanciaba lo suficiente a los comensales para que se vieran obligados a levantarse en caso de tener que pasarse el pan o la jarra de agua. Ofelia enseguida notó que la elección del menú no era la única razón de la falta de apetito de las niñas. La tensión en el ambiente era tal que, aunque hubiera llovido fuera y la temperatura hubiese bajado de los treinta grados que señalaba el termómetro del salón, las gemelas no hubieran podido tragarse el caldo. Tina daba vueltas concéntricas con la cuchara en el plato; a veces se detenía para fingir que lo probaba, pero solo se mojaba los labios. Begoña se dedicaba a desmigar el bollo de pan y contemplaba a su padre mientras este comía. Delia encubría la inapetencia de sus hijas con un monólogo absurdo sobre las expectativas de las fiestas del pueblo que empezarían en dos semanas. Hablaba de orquestas, de vestidos y de bailar en la calle. Pepe levantó los ojos del caldo y, cuando se percató de que era el único que se lo había acabado, dio, con severidad, un golpe en la mesa. La madre calló ante la llamada de atención de su marido y siguió picoteando como un gorrión tímido, pero las niñas no. La cocinera se acercó a ellas para animarlas a comer:

—¿No os gusta, *filliñas*? ¿Queréis que le eche más sal?

Tina no dijo nada. Begoña la miró desubicada, como si no entendiese por qué seguía ahí.

—La que no quiera caldo, que se vaya —ordenó el padre con inflexión marcial.

Parecía recuperado de la charla con sus hijas y se mostró, como siempre, áspero y distante.

Begoña corrió a su habitación y cerró de un portazo. Cuando Tina, al otro lado de la puerta, insistió en preguntarle si estaba bien, esta le gritó que no la esperara para ir a la playa.

La casa siempre permanecía en silencio después de comer. Sus inquilinos no dejaban de habitarla, pero realizaban, a su aire y con sigilo, las tareas que les apetecían. Era una norma no escrita. Nadie estaba seguro de quién la había impuesto, pero todos convenían necesario ese lapso vespertino en el que no reclamar al otro.

Aquella tarde, Delia estaba haciendo ganchillo en el rincón más fresco del salón. Pepe, con las contraventanas casi cerradas para evitar el calor, había retomado su burocracia. Ninguno de los dos oyó que Begoña y Tina se lamentaban en sus respectivos dormitorios, aunque se hacían una idea del impacto que en ellas había provocado el dilema por cómo se les había cortado el hambre. La madre creyó percibir un sollozo y pausó la aguja un instante. Esperó, pero la quietud desmintió el llanto, así que continuó concentrada en renovar los tapetes que cubrían el respaldo del diván. Era una labor mecánica que le permitía no dispersarse más allá de mantener la tirantez del hilo y el conteo de los puntos, como rezar el rosario. Otro llanto lejano la hizo detenerse. Respiró despacio y valoró acudir, pero acto seguido se lo prohibió. Aguardó con sufrida contención a que acabase el quejido. Se convenció de que el consuelo sería contraproducente si la misión era convertir a sus hijas en mujeres capaces de superar las vicisitudes. Su marido le había explicado el día anterior, con crudeza, que la economía familiar no era tan boyante como imaginaba. Según los cálculos, y a pesar de que ambas eran buenas estudiantes, solo podían permitirse mandar a la universidad a una de las niñas.

—Sé que es complicado —admitió Pepe, y notó, como en pocas ocasiones en su vida, que su temple militar se debilitaba frente a sus hijas compungidas—. Los números son los que son.

Su padre las obligó a que resolvieran entre ellas cuál sería su destino, quién tendría la oportunidad de seguir su formación superior en la ciudad y cuál de las dos debería contentarse con aprender un oficio cerca de casa. Para él, era cuestión de mantener el estatus social, no bajar el rango y, por supuesto, poder pagar los gastos ingentes de un hogar acomodado. Para Tina y Begoña, suponía manejar su ego y sinceridad para determinar cuál ampliaría horizontes y cuál permanecería en el entorno doméstico. Cuál viviría experiencias lejos de allí y cuál estaría abocada al conformismo del día a día en aquella finca rural y sus gentes, que siempre eran las mismas. La diatriba iba más allá de una elección monetaria y académica. Se trataba de escoger entre dejarse condenar o no.

Cuando dieron las cinco en el reloj de pared del recibidor, Delia se había quedado dormida en la butaca del salón con la aguja y el ganchillo sobre el regazo. Pepe intentaba leer y cabeceaba mientras el olor de la colilla que descansaba en el cenicero de cristal se fundía con el ambiente cerrado del despacho. La cocinera ya se había ido después de dejar preparada la merienda para las niñas sobre la encimera de granito de la cocina. Tina se limpió con un pañuelo la cara enrojecida por las lágrimas, se puso el bañador de rayas azules y cogió un capazo de rafia en el que metió la toalla y un peine. Percibió calma en el dormitorio de su hermana y desistió de decirle que salía para la playa, como habían acordado antes de hablar con su padre. Cuando la puerta principal se cerró, Begoña estaba despierta y atenta. De forma instintiva, se levantó de la cama y asomó la cabeza hacia el pasillo para confirmar que nadie controlaba sus movimientos.

Tina llevaba unos diez minutos por el arcén que conducía a la costa. En la parada de autobús la esperaban los amigos con los que las hermanas habían quedado. Entre ellos estaba Alonso, uno de los compañeros de clase con quien Tina tenía más afinidad cada día. No era el más alto, pero sí el más rubio y simpático. No se cortaba el cabello al ras como los demás chicos que aspiraban a entrar, en el futuro, en el ejército y le hacían la pelota a su padre. Él, muy al contrario al gusto de su familia, dejaba que las ondas fluyeran por su cabeza hasta el punto de taparle la nuca, lo que le daba un carácter desenfadado. Además, afirmaba que lo protegían del sol. A Tina le admiraba la piel blanca y pecosa de Alonso, además de sus «pelos de loco», tal y como los definía su padre para mostrar su aversión cuando lo veía conversar, adulador, con sus hijas.

En ese instante, Begoña estaba entrando a hurtadillas en la habitación de Tina. Sabía de sobra dónde buscar aquello que avivaría su rabia.

Alonso, sorprendido, le preguntó a Tina por qué no la acompañaba su hermana. Ella, haciendo un ademán para apartarse del grupo, le contó la conversación con su padre y la respuesta hermética que Begoña le había dado.

—¿Y qué vais a hacer? —le preguntó Alonso.

—No lo sé. También yo estoy enfadada —respondió Tina, y él prefirió cambiar de tema para no estropear la tarde.

Begoña abrió el armario de Tina, que, a diferencia del suyo, estaba ordenado. Revolvió entre las perchas y detrás de las cajas de zapatos. Sin encontrar lo que buscaba, se dirigió hacia el tocador, donde su hermana disponía la bisutería como si fuera un muestrario. Junto a las pulseras hechas de caracolas estaba la cadena de plata y cuentas de coral a juego con un anillo que ambas habían recibido como regalo en su último cumpleaños. Ninguna se lo había quitado desde entonces. Begoña fisgó por el primer cajón de la cómoda donde Tina guardaba el colorete y la ropa interior. Allí tampoco encontró nada. En el segundo había medias, calcetines y una de las pastillas de jabón de limón que ambas habían fabricado con su madre en el cobertizo. Begoña lo empleaba para ducharse, pero Tina lo conservaba intacto para que el olor inundase el compartimento y brotara con fuerza cada vez que lo abría. Al fondo, dio con lo que perseguía.

En una pequeña bolsa de tela, dobladas, Tina escondía cuatro cartas escritas a lápiz con una letra amplia y descocada que conocía bien. Las abrió y descubrió una declaración de amor tras otra. Aludían a la belleza de Tina, a su sonrisa permanente, a su aspecto tierno y alegre, y estaban plagadas de invitaciones a celebrar encuentros a solas. Begoña supo quién estaba detrás de esas palabras sin necesidad de llegar a la firma. Eran frases parecidas a las que ella había recibido, en un par de sobres depositados en su cartera de la escuela, el curso anterior. Quizá menos cariñosas, pero con el mismo ánimo de flirteo embaucador. El nombre del autor estaba al final de cada carta: ALONSO. Empujó el cajón y lo cerró con brusquedad.

Con las cartas en la mano, abandonó exasperada el cuarto de su hermana y se dirigió hacia la cocina con el aplomo que aporta la ira. Tina no se había llevado el bocadillo ni la fruta. Begoña se imaginó a su hermana, olvidadiza y enamorada, escapando sin insistir en que la acompañase porque quería la atención de Alonso solo para ella. Estarían despreocupados, bañándose en el mar. A Begoña la cegó un estallido de celos que llevaban meses germinando en su interior. Lloró encolerizada, menospreciada. Abrió uno de los hornillos de la *lareira*. Lejos de la hora del almuerzo y la cena, en pleno mes de agosto, el fuego estaba apagado. Su madre insistía en que Ofelia continuase empleando la cocina de hierro porque decía que todo sabía mejor cuando las brasas calentaban. Era reacia a las bombonas de butano que empezaban a pagarse en otras casas pudientes de la zona. Begoña intuía que las razones de su progenitora eran más económicas que de mera preocupación por el gusto de los platos. Buscó trozos de leña en la despensa, pero no había. Abrió la alacena donde solían guardarse los trapos, el bicarbonato, la lejía y alguna herramienta inservible. No vio madera ni periódicos viejos. Caminó excitada de un extremo a otro tratando de encontrar el modo de encender el fuego. Notó la frente sudorosa. Inspiró por la nariz y le repugnó que todavía persistiese el olor del caldo que no había podido ni probar. Apoyó las manos en el granito rosado, lo único que estaba frío allí. Sobre la encimera, junto a la merienda, había un jarrón de cerámica burda y desconchada en el que Ofelia había colocado un fajo de retama seca, el arbusto que brotaba en la finca y que Delia se negaba a cortar. Eran las ramas con las que, desde niñas, Tina y Begoña confeccionaban tocados de flores amarillas y jugaban a disfrazarse de ángeles, princesas y reinas de un hogar donde no había soledad porque reían a la par y se tenían la una a la otra. Con decisión, sacó la retama seca del jarrón y la introdujo en el hornillo. Encendió una cerilla y la arrojó también. La planta empezó a arder. Después, lanzó, una a una, las cartas que Alonso le había escrito a Tina. Lo hizo despacio, tomando altura con el brazo para registrar la caída lenta del papel entre las llamas. Contempló cómo las letras se consumían imbricadas entre las flores. Todas desaparecían dando lugar a una amalgama gris que, al final, se desmoronaba. Cerca del hornillo, percibía el calor en las mejillas.

El reloj del recibidor sonó para marcar las seis. Durante el ritual de venganza, Begoña recuperó la energía y decidió irse. No cubrió el hornillo ni se aseguró de que la puerta inferior de la *lareira* estuviera cerrada para mantener el fuego a raya. Corrió a su cuarto, se puso el bañador y metió en una mochila la toalla y un neceser en el que guardaba un espejito, un pañuelo y conchas de mar. Luego cogió las dos notas con las que Alonso había tonteado con ella el curso anterior, las releyó despacio y las plegó sobre sí mismas cuatro veces con exquisita dedicación. Cuando salió, la casa aún seguía en calma. Ella no.

Tina vio que su hermana aparcaba la bicicleta y se acercaba al grupo. Se habían puesto en el extremo habitual de la playa, muy cerca de las rocas. Eran casi las siete, y estaban jugando a las cartas. Begoña los saludó y le preguntaron por qué se había retrasado. Prefirió no responder. Colocó la toalla junto a la de su hermana por costumbre. Se quitó el vestido. Su bañador era rojo.

—Me voy a bañar —dijo al tiempo que se incorporaba sin pedir compañía.

De camino hacia el mar, Tina se dio cuenta de que su hermana estaba aturdida. No solo latía en ella el enojo por lo que su padre les exigía, sino un dolor más intenso que le hacía encerrarse en sí misma. Begoña daba pasos cortos y titubeantes. Se detuvo a contemplar la lejanía y continuó en dirección a la orilla. Clavó los pies varias veces en la arena húmeda para marcar sus huellas y enseguida una ola apareció para borrarlas. Entró cautelosa en el agua, pero sin freno. Estaba helada, como siempre. Cuando el frío llegó a la altura de su ombligo, se sumergió. Tina, desde la toalla, la vigilaba. Begoña toleraba mejor que ella el mar gélido. Alonso también estaba atento. Pasó un minuto, pero la silueta de la chica no reapareció. Tina escudriñó otra vez el lugar donde se había hundido y, al no verla durante más tiempo del previsto, se asustó, se levantó de un salto y echó a correr. Frente a la pandilla atónita, Alonso hizo lo mismo. Llegó antes que Tina y se zambulló veloz. No tuvo que bucear demasiado para localizarla. En cuclillas, sobre la arena del fondo marino y con los ojos cerrados, Begoña contenía la respiración. Él la agarró por los brazos y ella no se opuso. Cuando sus cabezas emergieron, Begoña tomó una bocanada de aire honda que contrarrestó la asfixia.

—¡¿Estás loca o qué?! —exclamó él, alarmado, y la zarandeó con suavidad, como si tuviera la intención de despertarla de un mal sueño.

De las pestañas de Begoña colgaba una cortina de gotas de agua salada que enturbiaba la imagen de Alonso. Mientras flotaban, ella se frotó los ojos para confirmar que el cabello de él mostraba buena resistencia al agua y se mantenía ondulado y vibrante. Se deleitó también con los huesos de su clavícula, que sobresalían y le marcaban una anatomía cada vez más varonil. La curva pronunciada de sus hombros tomó protagonismo cuando comenzó a nadar de regreso a la arena y le pidió a Begoña que, por favor, lo acompañase. Al salir del agua, Tina esperaba la reacción de su hermana. Sin embargo, no hubo palabras aclaratorias por su parte. Se limitó a dedicar una sonrisa ambigua a la pareja y les preguntó si no consideraban que era hora de volver a casa.

—No podemos perder el bus de las ocho. Es el último —dijo Begoña, demasiado práctica teniendo en cuenta que podría haberse ahogado hacía un instante.

Todos ayudaron a subir la bicicleta de Begoña al autobús, a pesar de las reticencias del conductor. Tina y Alonso se sentaron juntos. Su hermana no pudo dejar de observar cómo intercambiaban susurros durante el trayecto. Cuando el bus llegó a la parada, el grupo se bajó con la bicicleta de Begoña a cuestas. Ella comenzó a pedalear al ritmo de los demás, que caminaban por la carretera. Una de las chicas fue la primera en señalar el humo, aterrada. La columna negra estaba demasiado cerca para que procediera de otro pueblo. Tras el revuelo de la confusión, entraron en pánico. Los chavales corrieron a toda velocidad hacia el origen de la humareda, hasta quedarse sin aliento. La bicicleta de Begoña iba en cabeza. Conforme se acercaba a la finca, constataba el calor, ajeno al mes de agosto, que había sentido en las mejillas al quemar las cartas dirigidas a su hermana. Era el mismo fuego que en ese instante, ayudado por la tarde árida, devoraba su casa. Tina emitió un alarido y cayó al suelo de rodillas. Sus amigos, incluido Alonso, enmudecieron. Las llamas aniquilaban sin piedad cada viga de la que hasta hacía unas horas era la mejor vivienda de la zona. Algunos vecinos ya habían acudido y avisado al camión de bomberos. Prohibieron a los niños avanzar.

—¿Dónde están? —gritó Tina, intentando identificar, ansiosa, a las personas cercanas al incendio—. ¿Dónde están mamá y papá? —repitió con desesperación en dirección a su hermana. Alonso la abrazó.

La vivienda ardía como una gran hoguera. Begoña se acercó un poco más, hasta que los adultos le cortaron de nuevo el paso. Entonces los vio salir. Por uno de los ventanales laterales del primer piso, Delia y Pepe consiguieron escapar del infierno. Iban lentos, con la piel oscurecida y sin apenas oxígeno. Como si fueran inmunes. Como si ya no existiesen.

Begoña, por un momento, creyó que estaba ante una alucinación. Delia se desplomó sobre el césped. Los objetos que portaba en brazos se desparramaron. La gente acudió a auxiliarlos; sus hijas suplicaron una y otra vez por su vida. Tina lloraba desconsolada cuando los vecinos metieron a sus padres en dos coches para trasladarlos al hospital.

Begoña, en silencio, recogió las fotografías que su madre había salvado de la quema. En el instante de lucidez urgente que precede a la huida, Delia había protegido el álbum familiar y un joyero. Los arropó del fuego contra su pecho con tanto ahínco que apenas se habían ennegrecido. Tina se agachó para ayudar a Begoña a recoger los recuerdos. Buscó la mirada de su gemela como quien pide refugio en una pesadilla, pero se dio de bruces con el peor presagio. En los ojos de Begoña, el fuego estaba dentro, no solo fuera. Tina comprendió el abismo que empezaba a abrirse entre ellas, la herida irreparable que las separaría a partir de ese momento y para siempre.

20

31 de marzo de 2025

A diez metros de distancia, bajo la atmósfera húmeda del mes de marzo en Galicia, Yago identificó a su abuela en la silueta de Begoña. Le ocurría cada vez que se veían, y ya iban cuatro ocasiones en los últimos meses. Mientras caminaba hacia ellos, el niño reconoció el cuerpo de Tina y sus andares parecidos, aunque más inestables. Cuando su tía abuela, junto a Marga, estaba a punto de llegar a la altura del bar donde se habían citado, Eduardo salió para guiarlas hasta la mesa donde Blanca las aguardaba. Desde la terraza acristalada, contemplaban toda la playa del pueblo. La llovizna era intermitente pero grácil. No molestaba. Cuando Begoña se sentó, a Yago le sorprendió de nuevo que aquella mujer tuviera la cara de su abuela sin serlo. Sopesó dibujar, al volver a Madrid, dos retratos que mostrasen las diferencias. Al principio apenas se distinguían, resultaban sutiles, pero poco a poco, con cada palabra y expresión, se hacían más patentes. El niño confirmó que la mayor distancia entre las hermanas la imponía su forma de mirar. Evocó los ojos radiantes de energía de su abuela. Los de su gemela estaban delineados exactamente igual, pero encubrían una historia distinta. Fue incapaz de reprimir una inhalación sobresaltada al saludarla.

—¿Me sigo pareciendo tanto? —le preguntó Begoña con buen humor al ver que la sorpresa de Yago no se disipaba a pesar de las videollamadas y los encuentros en persona.

Ambos rieron, y de esa manera eliminaron con naturalidad los nervios del inicio de la cita. A Marga también le hizo gracia el pasmo reiterado del chico. Blanca se levantó, besó en la mejilla a Begoña y esta acarició la cabeza del niño. Su madre notó el leve temblor de su hijo y le recordó a ella. Eduardo y Begoña se dedicaron una mirada franca, sin artificios, porque ya se conocían. Era el 31 de marzo. Un año después, se preparaban para visitar la tumba de Tina.

Pidieron café, leche y bizcocho de almendras, como si fuera el segundo desayuno de la mañana, aunque ya era mediodía. La camarera sirvió unas porciones generosas que parecían de repostería casera.

—Ya se te nota la barriga —dijo Begoña, cautelosa pero directa, a Blanca, aprovechando que Marga había ido al servicio después de más de hora y media de conducción.

—Sí, un poco —admitió Blanca, desacomplejada. A continuación, dio un sorbito al café que le supo a quemado y bajó la voz para dar la noticia sin boato—: El médico ha dicho que son niñas.

Marga, que acababa de volver del baño, se detuvo en seco al escuchar la primicia. Sin querer, el frenazo rozó y desequilibró a la camarera, que se disponía a servir una mesa vecina. Los vasos y las botellas que llevaba en la bandeja chocaron y se tambalearon. El chasquido agudo que produjeron hizo dudar si alguno habría estallado y acabaría cayendo al suelo en mil pedazos. La camarera, para tranquilidad de la clientela que la observaba, agarró la bandeja con audacia y mantuvo el equilibrio mientras la vajilla cesaba en su tintineo.

Blanca, que se había prometido huir de las ostentaciones al contarlo, interpretó la escena como una obertura épica y se ruborizó. Eduardo reconoció la reacción y acudió en su auxilio: la abrazó y le dio un codazo amistoso a Yago. Que estuviera esperando gemelos fue una sorpresa que los tres llevaban asimilando, aún incrédulos, desde que conocieron la noticia. Los médicos les explicaron que no era inaudito, dada la predisposición genética de la madre. El reto para Blanca era aceptar que no se trataba del momento idóneo. El embarazo por partida doble se había producido poco menos de un año tras el fallecimiento de su madre, con un hombre del que estaba enamorada y en el que confiaba, pero con el que llevaba ocho meses escasos de relación. Sin olvidar la presión de tener un hijo preadolescente, más de cuarenta años y un empleo exigente que dificultaba la conciliación. Todo parecía estar en contra y, sin embargo, ocurría. La vida se abría paso a pesar de las objeciones que imponía el tiempo. Aunque Blanca sospechaba que el desbarate hormonal jugaba su papel, confiaba en ese empuje robusto de la naturaleza —que exigía su sitio y salvaba obstáculos— que era casi milagroso, curativo, frente a lo invencible de la muerte. Impulsada por la nueva ilusión, se creía capaz, de una vez por todas, de superar cualquier inconveniencia.

—¿Están seguros? —preguntó Begoña mientras Marga repartía felicitaciones.

—Nos lo confirmaron la semana pasada. ¡Dos niñas! —repitió Blanca, rota la contención, y se tocó la tripa, aunque todavía no notaba que se movieran.

Tras una algarabía mesurada, nadie añadió mucho más, pero todos estaban contentos. Allí sentados, cerca de un océano sin bañistas y pese al cristal que los separaba del paseo marítimo, oyeron a las gaviotas que descendían en picado para localizar restos de comida en la arena y el asfalto. Las más hambrientas se atrevían a acercarse a las mesas vacías de las cafeterías para asegurarse unas migajas. Las enganchaban veloces con su largo pico anaranjado y despegaban, egoístas, para escapar solas y no compartir el alimento. Begoña siguió el graznido de una de ellas hasta que se convirtió en un punto en el cielo. Después, rompió el clima con el tono del que fantasea con que ocurrirán cosas buenas:

—Una segunda oportunidad —aseguró risueña, como si la frase se le hubiera caído del pensamiento.

Blanca se quedó sobrecogida por el comentario, pero lo camufló con un buen mordisco al bizcocho de almendras. Begoña, sin dar más importancia a la sentencia que acababa de soltar, se dispuso a mojar su porción en el café con leche. Concedió al trámite un nivel de concentración similar al que le había exigido la reflexión anterior. Sumergía el dulce con precaución y deseo, concentrada en no fallar. Se excedió en la cantidad empapada y esta cedió al peso, cayendo en la taza y salpicándole gotas de café en la blusa. Marga le riñó con afabilidad, al tiempo que le limpiaba la ropa con una servilleta húmeda. Blanca guiñó un ojo a su hijo. Él entendió el gesto y abrió la mochila. De ella extrajo un sobre fino y marrón. Begoña terminó de masticar con disfrute su bizcocho ensopado y Yago se lo entregó. Con sorna, le confesó que no tenía edad para más sustos. Después, deslizó los dedos bajo la solapa para abrirlo.

—Lo he hecho yo —le explicó Yago—. En la tablet.

Blanca le había pedido a su tía, hacía un mes, el fragmento de una de las fotografías rasgadas por su madre, aquella que mostraba a las gemelas posando delante de sus padres en la finca familiar, con la casa al fondo, antes del incendio. En las manos de Begoña, tras el trabajo de Yago, los dos trozos de papel volvían a ser uno. Estaban perfectamente ensamblados. Nítidos. Tina sujetaba la guirnalda de retama. Begoña la llevaba puesta a modo de collar. Ambas coincidían en vestimenta y en el candor propio de la infancia.

La tía dedicó varios minutos a contemplar en silencio la imagen reconstruida. Blanca y Yago cruzaron gestos de satisfacción. Eduardo se sintió cohibido durante la espera. Le entró el impulso irremediable de echar a correr a pesar de que, en ese caso, a él no le correspondía huir del pasado. Pensó que estaría bien comentarlo con su terapeuta. Su inminente paternidad por duplicado, entre la ilusión y el aturdimiento, le había provocado la necesidad de retomar las sesiones. Begoña acariciaba a los protagonistas de la fotografía mientras Yago hacía intentos inútiles por explicarle qué era el Chat-GPT con el que había conseguido recuperar la imagen. Begoña desvió la mirada del papel, lo guardó con esmero en el sobre y, una vez a salvo, añadió en dirección al niño:

—Siempre me ha gustado el *collage*. Juntar piezas. Lo que has hecho aquí. Cualquier día reabro el local. Cualquier día —enfatizó con el mismo anhelo improbable que durante el primer encuentro con Blanca en Belesar.

Al escuchar la aspiración de su tía, Blanca sintió a su propia madre poniendo la casa del revés para acabar con la monotonía e instaurar un nuevo orden. Por fuera y por dentro. Y ella era, otra vez, la niña que jugaba y veía cómo Tina imploraba por aquello que le faltaba por cumplir. Blanca se guarecía fantasiosa entre los muebles descolocados. Su madre, que anotaba ideas en una lista interminable, se tomaba pausas para hallar los distintos escondites de su hija. La descubría y exclamaba «¡Te encontré!», y lo siguiente era un ataque placentero de cosquillas. La memoria no le provocó la misma pesadumbre que antes. La amargura había encontrado su sitio y llegaba rodeada de un halo dulce de añoranza. Dolía de otra manera, más reposada, como ocurre con las cicatrices profundas aunque estén, en apariencia, bien curadas. Blanca estaba aprendiendo a vivir siempre echando de menos a Tina.

Decidieron pagar y hacer el recorrido a pie. Al salir del bar, Marga le preguntó a Blanca, en tono confidente:

—¿Crees que tu marido me puede ayudar a coger las flores del maletero? —le pidió, dando por hecho que la respuesta sería afirmativa.

—Seguro. Pero no es mi marido —puntualizó Blanca sin reconocer que le había gustado más que nunca la etiqueta de «marido».

—Bueno, mujer. Como si lo fuese. —Esquivó la respuesta, y se llevó a Eduardo del brazo hasta el coche.

Él aupó el montón de *xestas* durante el camino. Iba en cabeza, junto a Yago. Los altibajos de retama determinaban la cadencia del grupo. Las flores amarillas daban saltitos en sus brazos. Eduardo las mecía de modo involuntario, al ritmo de sus pasos. Detrás de ellos, Begoña, Marga y Blanca completaban la procesión que subía la cuesta que conducía al cementerio del pueblo.

La maresía no había perdido intensidad cuando abrieron la puerta del panteón familiar para acceder al nicho de Tina. Las rosas blancas que Alonso le había llevado estaban más que mustias. La mayoría de los pétalos yacían tan secos en el suelo que crujían al pisarlos. Blanca tomó la escoba y el recogedor que esperaban en una esquina la visita de los vivos.

—Lo hago yo, descuida —dijo Begoña, tirando de la escoba hacia su cuerpo.

Marga, con una caída de párpados solemne en dirección a Blanca, aprobó la iniciativa. Más allá de la colaboración, apreciaron la necesidad que tenía de demostrar cuánto había echado en falta, en secreto, a su gemela. Ella misma había cortado, en el entorno de su casa en Belesar y sin ayuda, el manojo de retama que, esa vez sí, ella misma depositaría en la tumba de su hermana. Marga le reprendió por arañarse las piernas entre la maleza, pero a ella no le importaron los raspones. Su único cometido era conseguir un ramo copioso que acompañase el mayor tiempo posible el descanso de Tina. Mientras barría, Blanca salió del mausoleo en dirección a la pila de la fuente de piedra del cementerio para vaciar el agua de las rosas que permanecía estancada en un jarrón de cristal. Mientras la vertía por el desagüe, obnubilada por el líquido verdoso, levantó los ojos al horizonte. Desde esa pequeña colina coronada por el camposanto se oteaba la línea infinita del mar. El orballo frío de marzo le caía sobre la frente y el cabello, pero no restaba fuerza al olor a salitre. Respiró con ganas y profundidad, como si quisiera beberse el ambiente. Le bastaron unos segundos para decirse que también ella, como esa agua hasta hacía un minuto empantanada, podía darse permiso para liberarse del encierro. Para discurrir sin culpa, despreocupada incluso. Para integrarse en el mar. Para fluir y expandirse, rehabilitada.

Rellenó el jarrón y supo que, a pesar de la nueva transparencia, la incertidumbre nunca se desvanecería. «Tengo algo que contarte», musitó Blanca como un verso indescifrable. Tras un año de duelo, investigación y descubrimiento, desconocía si la existencia de su tía era la verdadera respuesta a la revelación que su madre había pretendido hacerle antes de morir. Pero debía dejar de rebuscar en el pasado y avanzar. No era una posición egoísta. Tampoco olvidar lo que fue, porque sería imposible. Significaba asumir y apaciguar el ayer, cargado de incógnitas, penas y decisiones buenas o malas. Concederle el lugar que le correspondía. Dejarlo atrás para mantenerse en paz con el peso del recuerdo. Y, de ese modo, caminar hacia adelante. De pie de nuevo.

Blanca entró en el panteón del que Begoña había barrido los pétalos marchitos, donde esperaba el jarrón para colocar las *xestas*. Sus manos trasladaron el agua cristalina a las de su tía, que se lo agradeció con una sonrisa ágil, de esas que parece que no calan en el otro, pero afianzan lazos. La sobrina correspondió la emoción y confirmó que la senda iniciada desde la tarde en que su madre falleció entre las hortensias tomaba otro cariz. Se fijó en cada detalle de mármol a su alrededor y sintió una templanza que había mantenido apartada durante meses. La retama volvía a abrazar la tumba de Tina. Begoña y Marga musitaban una oración casi a la par. Yago, junto a Eduardo, leía en voz alta los nombres de los parientes en las letras doradas de las lápidas contiguas. Cuando uno llamaba su atención más de la cuenta, Begoña detenía el rezo y les daba dos pinceladas sobre quién era ese antepasado. Luego reanudaba la plegaria una frase antes de donde se había quedado. El niño se dio cuenta de que su madre lo observaba entretenida y, sin temor, buscando los ojos atentos de ella, le preguntó:

—¿De verdad que te mueres y no hay nada? —inquirió, y subió las cejas al tiempo que resoplaba desanimado.

Sin dejar de rezar, Marga y Begoña miraron de reojo la cara de Blanca, a la espera de una compleja contestación.

Eduardo estuvo a punto de intervenir con algún comentario superfluo que sirviese para minimizar el apuro o, al menos, para ganar segundos. No fue necesario, porque ella, desde un nuevo lugar en calma, echó mano de su única certeza y dijo:

—No sé si luego hay algo. Solo sé que, ahora, aquí está todo.

Yago creyó haberla comprendido. Hizo un ademán de aprobación tras la respuesta de su madre y dirigió la mirada hacia un pequeño ángel de yeso que tocaba un arpa, colocado a modo de adorno alegre junto a uno de los nichos. Eduardo rodeó los hombros de Blanca con el brazo y ella percibió su abrigo cálido. Marga se hizo la sorda y tosió. Begoña pausó otra vez la oración para su hermana. Se sintió conmovida por las palabras de su sobrina y, para encontrar el aliento que le faltaba, extravió la mirada nublada entre las flores amarillas. Blanca se acarició el vientre y se acercó a Yago. Hundió los dedos en el cabello de su hijo, cada vez más largo, cada vez más fuerte, y pensó en lo inagotable que parecía toda la vida que les quedaba por hacer.

Agradecimientos

Esta novela no habría sido la misma sin Alfonso Levy, amigo de la radio y de la vida, poeta, filólogo, mi primer lector y mi vigía en las noches más largas desde hace casi veinte años. Gracias por acompañarme en esta y otras historias. Gracias por tu voz que ha mecido la novela y me ha ayudado a respirar.